옛
노
래
의
숲
을
거
닐
다

초판 인쇄 2013년 7월 28일

초판 발행 2013년 7월 30일

재판 발행 2016년 8월 30일

지은이 김용찬

펴낸이 박옥균

표지디자인 이하나

인쇄·제본 갑우문화사

펴낸 곳 리더스가이드

출판등록 2010년 7월 2일 제313-2010-201호

주소 서울시 마포구 서교동 383-5 204호

전화 02-323-2114 팩스 0505-116-2114

홈페이지 www.readersguide.co.kr

이메일 readersguide@naver.com

ISBN 978-89-964840-4-2 03810

이 도서의 국립중앙도서관 출판시 도서목록(CIP)은 서지정보유통지원시스템 홈페이지(http://seoji.nl.go.kr)와 국가자료공동목록시스템(http://www.nl.go.kr/kolisnet)에서 이용하실 수 있습니다.(CIP제어번호: CIP2013013173)

옛 노래의 숲을 거닐다

김용찬

리더스가이드

책 머리에

음악에 대한 취향은 사람마다 다양하다. 하지만 좋아하는 음악의 장르가 각자 서로 다를지라도, 노래는 사람들의 생활에 활력을 불러일으키는 수단이라는 것에 동의할 수 있을 것이다. 힘든 노동을 하면서 부르던 노래는 육체의 고단함을 잠시나마 잊게 해주며, 혼자서 먼 길을 떠나야 할 때 외로움을 달래기 위해 웅얼거리던 노랫가락은 든든한 동반자가 되기도 한다. 때론 주위의 사물에 빗대 자신의 감정을 담아내기도 하고, 직설적인 표현으로 노랫말을 꾸며 다른 이에게 자신의 의사를 전하는 수단으로 사용되기도 한다. 사랑하는 이에게 마음을 전하기 위해, 적절한 노랫말의 노래로 자신의 심정을 대신하기도 한다. 그리고 무언가 좋지 못한 일이 생겼을 때, 자신만의 공간에서 목청껏 소리치며 노래하는 것으로 울적한 마음을 달래기도 한다.

많은 사람이 노래를 좋아하고 즐겨 부르던 것은 예나 지금이나 마찬가지이다. 전통시대를 살았던 우리의 선조들 역시 노래를 통해 자신의 생각을 전달하고 감정을 표현하곤 했다. 이 책에서 다루고 있는 고전시가 작품들 역시, 그것이 창작되어 향유되었던 시대의 문학이자 노래이다. 그리하여 시조나 악장 등 몇몇 갈래들의 경우, 현재 전하고 있는 악보를 통하여 당시의 음악을 그대로 재현할 수도 있다. 또한 작품의 노랫말에는 그것이 창작되고 향유되었던 시대의 문화가 반영되어 있다. 하여 옛 노래들의 시어를 통해, 그 시대의 언어 관습과 문화적 분위기를 읽어낼 수 있다. 나아가 과거의 언어로 이뤄진 고전시가 작품을 읽어냄으로써, 오늘날에도 여전히 흐르고 있는 우리 문화의 보편적 정서에 한 걸음 다가설 수 있는 계기가 될 수 있을 것으로 생각한다.

이 책은, 고전문학 연구자로서 우리 고전시가 작품들을 일반 독자들이 더 쉽게 접할 수 있게 하려고 기획되었다. 독자들에게 우리 고전시가를 새롭게 읽히기 위한 목적으로, 특정한 주제 혹은 주요 갈래를 내세워 이에 해당하는 고전시가 작품들을 묶어 논의를 펼쳐보았다. 애초 《독서평설》에 2년 동안 연재되었던 글을 바탕으로 하고 있기에, 책으로 꾸밀 때에는 처음 잡지에 실었던 원고의 내용을 보완하고 문장을 다듬어 목차도 재구성하였다. 우리 문학의 원류가 되는 고대가요로부터 조선 후기 잡가에 이르기까지 가능한 많은 갈래의 작품들을 논의 속에 담아내고자 노력하였다. 다루고 있는 작품이 창작·향유될 당시의 생활환경이나 문화적 분위기를 적절히 설명하면서, 그것이 오늘날의 관점에서 어떻게 재해석될 수 있는지에 대해서도 살펴보았다. 이 책을 읽는 독자들이 옛 노래의 숲을 거닐며, 우리 고전시가 작품들의 문학적 향취를 마음껏 느낄 수 있었으면 좋겠다.

이 책은 크게 4부로 구성되었다. 고전시가의 주요 갈래들의 특징에 대해 설명한 내용을 뽑아 1부로 묶었으며, 나머지 2~4부에는 의미상 연관이 있거나 유사한 주제들을 다룬 글들을 엮어 보았다. 본문에서 작품을 인용할 때는 시가 작품의 원문을 그대로 전제하고, 현대어로 번역한 내용을 나란히 제시했다. 다만 한자어의 경우 한자의 음을 제시하고, 한자는 괄호 안에 표기하였다. 이러한 작품 제시 방법은 옛 노래에 사용된 표현들이 창작 당시의 언어적 관습을 담아내고 있기에, 일방적으로 현대어로 바꿀 경우 문학 작품의 '맛'을 반감시킬 우려가 있다는 판단도 작용했다. 또한 작품 원문을 접하고자 하는 독자들의 기대도 충족시킬 필요가 있다고 여겨졌다.

그동안 고전시가를 연구하면서, 우리의 옛 노래 작품들이 현대의 독자들에게 더 쉽게 읽힐 수 있다면 좋겠다는 생각을 해 왔다.

그리하여 나는 학생들과 일반인들을 위해 고전시가 작품들을 현대적 감각에 맞게 소개하는 작업을 늘 염두에 두고 있었다. 우리의 옛 노래들이 아무리 흥미롭고 유익한 내용을 담고 있더라도, 현대의 독자들에게 '언어적 장벽'으로 가로막혀 있다면 그 작품들에 대한 접근은 절대 쉽지 않을 것이다. 나와 같은 고전시가 연구자들이 이러한 장벽을 없애기 위해 노력해야만 한다. 이 책의 출간은 그러한 나의 문제의식이 반영된 결과라 할 수 있으며, 앞으로도 이러한 시도를 포기하지 않을 것이라 다짐해 본다.

원고를 정리하는 과정에서, 나에게 1년 동안 캐나다 밴쿠버에 머물 수 있는 시간이 주어졌다. 아내와 아들 가은이와 함께 그곳에 머물며, 그동안 지쳤던 몸과 마음을 충분히 쉴 수 있었던 기회였다. 처음 대학에 자리를 잡을 무렵 태어났던 가은이는 어느덧 중학생이 되었는데, 언제나 굳건하게 자리를 지켜준 아내와 아들에게 고마움과 함께 사랑을 전한다. 또한 필자의 지도교수이셨고 언제나 학문적 버팀목으로 제자들을 지켜주셨던 김흥규 선생님께서 오랜 기간의 교직을 마무리하고, 1년 전에 정년퇴임을 하셨다. 선생님께서는 퇴임 후에도 여전히 활발한 학문 활동을 하시면서 제자들에게 지속적인 자극을 안겨주시고 있다. 비록 시기를 적절히 맞추지는 못했지만, 이 책의 출간이 새로운 '학문의 길'로 접어드신 선생님께 드리는 선물이 되었으면 좋겠다. 마지막으로 책의 편집과 출간을 맡아 좋은 모습으로 꾸며준 리더스가이드의 박옥균 대표에게도 고마움을 전한다.

앞으로도 옛 노래를 많은 사람들에게 쉽게 접할 수 있도록 노력하겠다는 약속을 드리고 싶다.

2013년 7월
남도의 끝자락 순천에서 김용찬

프롤로그

노래 삼긴 사람 시름도 하도 할샤

일러 다 못 일러 불러나 푸돗던가

진실로 풀릴 것이면 나도 불러 보리라

문학이 된 노래

예술의 기원에 관한 학설 가운데 심리학적 기원설에 따르면, 인간이 예술 작품을 창조하는 까닭은 '표현하지 않고서는 견딜 수 없는 내적 욕구' 때문이다. 이와 달리 집단의 결속과 노동 생산성을 높이기 위해 예술이 탄생했다고 보는 것이 사회학적 기원설이다. 또 제의적 기원설에서는 종교 의식 때 행해진 원시 가무인 '발라드 댄스(Ballad Dance)'에서 문학과 음악, 무용이 분화되어 나왔다고 본다. 그런데 고대의 예술은 인간의 예술 충동에 대한 표현인 동시에, 집단의 노동과 연결되어 있을 뿐 아니라 제의적 성격 또한 강했다. 따라서 이 셋은 상호 보완적 관계에 놓여 있다고 볼 수 있다. 우리 옛 노래 몇 편을 살펴보면서, 예술의 한 분야인 노래의 특징에 대해 알아보자.

노래, 문학의 뿌리

"노래란 나에게 무엇인가?" 이 물음에 대한 답은 지구상에 존재하는 사람 수만큼이나 많을 것이다. 사람마다 좋아하는 노래가 다르고, 즐겨 부르거나 듣는 취향이 다양하기 때문이다. 노래는 사람들에게 흥겨움을 안겨주기도 하고, 우울한 마음을 달래주는 역할을 한다. 우리는 기분 좋은 일이 있을 때 절로 콧노래를 흥얼거린다. 또 삼삼오

오 '노래방'에 모여 목청이 터져라 노래를 부르며 가슴속에 쌓인 스트레스를 풀곤 한다. 주위를 둘러보면 귀에 이어폰을 꽂고 음악을 듣는 이들도 쉽게 찾아볼 수 있다. '노래가 무엇인가'를 한마디로 정의하기는 쉽지 않지만, 우리의 일상에서 무시할 수 없는 의미를 지니고 있다는 점은 분명하다.

노래는 생각을 전달하고 감정을 표현하는 일종의 '언어'이다. 자신의 생각을 담아서 상대에게 전달하고 싶을 때, 노래를 하나의 수단으로 이용하기도 한다. 옛 사람들 역시 노래를 통해 자신의 생각과 감정을 표출했다. 지금은 문학으로 대하고 있는 고전시가(古典詩歌)는 당시에는 노래로 불렸다. 대부분의 노래 가사가 시와 같은 언어 표현을 가지듯이, 뛰어난 옛 노래의 가사도 시와 다름없다. 때문에 우리는 옛 노래를 '시가(詩歌)'라고 일컫는다. 옛 사람들이 시라고 할 때는 주로 한문으로 지은 한시(漢詩)만을 의미했다. 고전시가 갈래들의 명칭을 보면, 그것들이 단순히 문학만이 아니라 노래이기도 했다는 것을 쉽게 확인할 수 있다. 중국의 음악에 대응하여 우리나라의 노래라는 뜻의 '향가(鄕歌)'는 주로 신라시대에 향유되었던 노래들의 명칭이다. 지금은 일부 작품만 남아 전해지지만, 고려시대의 노래들 역시 '고려가요(高麗歌謠)'라는 이름으로 불린다. 이밖에도 '경기체가(景幾體歌)'와 '시조(時調)', 그리고 '가사(歌辭)' 등의 갈래 명칭도 역시 '노래(歌)'라는 뜻을 지니고 있다. 고전시가가 노래로 불렸던 것이 당연한 사실임에도, 우리는 이를 잊어버리곤 한다.

지금 유행하는 노래들이 오늘날의 시대적 분위기를 담고 있듯, 옛 노래들은 그것이 창작되고 향유되었던 시대의 문화를 반영하고 있다. 비록 옛 노래들에 사용된 시어들이 우리에게는 매우 낯설게 느껴지기도 하지만, 모든 노래들은 언제나 '오늘의 언어'로 불려진다. 그렇기에 옛 노래의 시어에서 당대의 언어 관습을 확인할 수 있고, 작품의 의미를 따져 그 시대의 문화적 분위기를 읽어 낼 수도 있다.

노래로 불리는 한 시대의 목소리

그렇다면 시대를 거슬러 올라가서, 삼국시대 이전의 노래들은 어떠했을까? 안타깝게도 고대에 향유되었던 노래들의 구체적인 모습은 확인할 길이 없다. 다만 노래에 관한 단편적인 기록들과 몇몇 작품들이 한문으로 번역되어 전해질 따름이다. 개인의 정서를 담아 내기 시작했던 향가 갈래가 발생하기 이전에는, 대체로 집단적 성격을 갖는 노래들이 많았을 거라는 견해가 지배적이다. 그 대표적인 작품이 바로 《삼국유사》에 한역되어 전하는 〈구지가(龜旨歌)〉이다.

龜何龜何 (구하구하)	거북아 거북아
首其現也 (수기현야)	머리를 내어라
若不現也 (약불현야)	만약 내어놓지 않으면
燔灼而喫也 (번작이끽야)	구워서 먹겠다

〈구지가〉

《삼국유사》의 〈가락국기(駕洛國記)*〉에 한자로 번역되어 전하는 〈구지가〉는 가락국의 시조 수로왕의 탄생과 국가의 창건(서기 42년)을 다룬 건국신화와 연관이 있는 작품이다. 나라의 칭호도 임금과 신하의 명칭도 존재하지 않던 시절, 부족의 추장에 해당되는 '구간(九干)'이라는 직책을 가진 사람들이 새로운 왕을 맞이하기 위해 구지봉의 꼭대기에서 이 노래를 불렀다고 한다.

작품의 해석을 둘러싸고 여러 이설들이 존재하지만, 대체로 '머리(首)'는 '군주'를 의미한다. 따라서 '머리를 내어라'라는 표현은 군주가 될 수로왕이 정상적으로 태어나기를 바라는 주술(呪術)로 이해할 수 있다. 그리고 마지막 행의 '구워서 먹겠다'는 위협적인 표현은 신성한 존재가 무사히 태어나기를 바라는 열망이 극단적인 반어로 나타난 것이라 해석할 수 있다. 비록 원래 형태는 알 수 없지만, 한역(漢譯)된 내용만으로도 고대국가 형성기 노래들의 성격을 더듬어 볼 수 있다. 내용 자체는 너무도 단순하지만, 그래서 오

구지봉 꼭대기의 고인돌. 조선시대 명필인 한석봉이 '구지봉석'이라는 글씨를 썼다고 전해진다.

히려 집단적 정서를 표출하기에 적합한 것이다. 이러한 내용과 형식의 단순성이야말로 주가(呪歌 기원의 노래)의 성격이 강한 신화시대 노래의 가장 큰 특징이다.

단순한 형태의 노래가 집단적 감성을 잘 반영한다는 사실을, 우리는 온국민의 관심이 집중되었던 '촛불집회'의 현장에서 확인할 수 있었다. "대한민국은 민주공화국이다. 대한민국의 모든 권력은 국민으로부터 나온다."가 노랫말의 전부인 〈헌법 제1조〉는 반복적으로 불리며, 함께 한 사람들을 하나로 묶는 역할을 하였다. 너무도 당연한 사실을 적시하고 있지만, 짧은 노랫말에는 집회에 나온 사람들의 바람이 모두 담겨있었다. 그 이외의 수많은 구호나 웅변들은 이 노래의 부연에 지나지 않았다. 가락국 백성 역시 마찬가지 심정으로, 왕의 무사한 탄생을 바라며 〈구지가〉를 간절하게 부르지는 않았을까? 〈구지가〉와 〈헌법 제1조〉는 내용이 단순하여 문학적 분석의 대상으로는 미흡해 보인다. 그러나 노래가 향유된 상황과 관련하여 살펴보면 충분히 역사적 의미를 부여할 수 있다.

노래는 나의 힘

나라의 모양이 갖춰지고 강한 왕권의 시대가 됨에 따라, 고구려 유리왕(?~기원후 18)의 〈황조가〉처럼 집단보다는 '개인'의 감성을 담은 노래가 출현하기 시작했다. 점차로 개개인의 감성을 담은 노래가 보다 많이 향유되었고, 노래에 자신의 생각을 적극적으로 담아냈다. 개인이 처한 사회 환경과 문화가 달라짐에 따라 여러 갈래의 시가들이 생겨나고, 그 역할도 다양하게 발전했다. 다음 시조 작품에서는 옛 사람들이 노래에 대해 가졌던 생각의 일단(一端)을 볼 수 있다.

노래 삼긴 사람 시름도 하도 할샤
일러 다 못 일러 불러나 푸돗던가
진실로 풀릴 것이면 나도 불러 보리라.

노래를 처음으로 만든 사람, 근심 걱정이 많기도 많았구나/ 말로 하려 하니 다 못하여 (노래를) 불러서 풀었단 말인가 / 진실로 풀릴 것이면 나도 불러 보리라.

〈신흠의 시조〉

조선 인조 때의 문인 신흠(申欽, 1566~1628)이 지은 이 시조는 노래의 역할과 의미를 화자의 입장에서 풀어내고 있다. 화자는 인간의 마음속에 쌓인 시름을 풀기 위한 수단으로 노래가 처음 만들어졌을 것이라고 하였다. 보통의 경우, 누군가에게 자신의 답답함을 이야기한다면 마음속에 맺힌 시름은 언젠가 풀리기 마련이다. 하지만 시름이 '많고도 많아' 말로써 다 풀 수 없었던 누군가가 노래를 만들어 불렀는데, 이것이 노래의 시초인 셈이다. 노래가 그런 역할을 한다면, 화자 자신도 노래를 불러 마음속에 쌓인 시름을 맘껏 풀어보겠노라고 끝맺고 있다.

이 작품을 지을 당시 신흠의 마음속에는 말로는 풀릴 수 없을 정도의 커다란 시름이 있었던 모양이다. 그런 연유에서 '노래 삼긴 사람'의 처지가 곧 자신의 처지와 다르지 않음을 드러내어, 이 작품의 진술을 통해 노래의 가치를 적극적으로 옹호하였다. '삼기다'는 '생기다' 또는 '생기게 하다'의 뜻이니, '노래 삼긴 사람'은 곧 '노래를 (처음) 만든 사람'으로 해석된다.

이황(李滉)은 이별(李鼈)이라는 사람의 작품인 '육가(六歌)' 형식을 본떠서 〈도산십이곡(陶山十二曲)〉을 지었는데, 그 발문에서 다음과 같이 주장하였다. 마음의 성정을 표현할 때 쓰는 한시(漢詩)는 "가영이불가가(可詠而不可歌)", 곧 '읊조릴 수 있으나 노래할 수는 없다.'라고 하였다. 결국 노래로서의 시조의 가치를 긍정적으로 인식하고, 한시와는 다른 국문시가인 시조를 창작해서 즐겼던 것이다. 이황과 같은 사대부들이 지니고 있었던 노래에 대한 이러한 생각은 비단 시조 갈래에만 국한되는 것은 아니다. 이처럼 옛 노래는 시(한시)와는 다른 역할과 의미를 지니고 있었기에, 바로 이런 관점에서 고전시가를 이해해야 한다.

자신의 억울한 심정을 노래로 풀어보고자 했던 또 다른 작품, 고려가요 〈정과정(鄭瓜亭)〉을 살펴보자. 《악학궤범》에 실린 이 노래는 고려가요 중 지은이를 알 수 있는 유일한 작품이다. 흔히 '충신연주지사'(忠臣戀主之詞, 충신이 임금을 그리워하며 부른 노래)의 효시로 알려진 이 작품은, 작자인 정서(鄭敍: 생몰년 미상)가 유배지에서 임금에게 자신의 억울함을 호소하는 내용으로 채워져 있다. 전체 11행의 형식과 마지막 행에 배치된 감탄 어구 '아소 님하' 등의 표현을 근거로, 향가의 형태가 남아있는 작품(잔존형 향가)**으로 평가되기도 한다.

내 님을 그리워하여 우니다니	내가 님을 그리워하여 울고 지내니
산(山) 접동새 난 이슷하요이다	접동새와 나는 비슷합니다
아니시며 거츠르신들 아	옳지 않으며 거짓인 줄은 아~
잔월효성(殘月曉星)이 알으시리이다	지는 달과 새벽별이 알 것입니다
넋이라도 님은 한데 녀져라 아으	넋이라도 임을 한자리에 모시고 싶습니다. 아~
벼기더시니 뉘러시니잇가	나를 헐뜯은 사람이 누구였습니까
과(過)도 허물도 천만(千萬) 업소이다	(나는) 잘못도 허물도 전혀 없습니다
말힛 마리신저	(다시 부르겠다더니) 말짱한 말씀이었구나
살웃븐저 아으	슬프도다 아~
님이 나를 하마 잊으시니잇가	임께서 나를 벌써 잊으셨습니까
아소 님하, 도람 드르샤 괴오쇼셔.	임이시여, 돌려 들으시어 사랑해 주소서

〈정과정〉

작품을 읽어보면, 그 정서가 대단히 격정적이라는 것을 확인할 수 있다. 연구하는 이에 따라 몇몇 시어의 해석이 다양하게 나타나지만, 보편적으로 이해되는 방식을 따라 작품의 흐름을 이해해보자. 작자는 멀리 유배지에서 '임을 그리워하여 울고 지내는' 자신의 처지와 밤마다 산에서 우는 접동새의 그것이 서로 비슷하다고 말한다. 그리고는 자신을 헐뜯고 거짓을 고하며 임금에게 참소(讒訴)한 이들의 말이 '사실이 아니고 거짓인 줄을 / 기울어가는 달과 새벽녘을 밝히는 금성(효성)만이 알 것이다'고 주장한다. 자신이 임을 곁에서 섬길 때 죽어서 넋이라도 함께 하고자 했는데, 죄가 있다고 우기던 사람이 그 누구인가 원망스러울 따름이다. 자신에게는 과오도 허물도 전혀 없건만, 나를 다시 부르겠다는 임의 약속조차 시간이 흐르면서 '말짱한 말'(말힛 말)로 의심하기에 이른 것이다. 그리하여 작자는 철저히 외면당한 자신의 슬픔(살읏븐저)을 토로하는 한편, 임께서 다시 불러주기를 간절히 바라면서 작품을 끝맺는다.

작자의 시름은 참소로 인해 유배를 떠난 자신을 잊은 임금의 마음에서 비롯된 것이다. '몸이 멀어지면 마음도 따라 멀어진다.'는 말도 있듯이, 상황이 바뀌면 다시 부르겠다던 왕의 약속은 기약 없이 희미해져 갔다. 그래서 이 노래를 불러 자신의 결백을 호소함과 동시에 왕이 한 약속을 잊지 말도록 환기하고자 했다. 하지만 자신과 약속했던 고려 의종(毅宗)이 왕위에서 물러날 때까지, 정서는 장장 20여년을 유배에서 풀려나지 못했다. 그 오랜 기간 동안, 마음속

부산 수영구에 있는 정과정. 주변은 도시화 되었으나 400년 된 팽나무가 함께 하고 있다

에 쌓인 시름을 달래기 위해 이 노래를 즐겨 불렀을 것이다. 아마도 노래를 부르고 난 이후에는 조금쯤은 마음의 위안이 되었을 것이다. 이것이 바로 노래의 힘이다.

● 〈가락국기〉에 나오는 구지가 관련 기록
《삼국유사》 권2의 〈가락국기〉에는 다음과 같은 기록이 있다.

"천지가 개벽한 이래로 이곳에는 아직 나라의 이름도 없었고, 또한 군신(君臣)의 호칭 따위도 없었다. 그저 아도간·여도간·피도간·오도간·유수간·유천간·신천간·오천간·신귀간 등의 9간(九干)이 있을 뿐이었다. 이들은 추장으로서, 이들이 당시 백성을 통솔했던 것이다. 그 백성은 모두 1백 호, 7만 5천 명이었으며, 산야에 제각기 집단을 이루어 그저 우물을 파서 물 마시고 밭 갈아 밥 먹을 정도의 생활을 영위하고 있었다.

후한 광무제(光武帝) 18년. 즉 신라 유리왕 즉위 19년(42년) 3월 계욕일이었다. 그곳 북쪽의 구지에서 뭔가 부르는 수상한 소리가 들렸다. 무리 2~3백 명이 그곳 구지봉에 모여들었다. 사람의 말소리 같은 것이 들렸다. 그러나 그 소리를 내는 자의 형상은 보이지 않고, 소리만 나고 있을 뿐이었다.

소리는 이렇게 물었다. '이곳에 사람이 있는가 없는가?'

구간들이 응답했다. '우리들이 있다.'

소리는 또 물어왔다. '내가 있는 이곳이 어디인가?'

그들은 응답했다. '구지봉이다.'

소리는 또 말했다. '황천께서 나에게 명하기를 이곳에 임하여 나라를 새롭게 열고 임금이 되라고 하셨다. 그래서 이곳에 내려왔다. 너희들은 모름지기 봉우리 위의 흙을 파면서 이렇게 노래하라. (…구지가…) 이 노래를 외치며 춤을 추어라. 그러면 곧 대왕을 맞아 너희들은 기뻐 날뛰게 될 것이다.'

구간들은 그 말대로 모두 기쁘게 노래를 부르고 춤추었다. 노래하고 춤춘 지 얼마 되지 않아 그들은 우러러 머리 위를 바라보았다. 자색 줄이 하늘에서 드리워져 땅에 닿고 있었다. 줄 끝을 찾아보았더니, 붉은 보에 싸인 금합이 매달려 있었다. 그 금합을 열어 보았다. 해같이 둥근 황금알 여섯 개가 들어 있었다. 사람들은 모두 놀라고 기뻐했다. 그리고 그 알들을 향해 수없이 절을 했다. 조금 있다 도로 보에 싸서 아도간의 집으로 가져갔다. 탑상(榻上)에다 놓아두고 무리는 각기 흩어졌다.

꼭 하루가 지나 이튿날 아침에 무리는 다시 모여들었다. 그리고 금합을 열어보았다. 여섯 개의 황금알은 남자아이들로 변해 있었다. 용모들이 매우 준수했다. 상에 앉히고 무리들은 절을 드려 치하했다. 그리고 공경을 다해 모셨다. 남자 아이들은 날마다 커갔다. 10여 일이 지나갔다. 신장이 9척으로 은나라의 탕임금 같았고, 얼굴이 용 같아서 한나라 의 고조와 같았으며, 눈썹이 여덟 가지 색으로 되어 있어서 이것은 당의 요임금과 같았 다. 그리고 눈동자가 두 개씩 있는 것은 우의 순임금과 같았다.

그달 보름날에 왕위에 즉위했다. 처음으로 나타났다고 하여 이름을 수로(首露)라 했다. 혹은 수릉(首陵)이라고도 했다. 나라를 대가락(大駕洛), 또는 가야국(伽耶國)이라고 불 렀다. 곧 6가야의 하나다. 나머지 다섯 사람도 각각 돌아가 다섯 가야의 임금이 되었다. (이하 생략)"

●● 잔존형 향가

향가는 고려 초기까지 계승되다가, 향찰(鄕札)이 한문에 밀려 쓰이지 않자 쇠퇴해 갔 다. 향가의 자취를 보여 주는 '잔존형 향가'(또는 '향가계 고려가요')에는 〈도이장가(悼二 將歌)〉와 〈정과정〉이 있다. 1120년(고려 예종 15년)에 예종이 직접 지은 〈도이장가〉는 향찰 로 표기된 8구체 형식이며, 고려의 개국 공신 김락과 신숭겸에 대한 추모의 뜻을 담고 있 다. 이에 비해 〈정과정〉은 향찰로 표기되어 있지 않다. 하지만 3단 구성이나 11행의 '아 소 님하' 같은 여음구를 볼 때 10구체 향가의 전통을 계승하고 있으며, 창작 동기와 내용 면에서도 10구체 향가인 신충의 〈원가(怨歌)〉와 일맥상통한다.

1부

여러 갈래로 발전한
우리 옛노래

선화공주(善化公主)니믄

놈 그스지 얼어두고

맛둥바울

바미 몰 안고가다

향가,
우리말 시가를 열다

매년 가을, 울산의 처용암에서는 처용 복장을 하고 가면을 쓴 무용수들이 전통 처용무를 선보이는 '처용 고유(告由)'를 시작으로 처용 문화제의 막이 오른다. 40회를 훌쩍 넘긴 이 행사는 신라의 '처용 설화'를 소재로 삼아 울산 지역에서 매년 열리는 유서 깊은 전통 축제다. 그런가 하면 매년 비슷한 시기에 전라북도 익산시에서는 서동 축제가 열린다. 행사 기간 내내 서동·선화 혼례식 행차와 뮤지컬, 코스프레 쇼, 만화 캐릭터 공모전 등 다채로운 프로그램이 서동 스토리텔링관을 중심으로 펼쳐져 화제를 모았다. 설화의 형태로 전승되다가 지역 축제와 드라마 등의 문화 콘텐츠로 자리 잡은 〈서동요〉와 〈처용가〉 등의 향가를 통해, 문학과 역사 사이에 존재하는 간극에 대해 살펴보자.

한시에 대응한 우리말 시가

어느 시대이든지 유행하는 노래가 있기 마련이다. 예컨대 1990년대 초반 '서태지와 아이들'의 등장으로, 그 이전과는 전혀 다른 랩이 가미된 댄스음악이 유행하기 시작했다. 그 이후 그것이 다양한 계열의 음악으로 분화하고 있지만, 21세기에 접어든 지금에도 여전히 강렬한 비트의 댄스음악이 주류를 이루고 있다. 서태지의 등장 이전까지 가요계를 이끌었던 포크나 발라드 계열의 노래들은 이제는 이른바 '70·80 세대의 음악' 정도로 치부되고 있다. 물론 트로트 계열의 음악은 시대를 가로질러 많은 이들에게 인기를 누리고 있으며, 최근의 신세대 가수들조차 새롭게 트로트를 만들어 부르고 있기도 하다. 이처럼 길지 않은 시간의 흐름 속에서도 한 시대를 풍미하며 유행하던 음악의 양상이 변해가는 것을 알 수 있다.

우리 문학사에는 그 시대를 대표하는 노래들이 존재한다. 유행이 빠르게 바뀌는 요즘의 음악과는 달리, 옛 노래들은 그것을 대체할만한 새로운 노래의 양식이 등장할 때까지 상당한 기간 동안 지속적으로 향유되었다. 물론 시조와 가사처럼 동일한 시대에 서로 다른 양식의 노래들이 유행한 적도 있다. 이처럼 일정한 범주로 묶을 수 있는 노래 양식들을 문학사에서는 '역사적 갈래(genre)'라 하고, 시대적 특성과 갈래의 성격에 따라 구분한다. 향가(鄕歌)는 중국의 한시(漢詩)에 대응되는 우리말로 된 시가를 가리킨다. 현재 전하는 작품들을 통해서 볼 때, 향가의 문학적 형태와 내용은 다양하다. 일정한 원리와 통일된 관습을 지니고 있지 않았기 때문에, 문학적으로 단일한 갈래라고 보기 어려운 것도 사실이다. 그러나 남아 있는 작품 수가 많지 않아 그 안에서 구별 짓기가 어렵고, 모두 향찰로 표기되었기 때문에 문학사적으로 향가를 '신라시대의 우리말 시가'로 보고 있다.

그렇다면 고유의 문자가 없었던 시절에 어떻게 우리말을 표기했을까? 향가는 한자의 음(音)과 뜻(訓)을 빌어 우리말을 적는 향찰

(鄕札)로 기록되었다. 향찰이 아니었다면, 그 당시에 불렸던 노래들은 한자로 번역되거나 혹은 노래 제목만 기록으로 남았을 것이다. 고대가요인 〈황조가〉 등이 우리말로 불렸던 노래임에도 불구하고, 한역(漢譯)된 형태로 전해지는 것이 대표적인 예이다. 그렇기 때문에 당시에 불렸던 노래 형태를 그대로 남길 수 있었다는 점에서, 향찰이 우리말을 표기하는 요긴한 수단이었다. 다만 그것을 어떻게 읽어낼 것인가 하는 어석(語釋 말의 풀이)의 문제가 여전히 해결해야 할 과제로 남아있어, 학자에 따라 동일한 작품을 다르게 풀이하기도 한다. 그래도 향찰이라는 표기 수단을 통해 당시에 불렸던 노래의 형태가 오늘날까지 그대로 전해질 수 있다는 점에서, 향가는 문학사적으로나 언어학적으로 중요한 의미를 지닌다. 그런 까닭에 향가를 우리 문학사에서 처음으로 등장한 '민족어 시가'라고 말할 수 있다.

오늘날에는 《삼국유사》에 실린 14수와 《균여전》의 〈보현시원가(普賢十願歌)〉 11수 등 모두 25수의 향가가 전한다. 향가의 영향이 남아있어 '잔존형 향가'라 논의되는 고려시대 예종(睿宗)이 지은 〈도이장가(悼二將歌)〉나 정서(鄭敍)의 〈정과정(鄭瓜亭)〉을 포함한다고 해도 그 수는 매우 제한적이다. 《삼국사기》의 기록에 따르면, 진성여왕 2년(888년)에 왕이 각간(角干)의 직위에 있던 김위홍(金魏弘)과 승려인 대구화상(大矩和尙)에게 명하여 역대의 향가를 모아 《삼대목(三代目)》을 편찬케 했다고 한다. 하지만 안타깝게도 전승되는 과정에서 유실(遺失)되어, 현재는 전하지 않는다. 만약 그것이 지금까지 전해졌다면, 고려시대 이전의 문학사가 수많은 향가 작품을 통해 풍성한 논의로 채워질 수 있었을 것이다. 어쨌든 남아있는 자료가 소략하기는 하지만, 현재 전하는 작품들을 통해서나마 당대 우리 시가의 면모와 그 시대를 살았던 사람들의 삶의 숨결을 살필 수 있다. 그런 까닭에 향가는 우리 문학사에서 매우 소중한 유산임에 분명하다.

노래 때문에 결혼한 공주, 〈서동요〉

향가의 형식에 대해서는 많은 논의들이 존재하나, 대체로 4구체·8구체·10구체로 구분하는 것이 일반적이다. 이 중 10구체 향가를 사뇌가(詞腦歌)라고도 하며, 다채로운 정서를 표현할 수 있어 서정성이 높다고 평가된다. 전체 25수 중에서 4구체 4수와 8구체 2수를 제외하면, 19수가 모두 10구체 향가이다. 수적인 비중이 높은 만큼, 10구체 향가는 비교적 다양한 작품 세계를 보여준다. 특히 《삼국유사》에 수록된 향가들은 대체로 관련된 이야기의 기록과 함께 전해진다. 따라서 작품을 해석할 때, 해당 산문 기록의 의미와 긴밀하게 연관시켜 논하지 않을 수 없다. 여기에서는 4구체와 8구체 각한 작품씩을 선정하여 작품 세계를 살펴보고, 10구체 작품들은 그 주제에 따라 다른 항목에서 다루기로 한다.

선화공주(善化公主)니믄   선화 공주님은
눔 그스지 얼어두고   남 몰래 정을 통하여 두고

맛둥바올   맛동(서동) 도련님을

바미 몰 안고가다   밤에 몰래 안고 간다

(〈서동요〉양주동 해독)

4구체 향가인 〈서동요(薯童謠)〉는 《삼국유사》의 '백제 무
왕' 조에 실려 전한다. 백제 무왕(?~641, 백제의 30대 임금)의 이름
은 장(璋)으로, 어린 시절에는 가난하여 마를 팔아 생계를 이어
갔기에 '서동'(마를 파는 아이)이라 불렸다. 그는 진평왕(?~632,
신라의 26대 임금)의 셋째 딸 선화 공주가 아름답다는 말을 듣고
는 신라로 잠입하여, 아이들에게 마를 나누어 주며 이 노래를 부
르게 했다. 이 노래가 궁중에까지 알려져 공주가 쫓겨나자, 서
동이 공주의 마음을 사로잡아 사랑을 이루었다는 내용이다. 서
동은 자신의 목적을 이루기 위해 의도적으로 노래를 지어 소문
을 퍼뜨렸다. 즉 〈서동요〉는 있지도 않은 사실을 기정사실로 만
들어 누군가를 곤란에 빠뜨리려는 목적으로 만든 노래라고 할
수 있다. 〈서동요〉는 아이들에게 부르게 했으니 '동요(童謠)'
의 성격을 띠는데, 오늘날 아이들이 '얼레리 꼴레리 철수는 영
희를 좋아한대요~.' 하는 노래의 원조인 셈이다. 그럼에도 역
사서에 전할 만큼 널리 알려진 것은, 왕과 공주라는 민간에서 다
루기 좋아하는 소재와 국경을 넘은 사랑이라는 이야기가 주는 흥미
때문인 듯하다.

몇 해 전 드라마로 만들어져 인기를 끌기도 했는데, 〈서동요〉관
련 기록에는 앞뒤의 이야기가 더 있다. 앞부분에는 그의 어머니가

서동요의 주인공 무왕의 탄생 설화가 있는 부여의 궁남지

연못의 용과 사통(私通)하여 서동을 낳았다는 출생담이, 뒷부분에
는 서동 부부가 발견한 황금을 시주하여 미륵사를 창건했다는 기
록이 첨가되어 있다. 그런데 최근 익산 미륵사지 석탑의 해체와 보
수 과정에서 절의 창건 과정을 밝힌 '금제 사리봉안기(金製舍利奉安
記)'가 발견되어, 〈서동요〉는 다시 세간의 주목을 받았다. '사리봉
안기'에 따르면, 절의 창건에 기여한 무왕의 왕후는 선화공주가 아
닌, 백제 귀족의 딸이다.

　이 기록을 근거로, 일부에서는 〈서동요*〉는 물론 그것이 수록
된 《삼국유사》의 기록 자체도 의심스럽다고 주장하기도 한다. 새
로운 역사 기록의 출현은 당대의 문화를 재구성하는데 매우 중요한
역할을 하지만, 그것을 근거로 문학 작품의 해석마저도 좌지우지되

어서는 안 된다. 비록 '역사서'인 《삼국유사》에 수록되어 있지만, 〈서동요〉와 관련 산문 기록은 역사가 아닌 문학 즉 설화(說話)로 이해되어 왔다. 따라서 미륵사 창건 기록과 문학으로서의 〈서동요〉는 별개의 문제이며, 그로 인해 〈서동요〉의 문학적 가치가 폄하되거나 무시될 수는 없다. 역사적인 논란이 문학 작품의 의미와 가치마저 좌지우지할 일은 아닌 것이다.

놀다 와서 질투할까, 〈처용가〉

사실 향가의 해석에 있어서, 이러한 시각의 차이는 늘 존재하기 마련이다. 8구체 향가인 〈처용가(處容歌)〉 역시 그 해석에 있어서 문학과 역사의 문제가 얽혀있는 작품이다. 즉 처용의 존재를 어떻게 볼 것이며, 또 작품 속의 상황이 당대 신라 사회의 퇴폐성을 반영하고 있는지 여부에 대한 논의가 바로 그것이다. 처용은 과연 어떤 사람일까? 당시 신라 사회는 퇴폐적이었을까? 〈처용가〉를 접하면 이런 의구심이 들게 마련이다.

싀볼 볼긔 드래	서울 밝은 달에
밤드리 노니다가	밤늦도록 노닐다가
드러사 자리 보곤	들어와 잠자리를 보니
가르리 네히어라	다리가 넷이로다
둘흔 내해엇고	둘은 나의 것이었고

둘흔 뉘해언고   둘은 누구의 것인가

본디 내해다마른   본디 내 것이지마는

아사늘 엇디 ᄒᆞ릿고   빼앗긴 것을 어찌하리오

(〈처용가〉, 양주동 해독)

　노랫말로만 본다면, 이 작품은 아내가 저지른 부정의 현장을 목
격한 처용이 하는 이야기일 뿐이다. 다만 '내 것'인 아내의 다리
가 누구 것인지 모를 남의 다리와 함께 있는 것을 보고 물러나 '어
찌할 것인가' 하며, 체념하는 처용의 모습은 상식으로는 납득하기
가 어렵다. 하지만 이처럼 관용을 베푸는 범상한 모습으로 인해, 설
화와 노래가 전승되면서 처용의 존재는 역병(疫病)을 물리친 무신
(巫神)으로 자리 잡을 수 있었다. 무속의 관점에서 볼 때, 〈처용가〉는
'벽사진경(辟邪進慶 사악한 귀신을 물리치고 경사를 맞이함)'의 풍속에서
형성된 무가로, 처용은 제웅(除雄 역신을 쫓기 위해 음력 정월에 동구 밖
에 내던져 액(厄)을 면하게 한다는 볏짚 인형)과 연관이 있다. 후대인 고려
시대에 본격적인 무가(巫歌)인 〈고려 처용가〉로 계승되기도 했다.
　《삼국유사》의 '처용랑 망해사' 조에 의하면, 서라벌에서 처용
은 한낱 이방인이었다. 그는 동해 용왕의 아들로, 마침 지방을 순행
하던 헌강왕(?~886, 신라의 49대 임금)이 그를 데려와 급간(級干 신라의
17관등 가운데 아홉째 등급) 벼슬을 내려 정사를 보좌하게 하였다. 임금
은 그의 마음을 붙들고자 아름다운 여인을 아내로 삼게 하였는데,
작품 속의 부정을 저지른 여인이 바로 그녀이다.
　기록에도 불구하고 처용의 존재에 대해서는 다양한 해석이 있

다. '화랑'이나 '지방호족의 아들'로 보는 의견도 있고, 문헌에 기술된 모습을 근거로 이슬람상인●●이라 주장하는 이들도 있다. '짙은 눈썹에 부리부리한 눈, 오똑한 콧날'의 처용의 형상이 우리 조상의 모습과는 완연히 다르기 때문이다. 처용이 어떤 존재냐를 떠나 이 향가의 해석과 관련해서 보면, 대부분 처용을 중심에 두고 아내를 부정을 저지른 여인으로 평가한다.

그러나 설화 속의 또 다른 주인공인 아내의 입장에서 본다면, 그녀는 왕명에 의해 갑자기 마음에도 없는 처용과 결혼을 한 셈이다. 이미 결혼을 할 만한 나이였다면 장래를 약속한 사람이 있었을 법하다. 게다가 남편 처용은 신라의 귀족 사회에 적응하지 못한 채, 밤마다 거리를 배회하고 있었다. 처용은 매일 달이 스러질 때까지 놀다가 집에 들어왔으니, 아내에게 남편 노릇을 제대로 했다고 보기도 어

경주 괘릉에 있는 무인상

렵다. 혹시 처용의 아내가 외도의 대상으로 삼았던 이가 역신(疫神)이 아니라, 그녀의 옛 애인이었던 것은 아닐까? 만약 사정이 그러하다면 비록 그녀의 행동이 도덕적으로 비난을 받을 수 있다고 해도, 인간적으로는 그 심정을 헤아려 줄 여지는 있지 않을까? 물론 〈처용가〉에 대한 이러한 해석이 지나칠 수도 있다.

기존의 연구들에서는 산문 기록과 작품 속에 분명히 등장하는 처용 아내의 처지는 전혀 고려의 대상이 아니었다. 하지만 행간에 감춰진 아내의 입장을 고려해 읽는 것도 필요한 일이다. 향가에 대한 연구 논문의 수가 2천여 편이 넘는 오늘날, 이제는 그동안의 향가 연구들이 간과했던 부분을 새로운 시각에서 조망하는 것도 필요하다. 게다가 많은 향가에서 보여지는 신라시대의 불교나 화랑사상의 관점에서만 다루다 보면, 자칫 서정시로서의 향가가 지니고 있는 진면목을 놓칠 수도 있다. 또 어석(語釋)상의 난점 때문에 몇몇 작품에 대한 관심은 상대적으로 소략하며, 고려시대의 향가인 균여(均如)의 〈보현시원가〉에 대한 연구도 아직 충분치 못하다. 바야흐로 '민족어 시가'의 출발점인 향가를 폭넓은 관점에서 음미하고 이해하려는 자세가 필요한 시점이다.

● 〈서동요〉 관련 기록

《삼국유사》 〈기이(記異)〉의 '무왕' 조에는 다음과 같은 기록이 있다.

"백제 제30대 무왕(武王)의 이름은 장(璋)이다. 무왕의 어머니는 과부였다. 그녀는 서울 남쪽 연못가에 집을 짓고 홀로 살다가, 그 못의 용과 관계하여 무왕 장을 낳았다. 무왕의 어릴 때 이름은 서동(薯童)으로, 그의 재능이며 도량은 넓고 깊어 헤아리기 어려웠다. 항상 마를 캐어 팔아 생활했기 때문에, 사람들은 그의 이름을 서동이라고 부른 것이다.

서동은 신라 진평왕의 셋째 공주 선화가 빼어난 미인이라는 소문을 듣고, 머리를 깎고 신라의 서울로 왔다. 그가 서울의 마을 아이들에게 마를 나누어 먹이니, 아이들이 모두 그를 친근하게 따랐다. 서동은 마침내 한 편의 동요를 지은 뒤 마을의 아이들을 꾀어, 그 노래를 부르고 다니게 하였다. (…서동요…)

동요는 서울의 곳곳에 퍼져 드디어 대궐에까지 알려졌다. 백관들은 선화공주의 부정한 행실을 극력 탄핵하여 공주를 먼 시골로 귀양 보내도록 하였다. 공주가 유배의 길을 떠날 때 왕후는 순금 한 말을 노자로 주었다. 선화공주가 유배지로 가는 길에 서동이 도중에 나타나 공주를 맞았다. 그리고는 앞으로 공주를 모시어 호위해 가겠다고 하였다. 공주는 그가 어디서 온 누구인지를 알지 못하면서 어쩐지 미덥고 즐거웠다. 이리하여 서동은 공주를 수행하게 되었고, 둘은 몰래 정을 통하게 되었다. 그런 뒤에야 공주는 서동이란 이름을 알고서, 그 동요가 사실로 실현되었음을 알았다. (이하 생략)"

●● 〈처용가〉 관련 기록과 처용이 아랍인이라는 견해

《삼국유사》 〈기이〉의 '처용랑 망해사' 조에는 다음과 같은 기록이 있다. "제49대 헌강왕 때에 신라는 서울(경주)을 비롯한 시골에 이르기까지 주택과 담장이 잇달아 있었고, 초가집은 한 채도 없었다. 거리엔 항상 음악이 흘렀고, 봄·여름·가을·겨울의 사철 기후는 순조롭기만 했다.

이렇게 나라 안이 두루 태평하자 왕은 어느 한때를 타서 신하들을 데리고 개운포(開雲浦, 오늘날의 울산 지방) 바닷가로 놀이를 나갔다. 놀이를 마치고 서울로 행차를 돌리는 길에 왕 일행은 물가에서 쉬고 있었다. 그때 갑자기 구름과 안개가 자욱해져 나아갈 길조차 잃어버리게 되었다. 왕은 괴이하게 여겨 좌우의 신하들에게 물었다. 일관(日官)이 왕의 물음에 답했다. '이것은 동해의 용이 부린 조화입니다. 뭔가 좋은 일을 베푸시어 풀어주어야 하겠습니다.'

이에 왕은 관원들에게 명하여 동해의 용을 위해 그 근경에다 절을 지어주게 했다. 왕의 명령이 내려지자 구름이 개고 안개가 사라졌다. 그래서 그곳을 개운포라 이름 붙였다. 그리고 동해의 용은 크게 기뻐하면서 일곱 아들을 데리고 왕의 수레 앞에 나타나 왕의 덕을 찬양하며 춤추고 노래하였다.

그 일곱 아들 중의 한 아들이 왕을 따라 서울에 들어와 정사를 보좌했는데, 이름을 처용이라 했다. 왕은 미녀 한 사람을 그의 아내로 짝지어주어 그의 마음을 잡아두고자 했다. 그리고 그에게 급간(級干)의 직위를 내렸다. 처용의 아내는 무척 아름다웠기 때문에 역신(疫神)이 그녀를 흠모하였다. 역신은 사람으로 화(化)하여 밤중에 처용의 집으로 그녀를 찾아왔다. 그리고는 처용의 아내와 함께 몰래 잠자리에 들었다.

처용이 외출했다가 집으로 돌아와 보니, 잠자리에 두 사람이 누워있는 것이었다. 처용은 노래를 지어 부르고 춤을 추면서 그 자리를 물러나왔다. 그 노래는 다음과 같다.

(… 처용가 …)

처용이 물러나자, 그 역신은 모습을 나타내어 처용 앞에 무릎을 꿇고 말았다. '제가 공의 아내를 사모해오다가 오늘 밤 범했던 것입니다. 그런데도 공은 성난 기색 하나 나타내지 않으시니 참으로 감동하여 아름답게 여기는 바입니다. 맹세코 이후로는 공의 모습을 그린 화상만 보아도 그 문에 들어가지 않겠습니다.' 이 일로 해서 나라 사람들은 문간에다 처용의 얼굴을 그려 붙여 사악한 귀신을 물리치고 경사스러운 복을 맞아들이게 되었다."

처용탈에서 볼 수 있는 '짙은 눈썹에 부리부리한 눈, 오똑한 콧날'은 이 땅에서 나고 자란 우리 조상의 모습이라 보기 어렵다. 실제로 아랍의 지리학자 이븐 쿠르다지바(820~912)의 《제(諸) 도로 및 제 왕국지》에는 '아랍은 신라와 교역이 활발했는데, 금이 많이 나고 사계절이 뚜렷한 신라를 동경해서 그리로 이주한 아랍인이 적지 않았다'는 기록이 남아 있다.

고려가요,
살아남은 노래들

영화 〈쌍화점〉은 고려 시대를 배경으로 왕과 호위 무사, 왕비의 삼각관계를 그리고 있다.
영화의 제목이 '쌍화점'인 것은 〈쌍화점〉이라는 고려가요가 남녀의 애정을 직설적으로 드
러낸 '남녀상열지사'의 대표작이기 때문이다. '쌍화'는 '상화(霜花)'의 음역으로 호떡(만두)
을 뜻하는데, 이 노래는 한 여인이 호떡을 사러 갔더니, 호떡집 주인이 자기 손을 잡더라
는 내용으로 시작한다. 이렇듯 이성 간의 사랑뿐 아니라 자연 예찬, 이별의 슬픔, 민중의
비애 등 다양한 소재를 우리말로 진솔하게 표현한 것이 고려가요의 특징이다. 〈이상곡〉과
〈청산별곡〉, 〈사리화〉 등의 작품을 통해, 고려가요에 스며있는 소박하면서도 풍부한 민중
의 정서를 느껴보자.

사 라 진 노 래 들 , 살 아 남 은 노 래 들

여섯 살의 어린 나이로 데뷔해서 근 50여 년을 활동했던 어느 가
수는 지금까지 자신이 불렀던 노래들이 줄잡아 2,500여 곡을 헤아
릴 것이라 하였다. 하지만 그중에서 자신이 가사를 외우며 즉시라
도 부를 수 있는 노래는 40여 곡에 불과하단다. 한 사람의 가수에게

있어 상황이 그럴진댄, 유행가가 시작된 이래 얼마나 많은 노래들이 만들어지고 불렸다가 사람들의 뇌리 속에서 잊혀 갔을까? 대중가요의 역사에 대해 연구하는 사람이 아니라면, 그동안 우리의 가요사에서 명멸했던 작품들의 수효를 일일이 헤아리는 것은 사실상 불가능하다. 대중가요의 역사를 집필하는 사람들조차도 모든 작품을 다 거론하지는 못하는 것이 엄연한 현실이다. 그렇게 사람들의 기억 속에서 비껴선 노래들은 누군가의 관심을 받지 못하는 한 그대로 잊힐 수밖에 없다.

더구나 우리의 고유문자가 존재하지 않았던 시절에 불리던 노래들이 처한 상황은 더욱 열악했을 터이다. 삼국시대와 남북국시대를 거쳐 고려시대에도 수많은 노래들이 지어져 불렸는데, 시간이 흐르면서 그중 일부는 전승되지 못하고 역사 속으로 사라져 갔다. 지금 문학사에서 가사나 악보를 확인할 수 있는 고려가요 작품들은 20여수에 불과하다. 가사는 전하지 않지만, 여러 문헌에 제목이나 대략의 내용만 전하는 작품들도 있다. 고려시대의 역사를 기록한 《고려사》의 음악 관련 기록인 '악지(樂志)'나 개인의 문집(文集) 등에 기록되어 전하는 노래의 제목들이 그것이다. 또한 고려시대의 문인인 이규보(李奎報)나 민사평(閔思平)에 의해 한시로 번역되어 '소악부(小樂府)'●의 형태로 전해지는 작품들도 존재한다. 이러한 문헌에 실려 전하는 작품들은 제목과 그 내용을 어느 정도 짐작할 수 있다. 하지만 해당 작품의 가사가 전하지 않아 노래의 정확한 모습을 확인할 수 없다는 점에서 한편으로는 아쉬움이 클 수밖에 없다. 고려가요의 참모습을 파악하기 위해서는 현재 전해지고 있는 고려가요는 물론 소악부와 제목이나 내용만 전해지는 작품까지 함께 고려해야만 할 것이다.

지금 우리에게 전하는 고려가요들은 《악학궤범(樂學軌範)》, 《악장가사(樂章歌詞)》, 《시용향악보(時用鄕樂譜)》 등 조선시대에 간행된 음악서에 수록되어 전해지고 있다. 이들 음악서에는 조선 초기 궁중에 필요한 음악을 정리하면서, 당대까지 전해지던 고려가요의 일부만이 수록되어 있다. 유학자 출신 관료들이 궁중에 필요한 음악을 정리하면서 '남녀상열지사'(男女相悅之詞, 남녀가 서로 사랑하면서 즐거워하는 노랫말)나 '사리부재'(詞俚不載, 노랫말이 저속하여 문헌에 싣지 않음)를 근거로 '음란하다'고 여겼던 고려가요를 제외하고 남은 것들이다. 그렇게 다단한 과정을 거쳐 살아남은 작품들이 고려시대 시가의 면모를 온전하게 반영하고 있다고 보기는 어렵다. 그럼에도 불구하고 현전하는 고려가요 작품들에서 드러난 작품 세계와 정서는, 당대의 문화는 물론 우리 시가문학사의 흐름을 이해하는데 대단히 중요한 역할을 한다.

직설적인 그리움을 보여주는 고려가요, 〈이상곡〉

고려가요는 형태상으로 작품 전체가 하나의 연으로 된 단련체(單聯體)와 여러 연으로 이뤄진 분련체(分聯體) 혹은 연장체(聯章體)로 구분할 수 있다. 또 단련체의 작품들은 다시 그 길이에 따라 〈사모곡〉·〈상저가〉·〈유구곡〉 등의 '짧은 형식', 그리고 〈가시리〉·〈정읍사〉·〈정과정〉·〈고려 처용가〉 등의 '펼침 형식'으로 나뉜다. 대체로 '짧은 형식'의 노래들이 형태나 표현 등에서 민요의 원형을 잘 간직하고 있는 반면, 〈이상곡〉과 같은 '펼침 형식'의 작품들은 상대적으로 호흡이 길면서 세련된 시적 언어를 구사하고 있다.

비오다가 개야 아 눈 하 디신 나래	비 오다가 개어 아! 눈이 많이 내린 날에
서린 석석사리 조본 곱도신 길헤	엉키어 있는 나무숲의 좁고 굽어 도는 길에
다롱디우셔 마득사리 마득너즈세 너우지	(어울려 바삭바삭 엎치락뒤치락 하는 움직임)
잠짜간 내 니믈 너겨	잠 앗아간 내 님을 생각하지만
깃든 열명길헤 자라 오리잇가	그런 험난한 길로 자러 오시겠는가?
죵죵벽력(霹靂) 아 생(生) 함타무간(陷墮無間)	벼락 맞아 무간지옥에
고대셔 싀여딜 내 모미	떨어져죽을 내 몸이
죵죵벽력(霹靂) 아 생(生) 함타무간(陷墮無間)	벼락 맞아 무간지옥에
고대셔 싀여딜 내 모미	떨어져죽을 내 몸이
내 님 두숩고 년 뫼롤 거로리	내 님 두고 다른 산을 걸으리이까
이러쳐 뎌러쳐	이렇게 저렇게
이러쳐 뎌러쳐 기약(期約)이잇가	이렇게 저렇게 기약이 있겠습니까
아소 님하 흔딕녀젓 기약(期約)이이다	아소 님하, 함께 살자는 기약이외다

〈이상곡〉

《악장가사》에 수록된 고려가요로 '서리 밟는 노래'라는 뜻의 〈이상곡(履霜曲)〉이며, 흔히 〈쌍화점〉·〈만전춘 별사〉와 더불어 '남녀 상열지사'의 대표적인 작품으로 거론된다. 대체로 고려가요에 드러나는 정서를 격정적이라 하는데, 이 작품 역시 직설적인 표현을 사용하여 임에 대한 애타는 그리움을 드러내고 있다. 전체 13행으로 이뤄진 이 작품은 내용상 크게 3개의 단락으로 나뉜다. 1~5행의 첫 번째 단락에서는 임을 생각하는 화자의 절망적인 상황을 기후와 지리적인 악조건을 통해 묘사하고 있다. 변덕스럽고 추운 날씨와 험하고 외딴 길은 화자가 처한 상황을 비유한다. '석석사리'는 땔나무를 일컫는 '섶(섶나무)'이 빽빽하다는 의미로 '섶섶'이 되고, 다시 석석으로 바뀐 후에 접미사가 붙어서 형성된 말로 빽빽한 숲을 뜻한다. 3행은 음악적 필요에 의해 첨가된 여음이다. 화자는 잠조차 이루지 못하고 기다리지만, 열명길** 즉 저승길 혹은 험난한 길이라 오지 못할 것이라고 여기고 있다. 뒤이은 내용을 볼 때는 처음 두 행의 해석을 달리 할 수도 있다. '비-맑음-눈'으로 바뀌는 변덕스런 날씨는 임에 대한 화자의 변심을 비유한 것으로, 엉키어 있는 나무숲으로 난 길은 두 사람이 그 만큼 서로의 마음이 닫혀있음을 상징하는 것으로 볼 수도 있다. 그렇기 때문에 화자의 목소리가 자신을 돌아보며 상대를 바라보는 안타까움과 불안을 표현하고 있는 듯도 하다.

둘째 단락인 6행에서 12행까지는 몇몇 구절들이 반복되면서, 임을 향한 자신의 마음을 다지는 절실한 고백을 표출하고 있다. 여기에서 굳이 '벽력(벼락)'이나 '무간지옥'과 같은 강렬한 언어들을 사용하는 것은, 아마도 임에 대한 화자의 죄의식을 표현한 듯하다. 불교 용어인 '무간지옥'은 다른 말로 '아비지옥(阿鼻地獄)'이라고도 한다. 그곳에 보내진 망자(亡者)의 영혼은 '한 겁(劫)'이란 오랜 세월 동안, 다시 말해 '하늘과 땅이 한 번 개벽한 때부터 다음 개벽할 때까지' 고통에 시달리는 까닭에 이런 이름이 붙었다고 한다.

'내 님을 두고 어찌 다른 산을 걸을 수 있겠는가' 고 반문하는 10행의 내용은 과거에 대한 참회의 의미를 지니며, 앞으로는 '다른 산을 걷지 않고' 임만을 사랑하겠다는 의지의 표현이기도 하다. 그리하여 자신의 기약을 믿어달라고 주장한다. 마지막 단락인 13행은 화자 스스로의 거듭된 맹세를 내용으로 하고 있는데, 그 마음이 임에게 전달될 수 있기를 간절히 바라며 마무리된다.

시름 잊고 청산에 살고자 하나, 〈청산별곡〉

단련체와 달리 분련체는, 〈정석가〉·〈서경별곡〉·〈만전춘 별사〉처럼 여러 노래들이 합성되어 하나의 작품을 이룬 '엮음형식' 과, 〈쌍화점〉·〈동동〉과 같이 구조나 유사한 정서가 되풀이되면서 병렬적으로 구성되는 '반복형식' 으로 구분된다. 특히 '엮음 형식' 은 고려가요가 조선의 궁중음악으로 수용되면서 음악적인 필요에 의해 생겨난 것으로 보기도 한다. 〈청산별곡〉은 '반복형식' 의 형태를 잘 보여준다.

살어리 살어리랏다 청산(靑山)애 살어리랏다
살겠노라, 살겠노라. 청산에서 살겠노라

멀위랑 도래랑 먹고 청산(靑山)애 살어리랏다
머루와 다래를 먹고 청산에서 살겠노라

얄리얄리 얄랑셩 얄라리 얄라

우러라 우러라 새여 자고 니러 우러라 새여
우는구나 새여 자고 일어나 우는구나 새여

널라와 시름 한 나도 자고 니러 우니로(노)라
너보다 걱정 많은 나도 자고 일어나 울며 지내노라

얄리얄리 얄라셩 얄라리 얄라

가던 새 가던 새 본다 믈 아래 가던 새 본다
가던 새 가던 새 본다 물 아래로 가던 새를 본다

잉무든 장글란 가지고 믈 아래 가던 새 본다
이끼 묻은 쟁기 가지고 물 아래로 가던 새를 본다

얄리얄리 얄라셩 얄라리 얄라

〈청산별곡〉 8연 중 1~3연)

　고려가요의 대표적인 작품 중 하나인 〈청산별곡〉은 내용이 쉽게 노랫말이 될 수 있는 구조를 가지고 있어, 1980년대 대학가요제에서 대중가요로 만들어져 불리기도 하였다. 전체 8연으로 구성된 이 작품은 내용상 크게 두 단락으로 나뉜다. 첫째 단락인 1~5연은 청산에서의 삶을 내용으로 하고 있으며, 두 번째 단락인 6~8연은 화자가 바다로 향하면서 부른 노래이다. 각 연의 끝에는 '얄리얄리 얄라셩 얄라리 얄라' 라는 후렴구가 붙어 있는데, 그 자체로는 매우 경쾌한 느낌을 던져준다. 내용의 무거움과 어울리면서 후렴구의 경쾌함은 비장함을 느끼게도 한다.

　그래서 이 작품은 '고려인의 낙천적인 성격과 삶의 태도'를 담고 있다고 해석되기도 한다. 〈청산별곡〉의 화자는 어떤 사람일까? 청산에 들어가 머루랑 다래랑 먹고 살겠다고 하며, 또 밤이나 낮이나 울어대는 새보다 시름이 많다고 말하는 화자는 과연 누구인가? 학자에 따라서는 실연의 아픔을 견디지 못하고 청산을 찾은 존재로 보기도 하며, 권력 다툼에서 패배한 지식인으로 파악하기도 한다.

이와 관련해서는 3연의 해석이 문제가 된다. '가던 새'를 '날아가던 새'로 해석하는 경우가 있는가 하면, '갈던 사래'로 풀이하기도 한다. 이때 '사래'란 밭고랑 사이에 흙을 높게 올려서 두둑하게 만든 이랑과 움푹 팬 고랑을 함께 아울러 가리키는 말이다. 여기에 '잉무든 장글'이 오래 사용하지 않아 '이끼가 긴 쟁기'로 파악되기에, 후자로 해석한다면 3연에서의 화자는 이끼가 긴 쟁기를 들고 산 위에서 자신이 쟁기질하며 일구던 땅을 바라보고 있는 것으로 이해된다. 따라서 이 작품은 고려 후기의 잦은 변란 속에서 삶의 터전에서 쫓겨나 이끼 긴 쟁기를 들고 떠도는 유랑민의 형상을 그리고 있는 것으로도 볼 수 있다. 결국 청산에 정착하지 못한 화자는 그곳을 떠나 바다로 향한다. 그러나 안타깝게도 끝내 바다에 도달하지 못한다.

비록 현실의 괴로움을 술로 달래는 것으로 끝을 맺고 있기는 해도, 이 작품에서 언젠가는 떠나왔던 고향으로 돌아가 쟁기를 손질하여 논밭을 일구며 살겠다는 화자의 꿈을 읽어낼 수 있다. 청산과 바다를 떠돌며 '머루와 다래'(1연), 그리고 '해초(나마자기)와 굴·조개(구조개)'(6연)로 연명해서라도 삶의 끈을 놓지 않았던 것은 어쩌면 그런 희망만큼은 절대 포기할 수 없었기 때문일 것이다.

수탈에 저항하던 노래, 〈사리화〉

비록 한역된 형태로만 《익재난고(益齋亂藁)》••• 에 실려 있는
〈사리화(沙里花)〉는 원래 가사를 알 수 없지만, 탐관오리들의 수탈
을 상징으로 표현하여 고려시대 문학의 또 다른 면모를 보여준다.
고려 말의 관리였던 이제현은 민간 가요를 한시화하여 소악부의 형
식으로 만들었다. 소악부란 단순한 형식의 악부시라는 뜻으로, 반
드시 7언 4행의 연작시 형태를 취한다.

黃雀何方來去飛(황작하방래거비)　　날아왔다 날아가는 저 놈의 참새들
一年農事不曾知(일년농사부증지)　　애써 지은 일 년 농사 아랑곳하지 않네
鰥翁獨自耕耘了(환옹독자경운료)　　늙은 홀아비 애써 갈고 맸는데
耗盡田中禾黍爲(모진전중화서위)　　벼며 기장이며 모조리 먹어치우네

(〈사리화〉, 이제현 소악부)

늙은 홀아비가 애써 기른 곡식을 쪼아 먹는 참새를 꾸짖는 내용
이다. 《고려사》에는 이 작품이 지어진 배경이 기록되어 있는데, 권
력을 쥔 자들이 각종 세금의 명목으로 농사지은 것을 빼앗아가자
백성들이 어려움을 참지 못하고 이 노래를 지어 불렀다고 전한다.
그렇게 본다면 참새는 농민들을 수탈하던 당시의 지배층을 가리키
며, 이 노래를 통하여 벼며 기장이며 온갖 곡식들을 남기지 않고 모
두 가져가는 가혹한 수탈이 자행되던 현실을 원망하고 풍자한 것이
다. 농사를 짓는 사람이 '늙은 홀아비' 인 것으로 보아, 거듭된 전란

으로 인해 젊은이들은 모두 전장으로 끌려가고 농촌에는 늙은이밖에 남아있지 않았던 고려 후기의 시대상을 잘 보여주고 있다. 어느 시대나 그렇겠지만, 농사를 짓고 살아가는 백성들은 그 시름이 덜할 때가 없다. 고려가요들도 개인의 감상을 토로하는 경우를 제외하고는, 대체로 무겁게 짊어진 삶의 무게를 덜어내고자 부른 노래들이 많다.

조선시대를 배경으로 한 사극이 압도적으로 많은 이유는 사료(史料)가 풍부하기 때문이다. 여기서 보듯 고려시대의 문학사를 제대로 이해하기 위해서는 현전하는 작품만이 아니라, 제목과 내용만 전하는 작품들을 함께 다뤄야만 고려가요에 대한 올바른 이해에 도달할 수 있을 것이다.

● **소악부**
우리나라의 시가(詩歌)를 칠언절구의 한시로 옮긴 것으로, 중국의 시체(詩體)인 '악부시(樂府詩)' 의 일종이다. 고려 시대에 이제현과 민사평이 그 당시 유행하던 우리 가요를 번역한 17수의 한시를 비롯하여, 조선 후기의 이형상, 홍양호, 권용정, 신위, 이유원, 송만재 등의 작품이 대표적이다.

●● **열명길**
저승길. 원래는 불교에서 말하는 '십분노명왕(十忿怒明王)', 곧 저승에서 죽은 사람을 재판하는 10명의 대왕(시왕, 열왕)처럼 무서운 길이라는 뜻이다. 〈이상곡〉에서는 '무서운 길' 정도의 의미로 쓰였다.

●●● **《익재난고》**
고려 공민왕 12년(1363년)에 이창로와 이보림이 엮은 이제현의 시문집으로, 10권 4책의 목판본(木版本)이다. 이제현이 죽기 전에 남긴 유고(遺稿)가 흩어지고 빠지는 바람에 다 모으지 못했으므로 '난고(亂藁)' 라고 한다. 특히 4권의 소악부들은 고려 시대의 가요를 악부시로 번역한 것으로 국문학사에서 귀중한 자료다.

경기체가,
새로운 노래의 형식을 열다

2008년 여름, 베이징 올림픽에서 활약한 우리 선수들을 위해 누리꾼들이 만든 패러디물 가운데 경기체가 〈한림별곡〉을 패러디한 〈오림별곡(奧林別曲)〉이 인기를 끌었다. "사격 금 역도 금 유도 금은 / 펜싱 은 박태환 수영 금은/ 남녀 양궁 단체전의 금메달 둘 / 위 메달 획득ㅅ 경 긔 엇더하니잇고." 올림픽의 한자 표현인 '오림필극(奧林匹克)'에서 이름을 딴 이 노래의 가사에는 누리꾼의 재치가 가득 담겨 있다. 하지만 실제 경기체가는 엄격한 형식과 한정된 소재를 다루고 있어, 우리 시가사에서 다소 '이색적인' 갈래로 평가된다.

고려 말부터 조선 중기까지 새로운 갈래를 열다

사람들은 대체로 오래된 것에 대한 익숙함과 편안함을 유지하고자 하는 욕구가 있다. 하지만 그에 못지않게 새로운 것에 대한 호기심을 보이기도 한다. 특정 대상에 대한 관심의 집중은 흔히 '유행'이라는 사회적 현상으로 나타난다. 이러한 유행의 변화를 관찰해 보면 그 이면에 숨어 있는 시대적 의미를 밝혀낼 수 있다. 예술의 경우, 이 시대적 의미는 기존의 양식과 다른 새로운 갈래(genre)를 만들어내는 동력으로 작용하기도 한다. 문학의 역사에서도 다르지 않다. 동일한 갈래의 작품을 창작하고 향유하는 계층을 일컬어 '문학 담당층'이라고 하는데, 대개 새로운 문학 담당층의 출현이 기존과는 다른 새로운 갈래 탄생의 계기로 작용하곤 한다.

고려 후기 문학의 특징은 새로운 문학 담당층의 출현으로, 이전과는 다른 문학 양식들이 창작되어 향유되었다는 것이다. 고려 중기까지 문학을 이끌었던 이들은 주로 소수의 벌열(공을 세워 벼슬을 한) 가문 출신의 문벌귀족으로, 그 당시의 국교인 불교에 바탕을 둔 세계관을 지니고 있었다. 그러나 성리학이 수용되면서, 이를 학문의 지표로 삼아 활동하는 일군의 지식인들이 역사의 전면에 서서히 등장하기 시작했다. 신흥사대부(新興士大夫)라 불린 이들에 의해 탄생한 문학 갈래가 바로 경기체가와 시조, 그리고 가사 등이다. 이 가운데 시조와 가사의 발생 시기에 대해서는, 일부 학자들이 조선 전기에 출현했을 것이라고 보는 등 논란의 여지가 완전히 해소되지 않았다. 그러나 경기체가(景幾體歌) 양식이 고려 후기에 나타났다는 것에 대해서는 이론의 여지가 없다.

경기체가라는 명칭은 후렴이 '위 ○○ 경 긔 엇더히니잇고(爲 ○○ 景幾何如)'라는 구절로 이루어져 있는 점을 근거로 후대 학자들이 붙인 것이다. 대체로 각 시행은 한자구의 명사 또는 짧은 한문 단형구(短形句)의 나열로 되어 있으며, 각 연의 중간과 끝에 후렴구를 배치해 의미를 집약하는 구조를 보인다. 이런 점에서 경기체가는 형식면에서 한시에서 국문시가로 넘어가는 과도기적인 특성을 보여준다. 경기체가 양식은 매우 까다로운 형식적 제약과 기존 시가와는 다른 특이한 갈래적 관습을 지니고 있다. 대략 13세기 초반 〈한림별곡(翰林別曲)〉에서 출발하여 조선 시대까지 지속적으로 창작되었다. 조선 건국 초기에는 일부 작품이 궁중의 의식에 소용되는 악장(樂章)으로 사용되기도 하였으며, 사대부들에 의해 개인적 정서를 담은 작품들이 창작되면서 점차 서정적 경향이 강화되었다. 대체로 16세기에 이르면 새로운 작품의 창작이 점차 줄어들고, 권호문(權好文)의 〈독락팔곡(獨樂八曲)〉 이후에는 새 작품이 거의 창작되지 않아 사실상 갈래의 해체를 맞았다. 현재까지 확인된 작품은 모두 25수인데, 고려시대 작품은 3수에 불과하고 나머지 작품은 조선시대에 창작되었다.

신진사대부의 풍류를 담아, 〈한림별곡〉

'한림제유(翰林諸儒)'에 의해 지어진 〈한림별곡(翰林別曲)〉이 최초의 경기체가 작품이며, 이후 안축(安軸)의 〈관동별곡(關東別曲)〉과 〈죽계별곡(竹溪別曲)〉 등 세 작품만이 고려시대에 창작되었다.

> 원순문(元淳文) 인로시(仁老詩) 공로사륙(公老四六)
> 　　유원순의 문장, 이인로의 시, 이공로의 사륙변려문
> 이정언(李正言) 진한림(陳翰林) 쌍운주필(雙韻走筆)
> 　　이규보와 진화가 쌍운으로 운자를 내어 빨리 내리써서 짓는 시
> 충기대책(冲基對策) 광균경의(光鈞經義) 양경시부(良鏡詩賦)
> 　　유충기의 대책문, 민광균의 경서 뜻풀이, 김양경의 시와 부
> 위 시장(試場)ㅅ 경(景) 긔 엇더ᄒ니잇고
> 　　아, (이들이 모인) 과거 시험장의 광경, 그것이야말로 어떻습니까?
> 금학사(琴學士)의 옥순문생(玉笋門生) 금학사의 옥순문생

학사 금의가 배출한 빼어난 문하생들(반복)

위 날조차 몃 부니잇고
아, 나를 포함하여 몇 분입니까.

당한서(唐漢書) 장노자(莊老子) 한류문집(韓柳文集)
당서와 한서, 장자와 노자, 한유와 유종원의 문집

이두집(李杜集) 난대집(蘭臺集) 백락천집(白樂天集)
이백과 두보의 시집, 난대집, 백거이의 문집

모시상서(毛詩尙書) 주역춘추(周易春秋) 주대례기(周戴禮記)
시경과 서경, 주역과 춘추, 대대례와 소대례를

위 주(註)조쳐 내 외온 경(景) 긔 엇더ᄒ니잇고
아, 주석까지 줄곧 외우는 모습, 그것이야말로 어떠합니까

태평광기(大平廣記) 사백여권(四百餘卷) 태평광기 사백여권
태평광기 400여 권(반복)

위 역람(歷覽)ㅅ 경(景) 긔 엇더ᄒ니잇고
아, 두루 읽는 모습, 그것이야말로 어떻습니까.

진경서(眞卿書) 비백서(飛白書) 행서초서(行書草書)
안진경체, 비백체, 행서체, 초서체

전주서(篆籒書) 과두서(蝌蚪書) 우서남서(虞書南書)
진나라 이사의 소전과 주나라 태사류의 대전의 서체, 올챙이 모양의 과두서체, 우서와 남서

양수필(羊鬚筆) 서수필(鼠鬚筆) 빗기 드러
양 수염으로 맨 붓, 쥐 수염으로 맨 붓들을 비스듬히 들고

위 딕논 경(景) 긔 엇더ᄒ니잇고
아! 한 점을 찍는 광경, 그것이야말로 어떻습니까.

오생유생(吳生劉生) 양선생(兩先生)의 오생유생 양선생의
오생과 유생 두 분 선생님께서(반복)

위 주필(走筆)ㅅ 경(景) 긔 엇더ᄒ니잇고
아! 붓을 거침없이 휘달려 그려 나가는 광경, 그것이야말로 어떻습니까.

당당당(唐唐唐) 당추자(唐楸子) 조협(皂莢)남긔
당당당! 호두나무, 쥐엄나무에다

홍(紅)실로 홍(紅)글위 미요이다
붉은 실로 붉은 그네를 매었습니다

혀고시라 밀오시라 정소년●(鄭少年)하
(그네를) 당기고 있어라 밀고 있어라, 정소년아

위 내 가논 딕 눕 갈셰라
아! 내가 가는 곳에 남이 갈까 두렵구나.

삭옥섬섬(削玉纖纖) 쌍수(雙手)ㅅ 길혜 삭옥섬섬 쌍수ㅅ 길혜
마치 옥을 깎은 듯이 가늘고 아리따운 두 손길에,(반복)

위 휴수동유(携手同遊)ㅅ 경(景) 긔 엇더ᄒ니잇고.
아! 옥 같은 두 손길 마주 잡고 노니는 광경, 그것이야말로 어떻습니까.

(한림제유의 〈한림별곡〉 제1·2·3·8장)

경기체가의 전형을 보여주는 〈한림별곡〉은 전체 8장으로 이루어져 있다. 이 작품은 흔히 '한림 제유(翰林諸儒)'에 의해 지어졌다고 일컬어진다. 이때 '한림(翰林)'은 좁게는 한림원(翰林院, 고려 시대에 어명으로 문서를 꾸미는 일을 맡아보던 관아)의 관리들, 넓게는 조정에서 관직을 가지고 활동하던 문인들을 지칭하는 표현이다. 그러므로 '한림 제유'란 당대에 활동하던 여러 문인을 포괄하는 말이라 할 수 있다. 이 작품에서 각 장의 1~4행은 '전대절'(前大節, 앞부분의 큰 마디), 5~6행은 '후소절'(後小節, 뒷부분의 작은 마디)에 해당한다. 화자는 전대절에서 객관 세계의 경험적 사실들을 구체적으로 제시한 다음, 후소절에서는 이것들을 통합하고 재구성하는 방식으로 작품의 의미를 갈무리한다. 제1장에서는 당대의 문인들의 이름과 각자의 특기를 열거하고, 이런 문인들이 과거를 본다면 그 광경이 참으로 대단할 것이라 경탄하고 있다. 제2장에서는 그들이 읽었던 각종 서적들을 나열하고 있으며, 제3장에서는 당대 지식인들 사이에 유행하던 각종 서체(書體)와 명필들을 예찬한다. 여기에 등장하고 있는 각종 소재들은 당대 문인들의 필수적인 것들이라 할 수 있다.

생략된 4~7장에서는 각각 술·꽃·음악·누각의 경치 등을 소재로 흥겨운 생활 속에 풍류를 즐기는 모습을 그리고 있는데, 여기에서도 한자어의 나열이 눈에 띈다. 이와 달리 마지막 제8장은 남녀가 어울려 그네를 타면서 즐겁게 노는 광경을 생생한 우리말로 노래했기에 '문학적 형상화가 가장 뛰어난 연'으로 평가된다. 작품 전체를 통하여 풍류를 즐기며 노는 모습들이 많이 나타나는데, 오늘날의 학자들은 무신정권 당시 새롭게 성장해 가던 신흥사대부 계층의 득의에 찬 기상을 표현하고 있다고 해석한다. 이렇듯 유희를 강조했다는 이유에서, 이황(李滉)●●을 비롯한 조선 전기의 사대부들은 〈한림별곡〉을 비판적으로 바라보기도 했다.

조선이 건국되면서 권근(權近)이 지은 〈상대별곡(霜臺別曲)〉이나 변계량(卞季良)의 〈화산별곡(華山別曲)〉, 그리고 작자 미상의 〈연형제곡(宴兄弟曲)〉·〈오륜가(五倫歌)〉 등은 악장으로 사용된 경기체가 작품이다. 악장은 국가에서 거행하는 공식적인 행사에 사용되는 노래를 지칭한다. 개인적 서정을 노래한 작품들로는 정극인(丁克仁)의 〈불우헌가(不憂軒歌)〉나 김구(金絿)의 〈화전별곡(花田別曲)〉 등이 있으며, 주세붕(周世鵬)의 〈도동곡(道東曲)〉·〈엄연가(儼然歌)〉·〈육현가(六賢歌)〉 등에서 보듯 성리학적 이념을 담은 작품이 창작되기도 하였다. 이밖에 〈미타찬(彌陀讚)〉이나 〈서방가(西方歌)〉 등 불교적 관념을 노래한 승려들의 작품들도 눈에 띈다.

변형을 거쳐 해체의 길로 들어서, 〈도동곡〉

경기체가의 엄격한 형식적인 틀은 후대로 갈수록 어그러졌는데, 주세붕의 〈도동곡〉은 이 같은 갈래의 해체 과정을 잘 보여 주고 있다.

복희신농(伏羲神農) 황제요순(黃帝堯舜)
　　복희씨와 신농씨, 요임금과 순임금이여!

복희신농(伏羲神農) 황제요순(黃帝堯舜)
　　복희씨와 신농씨, 요임금과 순임금이여!

위(偉) 계천입극(繼天立極) 경기하여(景幾何如)
　　위대하도다! 하늘을 이어 극을 세우시는 광경, 그것이야말로 어떻습니까.

하토망망(下土茫茫)커늘 상제시우(上帝是憂)ᄒᆞ샤
　　이 세상이 넓고 멀어 아득하거늘 하느님께서 이를 근심하시어

우정대인(圩頂大人)을 주사(洙泗) 우희 ᄂᆞ리오시니●●●
　　공자(孔子)를 주수와 사수 위에 내리시니

위(偉) 만고연원(萬古淵源)이 그츨 뉘 업ᄉᆞ샷다
　　위대하도다! 오랜 세월 영원히 그칠 때 없으셨구나.

삼한천만고(三韓千萬古)애 진유(眞儒)를 ᄂᆞ리오시니 소백(小白)이 여산(廬山)이오 죽계(竹溪)이 염수(濂水)로다
　　이 땅에 참된 유학자를 내리시니, 영남의 소백산이 중국의 여산이요 순흥에 흐르는 죽계가 중국의 염수와 같구나.

흥학위도(興學衛道)는 소분(小分)네 이리어니와 존례회암(尊禮晦庵)이 그 공(功)이 크샷다
　　학문을 떨쳐 일으켜 도학을 지켜 나가게 한 것은 작은 명분의 일이거니와, 호(號)가 회암인 주자를 존경하고 예우하게 한 공이 크셨다.

위(偉) 오도동래(吾道東來) 경기하여(景幾何如)
위대하도다! 우리 도가 해동으로 들어오는 광경, 그것이야말로 어떻습니까.

〈도동곡〉 중 제1장, 제4장, 제9장〉

9장으로 이루어진 〈도동곡〉은 중국에서 유교(성리학)가 역사적
으로 전승된 과정을 표현하고, 이를 우리나라에 들여온 안향의 업
적과 덕성을 찬양하는 내용이다. '도동곡'이라는 제목부터가 '유가
(儒家)의 도(道)가 우리나라에 전해진 것을 노래한다'는 뜻을 담고 있
다. 1장에서 화자는 복희씨·신농씨 같은 중국 고대 전설상의 인물
들에서 시작해 성군(聖君)의 대명사 요임금과 순임금으로 이어지
는 유학의 도통(道統)에 대해서 언급한다. 그는 4장에 이르면 '성현
(聖賢)'으로 추앙받는 공자 덕분에 유학의 흐름이 지속될 수 있었음
을 밝힌다. 그리고 9장에서는 유학이 우리나라에까지 전수되었으

덕연서원. 주세붕을 추모하기 위한 사당으로 임진왜란 때 불타 없어진 것을 복원하였다.

며, 이를 직접 들여온 사람이 안향임을 강조한다. 그러면서 화자 자신이 안향의 근거지인 소백산과 죽계에 백운동 서원을 세운 사실을 들어, 이곳을 주자가 백록동 서원을 세웠던 터전인 여산과 염수에 비유한다.

여기서 눈여겨볼 것은 〈도동곡〉의 형식이 경기체가 정격(正格)으로부터 현저히 벗어나 있다는 점이다. 경기체가 양식에서 가장 두드러진 특징은 각 장의 중간과 끄트머리에 "위 ○○ 경 긔 엇더 ㅎ니잇고"라는 구절이 있느냐 없느냐다. 그런데 이 작품은 전체 9장 가운데 네 개 장을 제외한 작품들에서 '경기하여'라는 구절이 전혀 나타나지 않는다. 또한 기존 경기체가에서 공통적으로 나타나는 전대절과 후소절의 구분이 뚜렷하지 않고, 각 장의 음절 수도 매우 다양하게 나타난다. 이처럼 조선 시대에 새로 창작된 경기체가의 경우, 정도의 차이는 있지만 정격(正格)에서 이탈한 모습을 종종 볼 수 있다.

경기체가의 가장 중요한 특징은 엄격한 형식이다. 그러나 조선 시대에 지어진 작품들에서 하나둘 형식상의 변화가 나타나기 시작하더니, 시간이 흐름에 따라 시조와 가사 등 새로운 문학 갈래들에 그 역할을 내주고 문학사에서 자취를 감추었다. 경기체가가 엄격한 형식에 바탕을 둔 폐쇄적인 문학 갈래이고 보면, 이는 당연한 귀결이라 생각될 수도 있다.

사실 형태적인 측면뿐 아니라 작품에서 표현되는 체험의 성격에까지 완강한 규범의 틀을 강요하다 보니, 경기체가는 발전 가능성을 스스로 제한해 버린 셈이 되었다. 그 결과 엄격한 형식과 표현이 점차 이완되면서, 필연적으로 해체의 길을 걸을 수밖에 없었다. 이에 따라 조선시대에 접어들면서 시가 문학의 주도적인 흐름은 자연스럽게 시조와 가사로 옮겨 가게 된다.

● 〈한림별곡〉 제9연의 '정소년'의 정체

정소년은 글자만 보면 '정씨 성을 가진 소년'이란 뜻이다. 하지만 문맥상 동성애가 암시된 점을 고려할 때, '정(鄭)나라 젊은이들처럼 방탕한 유희를 일삼는 선비들'이란 해석이 주목받고 있다. 정나라는 같은 춘추 전국 시대의 제후국인 위(衛)나라와 더불어 퇴폐 문화의 대명사로 여겨졌다. 그래서 '정음(鄭音)', 곧 정나라 음악이라고 하면 '음란한 음악'을 가리켰다. 실제로 《한비자(韓非子)》 가운데 〈내저설상(內儲說上)〉의 기록에 따르면, 정소년은 '학문이나 수양 등 자신을 가꾸는 데 힘쓰지 않고 떼 지어 다니며 해이하고 방탕하게 지내던 정나라 젊은이들'을 가리킨다고 한다.

●● 이황의 '도산십이곡발'

"〈도산십이곡(陶山十二曲)〉은 도산노인(陶山老人)이 지은 것이다. 노인이 이 시조를 지은 까닭은 무엇 때문인가? 우리 동방의 가곡은 대체로 음란하여 족히 말할 수 없게 되었다. 저 〈한림별곡〉과 같은 류의 글은 문인의 말씨에서 나왔지만, 교만과 허세와 방탕에다 무례하고 방자함과 희롱하고 업신여김을 겸하여 더욱이 군자로서 숭상할 바 못 된다. 다만 근세(近世)에 이별(李鼈)이 지은 〈육가(六歌)〉란 것이 있어서 세상에 많이들 전한다. 오히려 저것(육가)이 이것(한림별곡)보다 나을 듯하나, 역시 그 중에는 세상을 희롱하고 공손하지 못한 뜻이 있고, 부드럽고 도타운 실질(實)이 적은 것이 애석한 일이다.

노인이 본디 음률을 잘 모르기는 하나, 오히려 세속적인 음악을 듣기에는 싫어하였으므로, 한가한 곳에서 병을 수양하는 나머지 시간에 무릇 느낀 바 있으면 문득 시로써 표현을 하였다. 그러나 오늘의 시는 옛날의 시와는 달라서 읊을 수는 있겠으나, 노래하기에는 어렵게 되었다. 이제 만일에 노래를 부른다면 반드시 이속(俚俗, 상스럽고 속됨. 한글을 지칭함)의 말로써 지어야 할 것이니, 이는 대체로 우리 국속(國俗, 우리나라의 습속, 우리 국어)의 음절이 그러지 않을 수 없기 때문이다.

그러기에 내가 일찍이 이별의 노래를 대략 모방하여 〈도산육곡〉을 지은 것이 둘이니, 하나는 '뜻(志)'을 말하였고, 다른 하나는 '학문(學)'을 말하였다. 아이들로 하여금 조석(朝夕)으로 이를 연습하여 노래를 부르게 하고는, 책상에 기대어 듣기도 하였다. 또한 아이들로 하여금 스스로 노래를 부르는 한편 스스로 춤추게 한다면 거의 인색함을 씻고 마음에 느낀 것을 통하게 할 수 있어서, 노래하는 사람과 듣는 이가 서로 보탬이 없지 않을 것이다.

돌이켜 생각건대, 나의 자취가 세속과 맞지 않는 점이 약간 있으니, 만일 이처럼 한가한 일로 인하여 시끄러운 폐단을 불러올 지도 모르겠다. 또 이것이 가락과 음절에 알맞을지도 모르겠다. 짐짓 하나를 베껴 상자 속에 간직하였다가, 때때로 내어 감상하며 스스로 반성하고, 또 다른 날 이를 읽는 자가 자취 버리고 취할 것인가의 여부를 기다리기로 한다.

가정(嘉靖) 44년(1565) 을축년 3월 16일 도산노인은 쓴다."

●●● 〈도동곡〉의 '우정 대인(圩頂大人)' 과 '주사(洙泗)'

'우정 대인' 은 정수리가 오목한 사람이라는 뜻으로, '공자' 를 가리킨다. 춘추 시대 말기 노(魯)나라에서 태어난 공자는 어려서부터 정수리가 오목하여 '구(丘)' 라는 이름으로 불렸다. '주사' 는 중국 산둥성 〔山東省〕 에 있는 강 이름인 주수(洙水)와 사수(泗水). 공자가 이 강가에서 강론을 펼친 것이 유교의 시초라고 한다.

시조,
민족 고유의 정형시

"비는 온다마는 님은 어이 못 오는고./ 물은 간다마는 나는 어이 못 가는고./ 오거나 가
거나 하면 이대도록 그리랴."《악부(樂府)》와《고금가곡(古今歌曲)》,《영언류초(永言類抄)》,
《가요(歌謠)》 등의 가집에 실려 있는 작자 미상의 시조다. 화자는 '님'이 비처럼 내게 올
수도 없으며, 그렇다고 자신이 물처럼 '님'에게 갈 수도 없는 처지를 한탄한다. 가슴속에
사무친 화자의 그리움은 3개의 장(章), 그리고 각 장마다 4개의 음보(音步)에 압축되어 자
연물과의 대비를 통해 진솔하게 표현된다. 비교적 짧은 길이로 다양한 대상과 정서를 노
래한 시조 갈래의 특징을 살펴보며, 고려 말과 조선 전기·후기의 작품의 차이를 느껴보자.

친숙하면서도 낯선 갈래

시조(時調)는 우리의 대표적인 전통 시가 양식의 하나이며, 고전
문학 중에서 현재 전하는 작품의 수가 가장 많이 남아 있는 갈래(장
르)이다. 시조는 우리에게 익숙한 전통 예술 양식이지만, 또한 많은
이들에게 진부하면서도 낯설게 여겨지기도 한다. 학교에서 우리는
시조를 전통적인 문학 갈래의 하나로 배운다. 그렇지만 대부분의

사람들에게 그것은 재미없고 따분한 내용을 지니고 있는 문학 작품들로 기억되고 있다. 어쩌면 시험 때문에 억지로 시조 작품들을 읽었을 지도 모르겠다. 교훈적인 내용을 강요하는 따분한 갈래라 여기면서 말이다. 물론 지은이와 내용에 대해 틀에 박힌 설명으로 일관하는 시조 관련 서적, 천편일률적인 방식의 학교 수업 역시 이러한 상황을 부추겼다.

시조는 음악과 문학이 결합된 예술 양식임에도, 학교 교육에서는 시조를 문학 작품으로만 다룬다. 그래서 우리는 시조가 음악이기도 하다는 사실을 곧잘 잊어버린다. 옛 시조들은 지금도 '가곡창(歌曲唱)' 또는 '시조창(時調唱)'의 형태로 불리고 있다. 그중 시조창은 악기의 반주가 없더라도, 손바닥 장단만으로 박자를 맞추면서 손쉽게 부를 수 있다. 반면에 가곡창은 거문고와 가야금을 비롯한 각종 관현악 악기의 반주가 동반되어야하기 때문에, 부르기가 여간 까다롭지 않다. 또한 3장으로 구분되어 종장의 마지막 구(음보)가 생략되어 불리지 않는 시조창과는 달리, 가곡창은 한 작품을 5장으로 구분하여 부른다. 가곡창은 작품의 앞·뒤(대여음)와 중간(중여음)에 가사가 없이 음악만 연주되기도 한다. 때문에 고시조는 음악이 사라져 시(詩)로만 존재하는 현대시조와 그 형식은 비슷할지라도, 내용상으로는 전혀 별개의 양식이라고 할 수 있다.

시조의 문학적 형식은 초·중·종장의 3장으로 구성되어 있고, 각 장은 4개의 소리마디(음보- 시에 있어서 운율을 이루는 기본 단위)로 이루어져 있다. 그러므로 시조는 4개의 음보(音步)가 결합하여 하나의 시행(章)인 '장'이 되고, 그것이 3번 중첩되어 작품 한 수(首)를 이루는 '4음보격 3행시의 구조'라고 정의된다. 한때 글자 수를 헤아려 시조의 율격을 설명하는 음수율(音數律)이 통용되기도 했으나, 그것이 시조를 비롯한 우리 시가의 율격을 해명하기에는 부적절하다는 것이 밝혀졌다. 오늘날에는 통상적으로 구분이 되는 음보를 기준으로 율격을 설명하는 음보율(音步律)이 우리 시가 전반의 율격을 설명하는 데 적합하다고 여겨진다.

　이러한 형식은 초장과 중장에서 시의 흐름을 개방적으로 전개시킨 다음, 종장에 이르러 이전까지의 다소 이완된 정서를 압축하거나 고조시켜 마무리 짓게 해 준다. 시상을 마무리하는 종장의 첫 음보에 대개 3음절의 감탄사를 배치하여 정서를 고양시킨 다음, 둘째 음보는 5음절 이상으로 확장하면서 시적 흐름을 효과적으로 집약할 수 있도록 한 것이 인상적이다. 마지막 음보도 감탄형이나 의지형으로 마무리하여, 시적 주체의 정서를 환기시키는 역할을 한다. 이처럼 시조는 안정된 호흡과 세련된 시상 전개 방식을 동시에 갖춘 고도로 정형화된 운문 갈래이다.

〈하여가〉와 〈단심가〉의 만남

　우리의 문학사에서 시조가 나타나기 시작한 것은 대체로 고려 말엽이라고 논의된다. 당시에 새롭게 도입된 성리학(性理學)을 수용하며 성장한 신흥사대부들에 의해 창작되기 시작하였다. 이후 조선 왕조가 안정기에 접어들면서 주류의 문학 양식으로 부상하게 된다.

고려 후기에 지어진 작품들이 많이 전해지는데, 새로운 왕조인 조선의 건국을 둘러싸고 정치적으로 입장을 달리했던 이방원(李芳遠)의 〈하여가(何如歌)〉와 정몽주(鄭夢周)의 〈단심가(丹心歌)〉는 이 시기에 지어진 대표적인 시조 작품이다.

이런들 엇더ᄒ며 져런들 엇더ᄒ료

만수산(萬壽山) 드렁츩이 얼거진들 엇더ᄒ리

우리도 이ᄀᆞ치 얼거져 백년(百年)ᄭᆞ지 누리리라.

이렇게 산들 어떻고, 저렇게 산들 어떤가/ 만수산에 뻗어나 자란 칡덩굴이 서로 얽힌들 또 어떤가/ 우리도 이같이 어우러져 오래오래 살리라.

(이방원 〈하여가〉)

이 몸이 주거 주거 일백 번(一百番) 고쳐 주거

백골(白骨)이 진토(塵土) ㅣ 되어 넉시라도 잇고 업고

님 향(向)ᄒᆞᆫ 일편단심(一片丹心)이야 가실 줄이 이시랴.

이 몸이 죽고 또 죽어 백 번이나 다시 죽어/ 백골이 흙과 먼지가 되어 넋이야 있건 없건 간에/ 임금께 바치는 충성스러운 마음이야 변할 리가 있겠는가.

(정몽주 〈단심가〉)

뒷날 조선의 제3대 임금인 태종(太宗)이 된 이방원의 시조로, 제목의 '하여(何如)'는 '~은 어떤가.'라는 뜻이다. 초장에는 이 노래를 듣는 정몽주를 회유하려는 이방원의 의도가 잘 드러나 있다. '만수산'은 고려의 수도인 개성에 있는 산 이름이고, '드렁츩'은 곧 칡넝쿨을 가리킨다. 따라서 '드렁츩이 얼거진'다는 비유적 표현에는,

비록 정치적 입장이 다르지만 이제라도 자신과 같은 입장에 서서 새로운 왕조의 건설에 참여하자는 화자의 권유가 담겨 있다. 종장에 이르러, 이방원은 그렇게만 된다면 이후에는 서로 어울려 한 평생 영화를 누릴 수 있을 것이라고 강조하면서 시상을 마무리한다. 그는 칡이란 것이 원래 이리저리 얽히면서 매우 빠르게 자라듯이, 그것과 '우리'라고 표현된 사람들의 살아가는 모습이 다르지 않다고 힘주어 말한다. 비록 그 의도가 노골적이기는 해도, 자연물을 빌어서 자신의 입장을 드러내는 이 작품의 형상화 수법만큼은 매우 뛰어나다.

시조를 전해들은 정몽주는 고려 왕조에 대한 자신의 절개를 드러내기 위해 〈단심가〉로 화답하였다. 이방원이 〈하여가〉에서 상대의 마음을 돌리기 위해 비유법을 썼다면, 정몽주는 〈단심가〉에서 자신의 굳은 절개를 직설적으로 드러내고 있다. 초장에서 정몽주는 세 번이나 거듭되는 '죽어'라는 시어로 고려에 대한 변함없는 충성심을 표현한다. 그런 다음 중장에 이르면 육체가 시간의 흐름 속에 사라지더라도, 자신이 섬기는 '님', 즉 고려 왕조에 대한 마음은 변함이 없다는 사실을 강조한다. 화자는 '백골이 진토'가 되고, '넋이 있든지 없든지' 상관없이 자신의 생각은 변함이 없다는 것을 강조하였다. 그것은 자신이 섬기는 '님' 곧 고려 왕조에 대한 '일편단심'의 표현이니, 그 마음은 죽더라도 결코 사라지지 않을 것이라고 다짐한 것이다. 이방원의 완곡한 회유를 딱 잘라 거절하기 위해 직설적인 표현으로 대응한 정몽주는 결국 선죽교에서 이방원이 보낸 자객에게 살해되었다. 그러나 죽음 앞에서도 뜻을 굽히지 않은 그의 올곧은 정신은 충절(忠節)의 대명사로 오랫동안 추앙되고 있다.

강호시조를 대표하는 연시조, 〈어부단가〉

조선 전기의 시조는 '사회의 지도층인 사대부들의 정신세계를 표현하는 수단'이라는 성격을 띠게 된다. 사대부들은 자신의 내면적 수양을 강조하면서, 도덕적 수양이 갖춰져야만 관직에 나아갈 수 있다고 여겼다. 조선 전기에 주로 지어진 '강호시조(江湖時調)'와 '훈민시조(訓民時調)'는 사대부들의 이러한 가치관을 잘 나타낸다. '훈민시조'가 일반 백성들을 계도(啓導 남을 깨치어 이끌어 줌)할 목적으로 주로 관직에 나아간 이들의 의식을 반영하고 있다면, '강호시조'는 정치적으로 혼탁한 현실에서 물러나 처사의 의식 세계를 보여주고 있다. 특히 강호시조에서는 정치 현실을 가리키는 '속세'가 혼탁하다고 보고 있으며, 반면에 화자가 처한 강호자연은 청정한 공간이라고 인식하는 이분법적 대립의식이 강하게 나타난다.

> 장안(長安)을 도라보니 북궐(北闕)이 천리(千里)로다
> 어주(漁舟)에 누어신들 니즌 스치 이시랴
> 두어라 내 시름 아니라 제세현(濟世賢)이 업스랴.

멀리 서울을 돌아보니 경복궁이 천 리로다/ 고깃배에 누워 있은들 잊은 적이 있으랴/ 두어라, 내가 걱정하지 않는다고 세상을 건질 어진 이가 없겠는가.

(이현보 〈어부단가[●]〉 중 제5수)

조선 전기의 문인인 이현보(李賢輔)는 태어나면서부터 외모가 뛰어나고 비범하였다고 한다. 사냥을 좋아하고 학문을 가까이 하지 않았으나, 뒤늦게 분발하여 그는 책을 읽고 공부에 전념했다. 그러나 글을 지으면서 말을 만드는 재주가 뛰어나 주변의 부러움과 시기를 함께 받기도 했다. 연산군 때에 사관으로 있다가 미움을 받아 유배 당한 후, 중종 때에 다시 부름을 받았으나 다시 파직되었다. 이듬해

안동에 있는 이현보의 농암종택

에 다시 벼슬자리로 나가 동부승지의 지위에까지 올랐으나, 좌천된 후에는 오래지 않아 벼슬을 버리고 낙향한다.

이 시조는 고려 때부터 12장으로 된 장가와 10장으로 된 단가로 전해온 〈어부가(漁父歌)〉를 고쳐 지은 것으로, 전체 5수로 이뤄진 연시조 〈어부단가〉 중 마지막 수이다. 비록 정치 현실에서 벗어나 강

호자연에 머물고 있는 화자이지만, 임금이 계시는 곳에 대한 관심을 버릴 수 없음이 잘 드러난다. '장안'과 '북궐'은 모두 임금이 머물고 있는 공간이다. 눈에 선한 그 모습을 떠올리다가, 다시 생각해 보니 '천리'나 되는 먼 거리에 있음을 깨닫는다. 강호에 머물며 '고 깃배(漁舟)'에 누워지내면서도, 화자는 임금이 계시는 현실 세계를 완전히 잊은 적이 없었다.

사대부로서 화자는 현실 정치가 올바르게 다스려진다면 다시 돌아갈 마음을 완전히 포기한 것이 아니다. 종장에서 보듯 혼탁한 정치 현실은 화자에게는 '시름'의 원인이다. 그래서 그는 이러한 현실을 '바로잡을 사람'(濟世賢)의 출현을 기대한다. 누군가 어지 러운 정치 현실을 바로잡기만 한다면, 화자는 사대부로서의 자신 의 역량을 펼치기 위해 강호자연을 벗어나 다시 현실 세계로 뛰어 들지도 모를 일이다. 하지만 그는 적극적으로 현실에 참여하는 행 동은 당분간 뒤로 미루고 있다.

향유층과 소재의 확대, 조선후기 시조

조선 후기에 접어들면서 새롭게 평민 작가가 등장하고, 그들에 의해 시조 작품을 모아 엮어낸 가집(歌集)이 편찬되는 등 시조사의 흐름은 새로운 양상이 전개된다. 시조를 전문적으로 노래하는 가객 (歌客)들의 활발한 활동 덕분에, 시조 공연을 선보일 수 있는 공간이 더욱 넓어졌다는 점은 주목할 만하다. 이 시기에 이르면 시조는 더 이상 양반 사대부들의 전유물이라는 테두리를 벗어나기 시작한다. 점차로 평민들 역시 시조를 접할 수 있는 기회가 늘어나게 되면서, 새로운 작가들이 대거 등장하기 시작하였다. 새로운 작가층의 등장으로 인해 작품에 담아낼 수 있는 시적 관심사는 자연스럽게 확대되었다.

운소(雲宵)에 오로젼들 ᄂᆞ래 업시 어이 ᄒᆞ며

봉도(蓬島)로 가쟈 ᄒᆞ니 주즙(舟楫)을 어이 ᄒᆞ리

츌하리 산림(山林)에 주인(主人) 되야 이 세계(世界)를 니즈리라.

높은 하늘에 오르고자 한들 날개 없이 어찌하며/ 봉도에 가려고 하니 배와 노는 또 어찌할까/ 차라리 산속 숲의 주인이 되어 이 세상을 잊으리라.

(김천택)

조선 후기를 대표하는 가객인 김천택(金天澤)의 작품으로, 그는 시조 작품을 모아 사람들이 그것을 보고 노래할 수 있도록 가집인 《청구영언(靑丘永言)》을 편찬하였다. 조선은 지배층인 양반(兩班)과 피지배층인 일반 평민으로 구성된 사회였다. 평민에게도 과거를 볼 기회를 제공했으나, 조선 후기로 갈수록 양반층의 자제에게 유리하도록 만들어 평민들이 과거에 합격하는 것은 결코 쉽지 않았다. 따라서 자신의 신분이 양반이 아니라면 아무리 학식이 높고 머리가 뛰어나도, 과거에 합격해서 관직에 나아가 자신의 포부를 펼칠 수 있는 기회를 잡기는 쉽지 않았다.

중인 신분이었던 김천택의 신분적 갈등과 그 한계가 이 시조를 통해서 잘 드러나 있다. 초장의 '운소'는 '높은 하늘'이며, 중장의 '봉도'는 신선이 산다는 전설 속의 봉래산(蓬萊山)이 있는 섬을 일컫는다. 이 장소들은 한마디로 화자의 이상향이다. 그가 그곳에 간다면, 현실 세계에서는 펼치기 힘들었던 자신의 이상을 실현할 수 있을 것이라고 여겼다. 화자가 그곳에 도달하기 위해서는 '날개(ᄂ래)' 또는 '배와 노(舟楫)'가 있어야만 가능하다. 그러나 거듭되는 '어이 흐리'라는 자조적 표현을 통해서, 우리는 '화자가 애당초 이 수단들을 얻을 수 없었다'는 사실을 짐작할 수 있다. 이는 김천택이 '여항인(閭巷人 벼슬을 하지 않은 일반 백성)' 신분으로, 애초부터 신분적·사회적 한계가 분명했기 때문이다.

현실세계에서 길이 보이지 않아 하늘 높이 올라가면 신분과 사회적 차별이 없을까 꿈꾸어 보지만, 그것은 꿈에서조차 불가능하다. 섣불리 이상사회를 꿈꾸다가는 모진 시련에 처하게 되기 마련이기에 화자는 늘 조심스러울 수밖에 없다. 그래서 그는 '산림의 주인'이 되어서 '이 세계'를 잊겠노라고 쓸쓸하게 말한다. 산림은 곧 현실을 벗어난 자연 공간이면서, 현실 세계에 대한 소박한 대안이다.

사대부들에게 자연은 어디까지나 정치 현실과 대립되는 공간이다. 따라서 현실 세계의 질서가 회복되면, 그들은 언제든 제자리로 돌아갈 수 있었다. 이에 비해 신분의 한계를 뼈저리게 절감했던 여항인 신분인 김천택에게 자연은 '이상향을 선택할 수 없는 현실에 대한 소극적 대안'이라는 의미를 지닌다. 따라서 이 작품에서의 자연은 양반 사대부들의 작품에서 나타나는 그것과 의미가 다를 수밖에 없다.

먼 딕 둙 우러ᄂᆞ냐 품의 든 님 가랴 ᄒᆞᄂᆡ

이제 보내고도 반 밤이나 남아시니

ᄎᆞ라리 보내지 말고 남은 졍을 펴리라.

먼 데서 닭이 울었으냐 내 품에 든 님 가려 하네/ 이제 보내고 나서도 하룻밤의
절반이나 남으려니/ 차라리 보내지 말고 남은 정을 나누겠노라.

(김홍도)

조선 후기의 풍속화가로 유명한 단원(檀園) 김홍도●●의 작품으
로, 남녀 사이의 애정을 매우 진솔하게 표현하고 있다. 화자는 기
생으로 추측되는 '님'과 함께 밤을 지새우며 정을 나누었다. 같
이 밤을 지새운 화자와 임은 아침이 되면 헤어져야만 하는 관계
이다. 새벽닭이 울면 얼마 지나지 않아 날이 샐 것이니, 아침이 되
기 전에 임은 화자를 떠나야만 한다. 그러나 이른 새벽에 닭 울음
소리를 듣고 '님'이 떠난다면, 그는 아침이 될 때까지 '하룻밤의 절
반'이라는 긴 시간 동안 혼자 있을 수밖에 없다. 그래서 '님'을 보
내는 대신, 아침이 될 때까지 남은 정을 마저 펼치겠다고 노래한다.

초장의 '품의 든 님'이나 '남은 졍을 펴리라'는 등의 표현에서,
두 사람이 펼쳐 내는 애정의 실상이 매우 직설적으로 그려지고 있
음을 확인할 수 있다. 이러한 표현 기법은 남녀의 사랑을 노골적일
정도로 솔직하게 묘사하는 사설시조에도 결코 뒤지지 않는다. 이처
럼 조선 후기에 이르면 사설시조뿐만이 아니라, 평시조에서도 남녀
의 애정 문제를 비롯한, 민중들의 생활 체험과 감정 등이 새로운 관

심사로 부각되기에 이른다.

- 이현보의 〈어부단가〉 1~4수
  전체 5수 중, 본문에 제시된 작품을 제외한 나머지 4수는 다음과 같다.

  이 중에 시름없으니 어부(漁父)의 생애(生涯)로다
  일엽편주(一葉扁舟)를 만경파(萬頃波)에 띄워 두고
  인세(人世)를 다 잊었거니 날 가는 줄을 안가. (제1수)

  굽어는 천심록수(千尋綠水) 돌아보니 만첩청산(萬疊靑山)
  십장 홍진(十丈紅塵)이 얼마나 가렸는고
  강호(江湖)에 월백(月白)하거든 더욱 무심(無心)하여라. (제2수)

  청하(靑荷)에 밥을 싸고 녹류(綠柳)에 고기 꿰어
  노적화총(蘆荻花叢)에 배 매어 두고
  일반청의미(一般淸意味)를 어느 분(分)이 알으실고. (제3수)

  산두(山頭)에 한운(閑雲)이 기(起)하고 수중(水中)에 백구(白鷗) ㅣ 비(飛)라
  무심(無心)코 다정(多情)하니 이 두 것이로다
  일생(一生)에 시름을 잊고 너를 좇아 놀으리라. (제4수)

- • 김홍도(金弘道)와 매화(梅花)
  매화를 둘러싼 선비들의 유명한 일화 가운데 하나가 김홍도의 '매화음(梅花飮)'이다. 김홍도는 매화를 좋아하여 뜰에 한 그루 키우고 싶어 했지만, 가난한 화가에게 매화는 그림의 떡이었다. 그러던 어느 날, 자신의 그림이 3,000냥에 팔렸다. 이에 그는 2,000냥을 뚝 떼어 매화를 사들이고, 가족들을 위해서는 달랑 200냥으로 이틀치 양식을 샀다. 그런 다음 매화의 자태와 향기를 절친한 화원(畵員)들과 함께 감상하기 위해 800냥을 들여 호화로운 술자리를 마련했다. 산수화로 유명한 이인문이 가장 먼저 도착했고, 인물화와 풍속화에 능한 김득신, 산수화와 시에 뛰어난 최북도 참석했다. 술자리에 흥이 올라서 김홍도의 얼굴이 보름달처럼 환해지자 최북은 "단원, 그대가 바로 신선이군!"이라고 하면서 껄껄 웃었다고 한다.

가사,
최소 형식의 풍부한 노래

고려 말에 발생한 가사는 조선 초기에 이르러 사대부들에 의해 하나의 문학 양식으로 단
단히 자리 잡았다. 조선 전기의 가사 작자층은 사대부였는데, 이들은 주로 강호 한정(江湖
閑情-자연과 더불어 살아가며 느끼는 심정)과 연군지정을 주제로 삼아 작품을 창작했다. 그런
데 조선 후기 들어 사대부 중심의 문학이 중인이나 서민의 문학으로 확대되면서, 가사가
지니고 있던 관념적·서정적 성격도 구체적이면서도 서사적으로 바뀌었다. 자연의 아름다
움이나 임금의 은혜를 노래하는 데서 벗어나, 사람들이 살아가는 모습을 사실적으로 그리
게 된 것이다.

조선의 랩, 가사

근래 들어 유행하고 있는 랩(rap)은 특히 젊은 세대들에 의해 적
극적으로 수용되고 있는 음악 양식이다. 미국 흑인 문화의 하나로,
하층민들의 저항 정신을 상징하는 음악으로 출발했던 랩은 파격적
인 내용의 가사를 통해 사회 비판적인 메시지를 전달한다. 바로 그
러한 특성이 랩 음악을 당대 최고 인기 장르의 하나로 만들었던 요

인이었다. 랩 음악이 계층과 지역을 넘어 광범위하게 확산되면서, 이제는 매우 다양한 방식으로 소비되고 있다. 원래의 사회 비판 정신을 강조하는 곡이 있는 반면, 그 형식만 빌렸을 뿐 새로운 음악 세계를 보여주는 곡들도 많이 만들어지고 있다.

랩은 다른 음악들과 달리 특정 멜로디가 필요하지 않고, 노랫말을 때로는 빠르게 혹은 느리게 그저 읊조리는 것처럼 부르는 것이 특징이다. '프리스타일 랩'처럼 상황에 따라 노랫말을 만들어 부르기도 하며, 쉴 새 없이 아주 빠르게 노랫말을 엮어 넘기는 '속사포 랩'을 자신의 특기로 삼는 래퍼(rapper)도 있다. 멜로디와 가사가 어우러지며 이루어지는 전통적인 노래의 형식에서 보자면, 랩은 말과 음악의 경계에 서 있는 양식이라 할 수 있다. 그러나 자유로운 양식처럼 보이는 랩도 최소한 2줄의 시행이 끝부분에서 서로 운(韻, rhyme)이 들어맞아야 좋은 노래가 된다는 조건이 있다. 또 비록 정해진 멜로디를 따라 노래하진 않는다 해도, 랩을 잘 부르기 위해선 박자에 대한 뛰어난 감각이 요구된다. 엄격한 음악적 틀을 요구하지 않는다는 점에서 자유로운 형식이지만, 또한 갖춰야할 최소한의 조건을 충족해야만 한다는 점에서 부르기가 쉽지 않다.

이처럼 최소한의 형식적 요건만 갖추면 그 속에 다양한 내용을 담아낼 수 있는 양식이 우리의 고전시가에도 존재하는데, 가사(歌辭)가 바로 그것이다. 가사는 시행이 4음보로 이루어져 있다는 형태적 요건을 제외하면, 주제·소재·구성·규모 등에 관한 특별한 제약이 없는 갈래이다. 그렇지만 각각의 시행이 4음보로 이뤄진다는 것도 최소한의 요구일 뿐, 실제로는 4음보 율격에서 벗어난 시행들도 자주 발견된다. 따라서 개별 작품들의 내용과 성향이 다채롭게 나타날 수밖에 없으며, 이러한 까닭에 가사의 갈래를 어디에 귀속시킬 것인가에 대한 논란이 계속되고 있다. 각각의 작품은 서정적인 내용에서부터 서사적인 이야기를 담아낸 것까지 폭넓게 걸쳐 있고, 그 길이도 짧은 것에서부터 1천행이 넘는 장편의 작품들에 이르기까지 매우 다양하다.

가사는 4음보의 시행이 연속되는 형식으로 이루어져 있으며, 작자가 말하고자 하는 내용을 작품에 담아낸다. 대체로 작품의 마지막 행은 시조의 종장과 같은 형식으로 마무리된다. 이러한 형식적 특성 덕분에 유장한 감흥이나 생각을 읊조리거나 복잡한 경험을 서술한다든지, 이념적인 내용을 담아 상대를 설득할 때 유용한 수단으로 사용될 수 있었다. 그래서 다른 시가 갈래와는 달리, 특정 멜로디에 실려 노래로 불리기보다는 읊조리듯이 음영(吟詠)되는 것이 일반적이었다. 물론 조선 후기에 유행했던 '십이가사(十二歌詞)' 등은 전문적 창자(唱者)에 의해 노래로 불렸는데, 이들만을 지칭하여 가창가사(歌唱歌辭)● 라 하기도 한다.

조선 전기 강호 가사의 대표작, 정철의 〈성산별곡〉

최초의 가사 작품으로는 고려시대 나옹화상 혜근의 〈서왕가(西往歌)〉를 들고 있으며, 정극인의 〈상춘곡(賞春曲)〉 등도 초기 작품으로 주목할 만하다. 주로 사대부들에 의해 창작·향유되었던 조선 전기의 작품들은 '강호한정(江湖閑情)'과 '연군지정(戀君之情)'을 노래한 작품들이 주류를 이루었다. 송순의 〈면앙정가〉나 정철의 〈사미인곡〉·〈속미인곡〉·〈관동별곡〉, 그리고 백광홍의 〈관서별곡〉 등이 이 시기에 지어진 주요 작품들이다. 여기서는 정철의 〈성산별곡(星山別曲)〉을 통해서 조선 전기 가사의 특징을 짚어보기로 하자.

엇던 디날 손이 성산(星山)의 머믈며셔
    어떤 지나가는 손님이 성산에 머물면서

서하당(棲霞堂) 식영정(息影亭) 주인(主人)아 내 말 듯소
    서하당 식영정 주인아, 내 말을 들으시오

인생 세간(人生世間)의 됴흔 일 하건마는
    인생 세간에 좋은 일이 많건마는

엇디 흔 강산(江山)을 가디록 나이 녀겨
    어찌하여 (그대는) 강산을 갈수록 낫게 여겨

적막(寂寞) 산중(山中)의 들고 아니 나시는고
    고요하고 쓸쓸한 산중에 들어가 나오시지 않는가.

송근(松根)을 다시 쓸고 죽상(竹床)의 자리 보아
    소나무 밑동을 다시 쓸고 대나무 평상에 자리를 만들어

져근덧 올라 안자 엇던고 다시 보니
    잠깐 올라앉아 어떠한지 다시 보니

천변(天邊)의 썻는 구름 서석(瑞石)을 집을 사마
    멀리 하늘가에 뜬 구름은 서석을 집을 삼아

나는 듯 드는 양이 주인(主人)과 엇더흔고
    나가는 듯 들어가는 모양이 주인과 어떠한가.

창계(滄溪) 흰 물결이 정자(亭子) 알픠 둘러시니
    푸른 시내 흰 물결이 정자 앞에 둘러 있으니

천손(天孫) 운금(雲錦)을 뉘라셔 버혀 내여

천손 운금(직녀가 짜놓은 비단)을 누가 베어 내어

넛는 듯 펴티는 듯 헌스토 헌스홀샤
잇는 듯 펼쳐 놓은 듯 야단스럽기도 야단스럽구나

산중(山中)의 책력(冊曆) 업서 사시(四時)룰 모르더니
산 속에 달력이 없어 네 계절을 모르고 지냈는데

눈 아래 헤틴 경(景)이 철철이 절노 나니
눈 아래 펼쳐진 풍경이 철따라 저절로 생겨나니

듯거니 보거니 일마다 선간(仙間)이라.
듣고 보고 하는 것이 일마다 신선의 세계로다.

(정철의 〈성산별곡〉 앞부분)

이 작품의 배경이 되는 '성산(星山)'은 지금의 전라남도 담양군
에 위치한 곳이다. 〈성산별곡〉은 성산에 지어진 '서하당'과 '식영
정' 주변의 경치와 그곳에서 노니는 사람들의 풍류 생활을 담아내
고 있다. 이 작품은 화자가 '서하당 식영정 주인'에게 말을 건네는
형식으로 시작되는데, 화자의 상대는 작자의 인척이자 성산에 서하
당을 짓고 풍류를 즐겼던 김성원(金成遠)이다.

'적막 산중에 들고 아니 나'는 '식영정 주인'의 생활을 서술하
고 있다. 마치 자연과 일체가 된 듯한 '주인'의 모습과 정자 주변의
풍경이 한 편의 그림과도 같이 묘사된다. 산중에서의 생활은 애써 계
절의 흐름을 의식할 필요가 없기에, '산중의 책력 업서 사시를 모'른
다고 말한다. 하지만 굳이 알고자 하지 않아도 눈앞에 펼쳐진 풍경
만을 보고도 '철철이 절로' 지나는 것을 알 수 있으며, 세속과 격리
된 '주인'의 생활은 마치 '신선 세계(仙間)'와 같다고 인식한다.

이어지는 생략된 부분의 내용은 작품의 서사·본사·결사 중의

식영정 옆의 송강 정철 가사 터의 모습

'본사'에 해당하는데, 성산의 봄·여름·가을·겨울 등 사계절의 경치와 그곳에 은거하며 사는 '산옹(山翁)'의 풍류를 노래하고 있다. 마지막 '결사' 부분에서는 마치 신선처럼 산 속의 생활을 즐기는 화자의 즐거움을 읊으면서 작품을 맺고 있다. 이 작품은 서하당의 주인인 김성원의 멋과 풍류를 노래하고 있지만, 동시에 그곳에서 풍류를 즐기며 지내는 정철 자신의 감흥을 읊은 것으로 이해할수 있다. 관직에서 물러난 사대부들은 자연에 머물러 정신적 수양에 힘쓰면서, 강호의 처사(處士, 벼슬을 하지 않고 초야에 묻혀 살던 선비)로서 여유로운 삶을 누리는 것이 일반적이었다. 〈성산별곡〉은 바로그러한 사대부들의 강호에서의 삶을 드러낸 것으로, 조선 전기 '강호가사'의 대표적인 작품으로 꼽히고 있다.

다양한 내용을 담는 그릇이 되다, 〈우부가〉

조선 후기에 접어들면서 가사 작품들 역시 향유 계층이 다양화
되고, 그 내용도 또한 다채롭게 전개되었다. 사대부들도 체험의 구
체성을 중시하는 장편 기행가사나 유배 생활의 실상을 노래한 유배
가사 등을 창작하였다. 이밖에도 당대 서민들의 체험과 인식을 담
아내는 이른바 '서민가사' 작품들이 활발하게 창작·유통되기 시작
하였다. 남녀 사이의 애정을 다룬 '애정가사'나 당시 세태의 이러
저러한 문제점을 담아내는 '세태가사', 그리고 부조리한 현실에 비
판적인 내용을 그린 '현실비판가사' 등이 조선 후기를 대표하는
작품군이라 할 수 있다. 이러한 작품들은 작자를 알 수 없는 경우가
대부분이다. 대표적인 서민가사로 거론되는 〈우부가(愚夫歌)〉를 통
해 그 특징을 살펴볼 수 있다.

> 늬 말슴 광언인가 져 화상을 구경허게
> > 내 말이 미친 소리인가 저 인간을 구경하게
>
> 남촌 활량 긔똥이는 부모 덕에 편이 놀고
> > 남촌의 한량 개똥이는 부모 덕에 편히 놀고
>
> 호의호식 무식허고 미련허고 용통허야
> > 호의호식하지만 무식하고 미련하여 소견머리가 없는 데다가
>
> 눈은 놉고 손은 커셔 가량 업시 쥬져넘어
> > 눈은 높고 손은 커서 대중없이 주제넘어
>
> 시체 짜라 의관 허고 남의 눈만 위허것다
> > 유행 따라 옷을 입어 남의 눈만 즐겁게 한다
>
> 장장츈일 낫줌 자기 조셕으로 반찬 투정
> > 긴긴 봄날에 낮잠이나 자고 아침저녁으로 반찬 투정을 하며

민 팔즈로 무상츌입 민일 장취 게트림과
　　항상 놀고먹는 팔자로 술집에 드나들며 매일 취해서 게트림을 하고

이리 모야 노름 놀기 져리 모야 투젼질에
　　이리 모여서 노름하기, 저리 모여서 투전질에

기싱첩 치가흐고 외입쟁이 친구로다
　　기생첩을 얻어 살림을 넉넉히 마련해 주고 오입쟁이 친구로다

스랑의는 조방군이 안방의는 노구 할미
　　사랑방에는 조방꾸니, 안방에는 뚜쟁이 할머니

명조상을 써셰허고 셰도구멍 기웃 기웃
　　조상을 팔아 위세를 떨고 세도를 찾아 기웃기웃하며

염냥 보아 진봉허기 지업을 까불니고
　　세도를 따라 뇌물을 바치느라고 재산을 날리고

허욕으로 장스허기 남의 빗시 틱산이라
　　헛된 욕심으로 장사를 하여 남의 빚이 태산처럼 많다.

늬 무식은 싱각 안코 어진 사람 미워허기
　　자기가 무식한 것은 생각하지 않고 어진 사람을 미워하며

후헐 데는 박흐야셔 한 푼 돈의 쌈이 나고
　　후하게 해야 할 곳에는 야박하여 한 푼을 주는 데도 아까워하고

박헐 데는 후흐야셔 슈빅 량이 헛 것시라
　　박하게 해도 되는 곳에는 후덕하여 수백 냥을 낭비한다

승긔즈를 염지허니 반복소인 허긔진다
　　나은 사람을 싫어하니 소인들이 비위 맞추느라 허기진다

늬 몸에 리헐 듸로 남의 말를 탄치 안코
　　자기에게 유리하면 남의 잘못된 말도 따지지 않고

친구 벗슨 조화허며 졔 일가는 불목허며
　　친구들하고는 잘 지내지만 제 친척들과는 화목하지 못하며

병 날 노릇 모다 허고 인슴 녹용 몸 보키와
　　건강 해칠 일은 모두 하고 인삼 녹용으로 몸 보신하기와

쥬식잡기 모도 흐야 돈쥬경을 무진허네
　　주색잡기를 모두 하여 한없이 돈을 함부로 쓰네.

부모 조상 도망허여 계집 즈식 직물 슈탐 일가친척 구박허며
부모 조상 잊어버리고 계집 자식 재물만 좋아하며 일가친척 구박하고

닉 인스는 나종이요 남의 흉만 줍아닌다
자기가 할 도리는 나중 일이요, 남의 흉만 잡아 낸다

닉 힝셰는 긔치반에 경계판을 짊어지고
자기 행동은 개차반이면서 경계판을 짊어지고 다니며

업는 말도 지여닉고 시비의 션봉이라.
없는 말도 지어 내고 시비에 앞장을 선다

(작자 미상 〈우부가〉 앞부분)

제목에서 알 수 있듯이, 〈우부가〉는 '어리석은 남자(愚夫)'들인 '개똥이'·'꼼생원'·'꾕생원' 등 세 사람의 행적을 그린 작품이다. 화자는 제3자의 입장에서 그들의 행동을 하나씩 열거하고, 어리석은 짓을 일삼다가 끝내는 패가망신하는 '우부'들의 결말을 보여준다. '부모 덕에 편이 놀고/ 호의호식' 하던 '개똥이'의 허랑방탕한 생활을 묘사하고 있는데, 온갖 노름과 허세로 결국은 재산을 탕진하여 거지로 떠돌며 빌어먹게 된다는 내용이다. 허랑방탕한 개똥이의 행실에 이어 '꼼생원'과 '꾕생원'의 어리석은 생활이 그려지는데, 그들의 행위를 통해서 빠르게 변화하는 조선 후기 사회의 한 단면을 엿볼 수 있다는 점도 작품 감상의 포인트로 고려해야 한다. 아마도 이 작품은 이러한 우부들의 행실을 통해서 경계를 삼고자 하는 의도로 창작되었을 것이다. 하지만 오히려 이들처럼 비윤리적인 행위를 일삼는 사람들이 적지 않은 당대의 현실을 반영한 것으로도 이해할 수 있다. 묘사하고 있는 대상이 각각 몰락한 양반(개똥이)과 중인 혹은 평민(꼼생원), 그리고 하층민(꾕생원)으로 설정되었다는

것도 참고할 만하다.

이밖에도 조선 후기에는 부녀자들이 자신들의 생활과 감정을 토대로 창작한 일련의 가사 작품들이 등장하는데, 이를 일컬어 '규방가사'** 혹은 '내방가사'라고 한다. 친정 어른들이 시집 생활에 필요한 행실을 가르치기 위해 지은 〈계녀가(誡女歌)〉에서부터 시집살이의 어려움을 호소하고 자신의 신세를 한탄하는 〈자탄가(自嘆歌)〉에 이르기까지, 그 내용은 매우 다양하게 나타난다. 또한 19세기에 이르면 서양에서 새로이 전래된 천주교의 포교를 목적으로 지은 '천주가사'나, 동학(東學)을 널리 알리고 교리를 전달하기 위한 수단으로 창작되었던 '동학가사' 등의 종교가사도 등장하였다. 가사라는 양식에 이처럼 다양한 주제와 내용의 작품들이 포함될 수 있었던 이유는, 앞서도 말했듯이 '4음보격 연속체 율문'이라는 최소한의 형식이 충족된다면 어떠한 주제나 내용도 다 담아낼 수 있는 '그릇'의 역할을 했기 때문이다.

● 가창가사

가사를 이루는 양식적 요건은 극히 단순하여 4음보 율격의 연속체 시가는 모두 그 범위에 포함될 수 있다. 그래서 노래로 부르기보다는 읊조리듯 음영(吟詠)되었는데, 조선 후기에는 잡가(雜歌)의 일부와 '십이가사' · '판소리 허두가' 등 가사와 유사한 형식을 지니고 가창되는 양식들이 나타났다. 그래서 노래로 불렸던 이들 양식을 '가창가사'라 일컫기도 한다.

●● 규방가사

조선 후기 주로 영남지방의 부녀자들을 중심으로 창작 · 향유되었던 가사 양식을 일컫는다. 내방가사(內房歌辭) 혹은 여성가사(女性歌辭)라고도 한다. 영남 지방에서 가장 성행하였으나, 다른 지역에서도 작품들이 수집되고 있다. 그 내용은 여성 생활에 관한 윤리 규범과 생활 범절의 가르침에서부터 개인과 가정의 특기할 만한 체험과 소회(所懷)의 기록, 그리고 〈화전가(花煎歌)〉류의 서정성 짙은 노래에 이르기까지 매우 폭이 넓었다. 일단 창작된 규방가사는 친족들 사이에서 읽히고 전사(轉寫)되었으며, 시집갈 때 자기 집안의 가사를 두루마리 형태로 간직하여 가져가는 일도 흔했다.

사설시조, 조선 후기 문학의 새로운 지평을 열다

"뭐 한 몇 년간 세숫대야에 고여 있는 물 마냥 그냥 완전히 썩어 가지고/ 이거는 뭐 감각이 없어./ 비가 내리면 처마 밑에서 쭈그리고 앉아서 멍하니 그냥 가만히 보다 보면은/ 이거는 뭔가 아니다 싶어." 그룹 '장기하와 얼굴들'이 부른 〈싸구려 커피〉의 일부분이다. 백수의 일상을 통해 청년 실업 문제를 이야기하는 이 노래에서 무심한 듯 길게 주절거리는 랩은 묘한 중독성을 띠며 많은 이들의 공감을 이끌어 냈다. 이처럼 노래에서 긴 가사는 새로운 문제의식을 담아내기에 알맞다. 그런 의미에서 볼 때 두 구 이상 평시조의 틀에서 벗어나며 각각 그 자수가 10자 이상 늘어난 '사설시조' 역시, 평시조와는 확실히 다른 주제의식을 선보인다.

사설시조, 길어지고 빨라진 노래

사람들은 저마다 취향에 따라 즐겨 듣는 음악이 다르다. 그러나 자신에게 익숙한 노래를 좋아하게 된다는 점도 무시할 수 없다. 지금 유행하고 있는 대중음악의 주류로 이른바 댄스음악이나 랩을 꼽을 수 있다. 그래서 젊은 세대들은 속사포처럼 빠르게 엮어 넘기는 랩의 가락을 아주 자연스럽게 받아들인다. 또한 대중음악에서 가사가 긴 노래들은 새로운 문제의식을 담아내기에 알맞다. 반면에 기성세대들은 랩 특유의 빠른 리듬에 적응하기가 쉽지 않을뿐더러, 래퍼들이 쉬지 않고 토해 내는 노랫말의 의미를 제대로 이해하지 못하는 경우가 많다. 기성세대들은 오히려 자신이 자주 들었던 포크나 트로트 등의 장르에 익숙해 있어, 댄스음악이나 랩은 낯선 장르일 뿐만 아니라, 그 속에 담긴 직설적인 내용의 노랫말이 다소 불편하게 느껴지기까지 한다.

특정 장르의 음악을 좋아하는 것은 그 음악에 자신이 좋아할 수밖에 없는 어떤 요인을 갖고 있기 때문이라 볼 수 있다. 리듬과 선율, 그리고 노랫말에 담긴 정서에 공감하기 때문에 그 노래를 즐겨 듣게 된다. 곰곰이 생각해 보면, 사람들이 좋아하는 노래들은 대개 일찍부터 즐겨 들어서 각자의 귀에 익숙했기 때문인 경우가 많다. 각 시대마다 유행했던 노래들도 마찬가지다. 그 노래들은 향유했던 이들의 의식과 관습에 조응(照應, 둘 이상의 사물이나 현상이 서로 일치하게 대응함)함으로써 당대의 인기 가요로 자리를 잡을 수 있었다. 특히 음악의 빠르기는 당대 사람들의 생활 방식과 밀접한 관계가 있다. 점점 빠르게 변해가는 음악은 급속한 사회 변화의 흐름에 놓여 있는 현대인들의 삶의 패턴과 무관하지 않다.

평시조와 사설시조, 뭐가 다를까?

이처럼 어느 시대든지 음악적 변화에 대한 사람들의 반응은 매우 다양하게 나타난다. 조선 후기 사설시조의 등장은 이전과는 다른 경향의 음악적 변화를 반영하고 있다. 그렇기에 음악사적으로나 문학사적으로 매우 중요한 의미를 지닌다. 조선 전기 사대부들에 의해 주로 향유되던 평시조와 달리, 사설시조는 내용과 형식면에서 큰 변화를 가져왔다. 사설시조는 평시조와 마찬가지로 형식적으로는 초·중·종장의 3장 구조를 취하고 있다. 그러나 대체로 종장이 평시조와 비슷한 틀을 유지하면서, 초·중장 혹은 그중 어느 일부가 4음보 율격에서 크게 벗어나 길이가 길어진 것이 특징이다. 이 점에 주목해서 사설시조를 장시조(長時調) 혹은 장형시조(長型時調)라 부르기도 한다.

평시조는 3장 12음보의 비교적 짧은 형식을 지니고 있다. 하지만 그 창법(唱法)은 대단히 유장(悠長, '길고 오래다' 또는 '급하지 않고 느릿하다'는 뜻)한 가락으로 이뤄져 있다. 시조는 지금도 가곡창에서 가장 느린 곡조인 '이삭대엽'으로 부를 경우 한 곡당 10분 정도 걸린다. 그러나 사설시조는 평시조에 비해 장황한 노랫말을 촘촘히 엮어 넣어 부른다. 가곡창에서 가장 빠른 곡조 가운데 하나인 '편삭대엽'으로 부를 경우, 3분 정도의 시간이면 한 곡을 소화할 수 있다. 오늘날에는 인터넷을 통해서 가곡창을 쉽게 감상할 수 있다. 이 두 곡조의 음악을 견주어 들어본다면, 사설시조 작품이 평시조에 비해서 얼마나 빠르게 연주되는지를 실감할 수 있다. 흔히 조선 후기의 음악적 변화를 '번음촉절(繁音促節)'이라는 용어로 설명하곤 한다. 이는 음악의 절주(박자)가 빨라지고 선율(리듬)이 복잡해지는 현상을 가리킨다. 여기서 우리는 빠르게 변화해가는 조선 후기 음악의 흐름에 사설시조가 크게 이바지했다는 사실을 미루어 알 수 있다.

사설시조가 문학사에 본격적으로 등장한 것은 김천택이 1728년에 편찬한 가집 《청구영언》 가운데 '만횡청류(蔓橫淸類)'라는 곡조에 116수가 수록되면서부터라고 하겠다. 이들 작품은 사대부들의 시조와 달리, 주로 평민층의 생활 체험과 의식을 표현한 것들이 다수를 차지하고 있다. 평민적 익살과 풍자, 그리고 자유분방한 체험이 곳곳에서 드러나는데, 이들 작품에서는 비록 거칠기는 해도 그 당시 민중들의 건강한 삶을 엿볼 수 있다. 이러한 사설시조의 특징은 이를 창작하고 향유했던 여항인(閭巷人, '여염의 사람들'이라는 뜻으로, 벼슬을 하지 않는 일반 백성들을 이르는 말)들의 세계관에 바탕을 두고 있다. 특히 남녀 사이의 애정과 성적(性的)인 주제가 많은 비중을 차지하며, 주로 직설적인 언어를 통해 표출되고 있다는 점도 주목할 만하다.

조선 후기 여항인들은 대체로 지식이나 교양 면에서 사대부와 크게 다르지 않았다. 그러나 신분 질서에 얽매인 상황에서 관직에 진출하기 힘들었으므로, 주로 예술 분야에 힘을 쏟았다. 지배계급인 사대부들에게 예술은 단지 여기(餘技, 전문적으로 하는 것이 아니라 틈틈이 취미로 하는 재주나 일)에 지나지 않았다. 하지만 여항인들에게 그것은 일생을 바칠 정도의 가치가 있는 일이었다. 주류 사회에서 소외된 여항인들은 중세적 이념으로부터 일정한 거리를 두고 생활했기에, 민중들의 삶과 정서에 관심을 기울이며 이를 작품 속에 담아낼 수 있었다. 한마디로 사설시조는 조선 후기라는 시대적 상황

속에서 종래의 관습화된 미의식과 세계관에서 벗어나, 일상적인 삶의 문제를 소재로 끌어들임으로 새로운 문학적 지평을 연 것이다.

그물처럼 넝쿨처럼 뻗어갈 사랑

이제 구체적인 작품들을 통해서 사설시조의 면모를 살펴보자. 흔히 사설시조는 추상적인 개념마저 구체적인 사물을 빌어 표현하고 있다고 평가된다. 다음에 소개하는 시조는 추상적 감정인 사랑을 눈에 보이는 대상으로 구체화하여 비유적으로 표현하고 있다.

ᄉ랑 ᄉ랑 고고이 미친 ᄉ랑 왼 바다흘 두루 덥ᄂ 그믈 ᄀ치 미친 ᄉ랑

왕십리라 답십리라 춤외 너출 슈박 너출 얽어지고 틀어져셔 골골이 버더가는 ᄉ랑

아마도 이 님의 ᄉ랑은 ᄉᆺ 간 듸 몰ᄂ ᄒ노라.

사랑 사랑 고고이 맺힌 사랑 온 바다를 두루 덮는 그물처럼 맺힌 사랑/ 왕십리라 답십리라 참외 넝쿨 수박 넝쿨 얽어지고 틀어져서 골골이 뻗어가는 사랑/ 아마도 이 님의 사랑은 끝 간 데 몰라 하노라

(작자 미상)

서로 좋아하는 사람들은 늘 상대방이 자신을 얼마나 사랑하는지를 구체적으로 확인하고 싶어 한다. 하지만 눈에 보이지 않는 사랑은 상대방의 말과 행동을 통해서 느낄 수밖에 없다. 이 작품에서는 사랑과 같은 인간의 감정을 형상화하면서, 관념과 추상의 틀을

여항문학의 산실이었던 수성동 계곡. 겸재 정선의 진경산수화를 바탕으로 복원되었다.

벗어 던지고 있는 점이 눈에 띈다. 그리하여 독자들은 화자가 추구하는 사랑의 면모를 구체적으로 떠올릴 수 있게 된다. 화자는 초장과 중장에서 사랑을 각각 '온 바다를 두루 덮는 그물'과 '얽어지고 틀어져 골골이 뻗어가는 과일 넝쿨'로 비유하고 있다. 떨어질 수 없이 서로 얽히고설키어 끝없이 뻗어가는 모습은 사랑이 끈끈하게 끝없이 지속되리라는 생각이 들게 한다. 종장에서 드러난 것처럼 임과의 사랑이 끝이 없이 지속되기만을 바라고 있다. 화자에게 임의 형상이 어떻고 또 어떤 능력을 지닌 존재인가는 그리 중요하지가 않고, 단지 그와의 애정이 지속될 수 있는지에 초점을 두고 있을 뿐이다.

내 서방 못되면 벗의 임이라도 되어

사설시조에서는 여성이 화자가 되어 사랑을 대담하게 노래하는 경우가 있다. 다음 작품은 우연히 눈에 띈 남성에 대한 여성의 심리를 그린 것이다. 아마도 상대의 외모가 마음에 들었던 듯, 화자는 멀리 떨어진 개울가를 지나는 젊은 남자를 보고 대뜸 자신의 감정을 토로하고 있다.

> 져 건너 흰옷 입은 사름 즌믭고도 얄믜외라
>
> 쟈근 돌ᄃ리 건너 큰 돌ᄃ리 너머 뱝쮜어 간다 ᄀ로 쮜여 가는고 애고 애고 내 서방(書房) 삼고라쟈
>
> 진실(眞實)로 내 서방(書房) 못 될진대 벗의 님이나 되고라자.

저 건너 흰옷 입은 사람 너무도 얄미워라/ 작은 돌다리 건너 큰 돌다리 너머 바삐 뛰어 간다. 가로 뛰어가는고, 애고 애고 내 서방 삼고 싶구나/ 진실로 내 서방 못 된다면 벗의 임이나 되어라.

(작자 미상)

내용으로 보건대 화자는 자신이 지켜보는 상대와 전혀 만난 적이 없지만, 초장에서 그를 '얄밉다'고 거듭 말한다. '즌믭다'가 '아주 얄밉다'라는 뜻이니, 상대 남자의 외모와 행동이 마음에 든데 따른 역설적 표현이라 볼 수 있다. 중장에서는 상대가 돌다리를 건너는 모습을 생동감 있게 묘사하고, '내 서방 삼고' 싶다는 화자의 솔직한 독백이 제시된다. 특히 '애고 애고'라는 의성어는 상대를 바라보는 화자의 심리 상태를 짐작할 수 있게 해준다. 맘속에는 간절하지만 쉽게 상대 남자와 인연이 맺어지지 않아 애타는 마음이다. 하지만 화자의 생각만으로는 상대 남자와 인연이 쉽게 맺어지지는 않을 것이다.

이어지는 종장의 독백은 이 작품의 묘미를 살려준다. '내 서방'이 되지 못한다면, '벗의 님'이나 되었으면 좋겠다는 내용은 전혀 뜻밖이다. 여기에는 비록 자신과 맺어지지 않더라도 '벗의 님'이 된다면, 벗을 만나러 갈 때라도 가끔씩 그를 볼 수 있을 것이라는 소망이 바탕에 깔려 있다. 비록 상상이기는 하지만, 화자가 그려내는 이러한 상황에서 우리는 해학적 묘미와 발랄한 상상력을 엿볼 수 있다.

성의 욕망을 팔고 사고

사설시조 중에는 이처럼 그 당시 시정(市井 저자와 우물이 있어 인가(人家)가 모인 곳)에서 흔히 볼 수 있었던 민중의 삶을 다룬 작품들이 적지 않다. 사설시조는 온갖 인물들의 형상과 세태를 다양한 목소리로 그리고 있다. 그러나 뭐니 뭐니 해도 사설시조에서 가장 주목해야 할 부분은 바로 남녀 사이의 성적(性的)인 문제를 직설적인 화법으로 다루고 있다는 점이다. 신헌조의 시조집인 《봉래악부》에 실린 다음 작품을 보자.

각시(閣氏)네 더위들 사시오 일은 더위 느즌 더위 여러 히포 묵은 더위
오뉴월(五六月) 복(伏)더위에 졍(情)에 님 만나이셔 둘 불근 평상(平牀) 우희 츤츤 감겨 누엇다가 무음 일 ᄒ엿던디 오쟝(五臟)이 번열

(煩熱)ᄒ여 구슬쏨 들니면셔 헐덕이는 그 더위와 동지(冬至)둘 긴긴 밤의 고은 님 픔의 들어 ᄃᄉ흔 아름목과 둑거온 니블 속에 두 몸이 흔 몸되야 그리져리ᄒ니 슈죡(手足)이 답답ᄒ고 목굼기 타올 적의 웃목에 츤 숙능을 벌덕벌덕 켜는 더위 각시(閣氏)네 사려거든 소견(所見)대로 사시웁소

쟝수야 네 더위 여럿 듕에 님 만난 두 더위는 뉘 아니 됴화ᄒ리 눔의게 픈디 말고 브디 내게 픈ᄅ시소.

각시네 더위들 사시오, 이른 더위 늦은 더위 여러 해 묵은 더위/ 오뉴월 복더위에 정든 님 만나서 달 밝은 평상 위에 친친 감겨 누웠다가, 무슨 일 하였는지 오장이 활활타고 구슬 땀 흘리면서 헐떡이는 그 더위와, 동짓달 긴긴 밤에 고은 님 품에 들어 따스한 아랫목과 두꺼운 이불 속에 두 몸이 한 몸 되어 그리저리 하니, 수족이 답답하며 목구멍 탈 적에 윗목의 찬 숭늉을 벌떡벌떡 들이키는 더위, 각시네 사려거든 소견대로 사시오./ 장사야! 네 더위 여럿 중에 임 만난 두 더위는 뉘 아니 좋아하리. 남에게 팔지 말고 내게 부디 파시오.

(신헌조)

장사치가 각시에게 노골적으로 성적인 유혹을 하고, 각시가 다시 이에 화답하는 내용의 작품이다. 이 작품에서 장사치가 각시에게 팔려는 물건은 중장의 더위, 다시 말해 여름과 겨울에 남녀의 애정 행위로 발생하는 더위이다. 초장에 나열된 더위들은 중장의 내용을 이끌기 위한 장치에 지나지 않는다. 이 작품은 정월 대보름의 세시 풍속인 '더위팔기*'를 소재로 취해, 성적인 내용으로 형상화하고 있다. 종장에서 대화의 상대인 각시는 중장의 더위들은 다른 사람이 아닌, 자신에게 팔라고 대꾸하고 있다. 서로 말을 주고받는 대화체는 사설시조 작품에서 적지 않게 나타나는데, 이 작품 역시

대화체 형식을 통해 인간의 본원적 욕구인 성의 문제를 직설적으로 다루고 있다.

사설시조가 어떻게 형성되었는지에 대해서는 여전히 다양한 주장이 공존하고 있다. 그동안에는 3장의 형식을 유지하면서 각 장의 음보가 확장된 형식의 사설시조가 평시조의 파격과 변형으로 생성되었다는 주장이 유력한 학설로 인정되었다. 그러나 《청구영언》에 수록된 '만횡청류(蔓橫淸類)'의 사설시조 작품들은 그 내용이나 세계관이 기존의 시조들과는 판이하게 다르다. 이 점에 주목하여 그 당시 하층민들의 가요로부터 전이되어, 주로 평민층의 생활 체험과 의식 세계를 표현하는 별도의 양식에서 출발했을 것이라는 주장도 제기되고 있다.

현재로서는 사설시조의 기원과 형성에 대해 확정적으로 논할 수 있는 것이 아무 것도 없다. 그러나 분명한 사실은 사설시조라는 새로운 양식의 등장이 조선 후기 문학사의 다채로운 양상을 이끄는 계기가 되었다는 점이다. 또한 평시조와 사설시조는 같은 연행(演行, 공연) 공간에서 향유되면서 서로 영향을 주고받았으며, 이를 통해 시조사의 경계를 한층 넓히는데 이바지했다.

● 더위 팔기

정월 대보름날 세시풍습의 하나이다. 아침에 일어나 더위를 팔아 한 해의 더위를 모면해보자는 속신으로, 매서(賣暑)라고도 부른다. 될 수 있으면 해가 뜨기 전에 일어나서 이웃 친구를 찾아가 이름을 부르며, "내 더위 사가라" 또는 "내 더위, 내 더위, 먼디 더위" 하면 곱절로 두 사람 몫의 더위를 먹게 된다는 속신이다. 따라서 대보름날 아침에는 친구가 이름을 불러도 냉큼 대답하지 않으며, 때로는 미리 "내 더위 사가라" 하고 응수한다. 그러면 더위를 팔려고 했던 사람이 오히려 더위를 먹게 된다고 한다. 더위는 한 번 팔면 되지만 익살맞은 장난꾸러기들은 여러 사람에게 더위를 팔수록 좋다고 이집 저집 찾아다니며 아이들을 골려주기도 한다. 대보름날의 행사가 여름철 더위에 영향을 준다고 믿기 때문에, 사람뿐만 아니라 심지어 가축들의 더위를 막을 예방책으로 소나 돼지의 목에 왼새끼를 걸어주거나 또는 동쪽으로 뻗은 복숭아나무의 가지를 꺾어 둥글게 목에 걸어준다. 왼새끼를 목에 걸어주는 것은 고대 중국의 고사에서 유래한 것이며, 동쪽으로 뻗은 복숭아나무의 가지는 악귀를 쫓는 민속적 주술로 쓰이는 일이 많아 더위를 막는 효과가 있다고 믿는 데서 유래했다고 여겨진다. 옛날에는 입춘날 아침에 더위팔기를 했다는 기록도 있으나, 지금은 보편적으로 정월 대보름날에 한다.

2부

삶의 애환으로
부르는 노래

公無渡河 님이여 강을 건너지 마오
公竟渡河 님께서 끝내 강을 건너시네
墮河而死 물에 빠져 돌아가셨으니
當奈公河 가신 님을 어이 할까

죽음이 갈라놓는
이별의 강가에서

'메멘토 모리(Memento mori)'는 '당신도 죽는다는 사실을 잊지 말라.'라는 뜻의 라틴 어로, 그 유래는 로마 시대로 거슬러 올라간다. 그 당시에는 전쟁에서 승리를 거둔 장군이 우쭐한 마음에 쿠데타를 일으켰다가 사형되는 경우가 종종 있었다. 그러니 지나치게 자만하지 말고 겸손하게 행동하라는 취지에서, 개선장군이 시가지를 행진하는 동안 노예가 그 뒤를 따르면서 '메멘토 모리'라는 말을 복창하는 풍습이 생겨났다고 한다. 이렇듯 '죽음'은 누구에게나 공평하게 찾아온다. 태어난 순간부터 무덤을 향해 한 걸음씩 다가가고 있기에 인간은 영원한 생명을 꿈꾸게 되었고, 그러다 보니 예술이 탄생할 수 있었던 건지도 모른다. 죽음을 소재로 한 고전 시가를 살펴보며, 삶과 죽음의 의미를 되새겨 보자.

삶과 죽음의 만남

죽음은 대개 두려움의 대상으로 인식된다. 평상시 생활하면서 죽음은 자기 자신과는 거리가 먼 문제인 것처럼 생각하곤 한다. 하지만 죽음이란 누구나 피하고 싶은 것이면서, 결국 언젠가는 맞닥뜨려야 할 대상임에는 분명하다. 특히 절친했던 사람의 죽음을 경험한 순간, 그것이 결코 자신과 멀리 있지 않다는 것을 절감하게 된다. 망자(亡者)가 오랜 동안 병석에 있었다면, 지켜보는 사람들은 삶과 죽음의 순간은 언제나 찰나(刹那)에 갈린다는 것을 확인하게 된다. 어느 해던가, 나 역시 일년 동안 두 번이나 친구들의 장례에 조문한 경험이 있다. 한창 왕성하게 활동해야 할 나이에 먼저 세상을 떠난 그들을 생각하며, 삶과 죽음에 대한 상념들이 어지럽게 떠올랐다.

실상 하루를 더 산다는 것은 그만큼 죽음에 더 가까워진다는 의미이다. 모든 사람들의 수명이 일정하게 정해져 있다고 가정해 보자. 아마 대부분의 사람들은 삶을 살아가는 것이 아니라, 죽음을 준비하느라 더 많은 시간과 노력을 허비하며 지낼 것이다. 그러나 다행스럽게도(?) 자신이 언제 죽을지 정확히 알 수 없기 때문에, 사람들은 평상시 죽음이란 문제를 그리 심각하게 받아들이지 않고 하루하루를 살아간다. 그런 의미에서 본다면, 행복한 삶이란 죽음의 순간에 후회 없이 이 세상을 떠나는 것이 아닐까? 우리말에 죽음을 '돌아간(가신)다' 라고 표현하는데, 이는 결국 인간이 태어나기 전에 있던 곳으로 되돌아간다는 사고방식을 전제로 한다. 사람에게 '편안한 죽음' 은 행복한 삶만큼이나 중요한 문제라고 할 수 있다.

사 랑 하 는 이 가 떠 난 후 에

죽음은 사람들에게 삶의 중요성을 일깨워주는 동시에, 각자의 생각을 한층 더 성숙하게 만들어 주는 계기가 된다. 죽음을 극복하고자 하는 인간의 노력은 지금도 계속되고 있지만, 그 목표가 쉽사리 이뤄지지는 않을 것이다. 삶의 문제를 주로 다루고 있는 문학 갈래에서도 죽음은 주요한 주제로 빈번하게 다루어진다. 그런 문학 작품들은 대부분 죽음이 인간의 힘으로는 어찌할 수 없다는 인식을 바탕에 깔고 있다. 이미 세상을 떠난 이와의 추억을 회상하고, 사후에라도 좋은 곳에 갈 것이라는 희망을 담고 있는 경우가 많다. 예컨대 〈제망매가(祭亡妹歌)*〉는 승려인 월명사(月明師)가 죽은 누이를 위해 지은 10구체 향가로, 사랑하는 이의 죽음에 대한 애틋한 감정을 잘 드러내고 있다.

생사(生死) 길은   삶과 죽음의 길은
이에 이샤매 머뭇그리고   여기에 있음에 머뭇거리고
나는 가ᄂ다 말ㅅ도   나는 간다는 말도
몯다 니르고 가ᄂ닛고   못다 이르고 갔는가
어느 ᄀ슬 이른 ᄇᆞ락매   어느 가을 이른 바람에
이에 뎌에 ᄠᅳ러딜 닙곤   여기 저기 떨어지는 나뭇잎처럼
ᄒᆞᄃᆞᆫ 가지라 나고   한 가지(한 어버이)에서 나고서도
가논 곧 모ᄃᆞ론저   가는 곳을 모르겠구나
아야 미타찰(彌陀刹)아 맛보올 나   아아! 극락에서 만나볼 나는
도(道) 닷가 기드리고다   도(道)를 닦으며 기다리겠노라

〈제망매가〉

이 작품은 신라시대의 향가이다. 지금은 불과 25수만이 전해지기 때문에, 향찰을 어떻게 해독하느냐에 따라 다른 해석이 나타날 수 있다는 것이 작품 이해에 어려움을 안겨주기도 한다. 여기에서는 양주동의 어석(語釋)을 좇았다. 〈제망매가〉는 전체 10행으로 이루어진 10구체 향가로 제목에서 보이듯 죽은 누이의 명복을 비는 노래이다. 작품 전체는 의미상 세 부분(4-4-2행)으로 나뉜다. 마지막 2행은 낙구(落句) 혹은 후구(後句)라고 하는데, 그 첫머리에 감탄사가 배치되어 작품의 내용을 정서적으로 집약하는 역할을 한다. 이 작품은 현재 전하는 향가 중 서정성이 가장 뛰어나다는 평가를 받고 있다.

〈제망매가〉는 죽은 누이와 더 이상 함께 지낼 수 없는 현실을 가을철 나뭇가지에서 떨어지는 잎에 비유하고 있다. 한 순간에 갈라지는 삶과 죽음의 길에서 "나는 간다"는 말도 못하고 죽은 누이를 생각하면, 그 순간 화자의 마음은 대단히 복잡했을 것이라 충분히 짐작이 된다. 누이의 죽음 앞에서 무력할 수밖에 없는 화자의 모습에서는 혈육의 마지막 가는 길조차 지켜주지 못한 자의 안타까운 심정이 생생하게 묻어난다. 누구라도 가족의 마지막 가는 길인 임종(臨終)을 지키지 못했다면, 평생 가슴속의 한으로 남는 것이 당연하다. 물론 죽음이란 인생의 정해진 순리이기에 어느 누구도 거스를 수는 없다.

그리하여 작품 후반부에 이르면 화자는 죽음의 문제를 생명을 지닌 존재의 일반적 상황으로 확대시켜 표현한다. 곧 한 가지에 매달려 있다가도 떨어지고 나면, 각자 바람에 날려 어디론가 사라져 버리는 나뭇잎을 통해 죽음의 문제를 이야기하는 것이다. 5행의 '어느'란 시어는 특정된 시간이 아닌 언제나 존재할 수 있는 시간을 의미한다. 이처럼 죽음은 누구에게나 순식간에 닥칠 수 있다는 점에서 참으로 절박한 문제이다. 나뭇잎이 가지에서 떨어진 순간 낙엽이 되고 나면, 그것은 더 이상 살아있다고 볼 수 없다. 사람의 삶과 죽음이 그렇듯이, 나뭇잎 역시 가지에서 떨어지는 것은 순간일 뿐이다. 떨어진 낙엽이 이리저리 바람에 날려 어디로 가는지 모르는 것처럼, 우리가 죽은 다음에 가는 곳 또한 전혀 알 수 없다. 그래서 죽음을 지켜보는 사람은 더 슬픈 것인지도 모른다. 나뭇가지에 붙은 잎들은 어느 것이 먼저 떨어질지 모르지만, 결국 겨울이 되면 하나도 남아있지 않게 된다. 즉 영원한 생명을 누릴 수 없기는 마찬가지이다.

삶과 죽음의 문제는 인간이 관여할 수 없는 영역이다. 그런 까닭에 화자는 마지막 낙구(落句)에서 이를 종교적으로 극복하고자 하여, 기왕에 만날 것이면 극락세계에서 만나자고 한다. 9행의 '미타찰(彌陀刹)'은 아미타여래가 다스리는 극락세계를 가리키는 불교용어로, 흔히 '서방정토(西方淨土)'란 이름으로 불린다. 이 말에는 평생 착하게 살았던 누이가 죽어서 '미타찰'에 갔으리라 확신하고, 자신 또한 이 땅에 살아가는 동안 도를 닦으며 정진해서 사후에 극락세계로 가겠다는 화자의 의지가 담겨있다. 〈제망매가〉는 누구나 느끼는 죽음에 대한 비애와 두려움을 절실한 감정으로 표현하여, 시대를 넘어 강한 울림을 준다. 누이의 죽음을 다룬 이 작품을, 죽은 아우가 꿈에서 나타났으나 이승과 저승의 괴리를 안타까워하는 박목월의 시 〈하관〉과 함께 읽어보면 색다른 묘미를 느낄 수 있다.

가신 님을 어이할까

고대 가요 가운데 〈공무도하가(公無渡河歌)〉●● 역시 죽음을 다
루고 있다. 작품과 함께 전하는 기록에 등장하는 '조선진(朝鮮津)'을
어느 곳으로 보는가에 따라서 국적 문제가 제기되기도 한다. 하지
만 대체로 고조선시대를 배경으로 지어진 우리 문학 작품이라는 것
이 합리적인 해석으로 받아들여지고 있다.

公無渡河 (공무도하)	님이여 강을 건너지 마오
公竟渡河 (공경도하)	님께서 끝내 강을 건너시네
墮河而死 (타하이사)	물에 빠져 돌아가셨으니
當奈公河 (당내공하)	가신 님을 어이 할까

〈공무도하가〉

이 노래의 내용은 무척 단순해서, 배경 설화를 참고하여 이해하
는 것이 일반적이다. 새벽녘의 강가, 한 남자가 술에 취해 흰머리를
풀어헤치고 미친 듯이 강물에 뛰어든다. 이윽고 한 여인이 그 남편
(백수광부白首狂夫 - 벼슬을 하지 않은 미친 지아비)을 애타게 쫓아가면
서 부른 노래가 바로 〈공무도하가〉이다. 이 광경을 목격한 뱃사공
'곽리자고'는 집으로 돌아와, 이 사연을 아내인 '여옥'에게 전하였

다. 그러자 여옥은 이 노래를 '공후(箜篌)'라는 현악기로 연주를 했는데, 그것이 바로 '공후인(箜篌引)'이다. 따라서 작품의 작자는 '백수광부의 아내'로 보는 것이 타당하다.

'백수광부의 아내'가 강에 뛰어들려는 남편을 애타게 부르며 죽음을 말리며 부르는 노래에는 누구나 공감할 느낌이 들어있다. 남편의 갑작스런 죽음을 슬퍼하는 아내의 비통한 마음이 절절하게 드러나 있다. 지아비의 죽음을 눈앞에서 바라보며 애절하게 불렀던 외침은 슬픈 노래가 되어, 수 천 년을 이어져 전해 내려온다.

〈공무도하가〉는 우리 문학사에서 기록으로 전하는 가장 앞선 시기의 노래이다. 작품을 볼 때마다, 이 노래는 과연 어떤 음악으로 불렸을까 하는 궁금증이 떠나질 않았다. 흥미롭게도 그 궁금증을 해결해 준 것은 이상은이란 가수의 '공무도하가' 라는 노래였다. 이 노래는 고대 가요의 내용과 원문을 노랫말로 삼고, 애절하면서

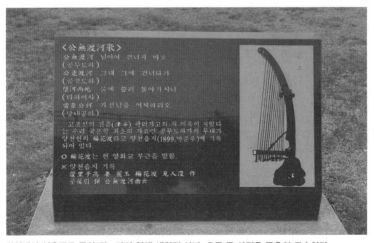

당산에서 선유도로 들어가는 다리 옆에 세워진 시비. 오른 쪽 사진은 공후의 모습이다.

도 절제된 선율에 실어 표현하고 있다. 노래를 듣다보면 마치 지금
으로부터 2천여 년 전, 물에 빠져 죽은 남편을 사무치게 그리워하는
'백수광부의 아내'의 심정이 가슴에 와 닿는 듯 하다. 우리의 고대
가요가 운문 문학의 한 갈래이기 이전에 '노래'였으며, 거기에 흐
르는 정서가 결코 낡은 것이 아니라는 사실을 새삼 깨닫게 해 준다.
우리의 '옛 노래'를 눈으로만 읽는 것이 아니라 귀로도 들을 수 있
는 기회이다.

강물도 우는데, 나의 눈물이야

조선시대에 주로 향유되었던 시조에서는 죽음의 문제가 그다지
크게 부각되지 않는다. 그런 의미에서, 죽은 이에 대한 애달픈 심정
을 드러낸 다음 작품은 주목할 만하다.

천만리(千萬里) 머나 먼 길히 고은 님 여희옵고

뇌 ᄆᆞᆷ 둘 듸 업셔 냇ᄀᆞ의 안자시니

저 물도 뇌 ᄋᆞᆫ ᄀᆞᆺᄒᆞ여 우러 밤길 예놋다.

천만리 머나먼 길에 고운 님 여의고/ 내 마음 둘 데 없어 냇가에 앉았으니/ 저 물
도 내 안(마음) 같아서 울며 밤길을 흐르는구나.

(왕방연)

초장에 나오는 '여희다'는 사랑하는 사람과 죽어 이별하다는

뜻으로, '여의다'의 옛말이다. 화자는 '고은 님'이 세상을 떠남에 따라 그와 영영 헤어지게 된 슬픈 심정을 진술하면서도 효과적으로 표현하고 있다. 임과 이별한 이후 그는 착잡한 마음을 가눌 길 없어 냇가에 앉았다. 바로 그 때, 하염없이 흘러가는 시냇물 소리가 마치 울음소리처럼 느껴졌다. 종장의 '늬 안'이란 '내 마음'을 뜻하니, 하염없이 흐르는 시냇물 소리가 마치 님을 잃은 자신의 심정처럼 여겨졌다. '예다'는 '가다'의 옛말이니, 'ᄆᆞᆷ 둘 ᄃᆡ 업'는 화자도 그 물을 따라 '우러 밤길'을 가고 싶다고 하였다. 죽은 임에 대한 한없는 애정과 안타까움이 절실히 표출되어 있다.

이 시조의 지은이는 조선 전기에 활동했던 왕방연(王邦衍)이라는 인물이다. 기록에 따르면, 금부도사(禁府都事, 의금부에 속한 종5품 벼슬)였던 그는 '비운의 임금' 단종(1441~1457)을 강원도 영월로 압송하는 역할을 맡았다고 한다. 1453년 계유정난(癸酉靖難)으로 조정의 실권을 잡은 수양대군(1417~1468)은 2년 뒤 조카 단종을 강제로 왕위에서 내쫓고 세조로 즉위했다. 이에 성삼문(1418~1456)을 비롯한 사육신(死六臣)들은 세조의 행위를 왕위 찬탈(簒奪)로 간주하여 '단종 복위 운동'을 벌이려 했다. 그러나 거사 직전 계획이 발각되는 바람에, 단종은 노산군(魯山君)으로 지위가 격하되어 강원도 영월의 청령포로 유배를 갔다.

그런데 청령포는 홍수가 났다 하면 물이 넘치는 곳이라서, 다시 영월읍의 관풍헌으로 거처를 옮겼다. 이때 귀양 가 있던 금성대군(1426~1457, 세종의 여섯째아들)도 단종을 왕으로 세우려다 탄로가 났다. 단종을 살려 두면 계속 후환(後患)이 될까 두려워한 세조는 당장

사약을 내렸다. 《조선왕조실록》의 〈단종〉 편에 의하면, 어명으로 유배지를 찾은 왕방연은 감히 사약을 올리지 못하고 울고만 있었다고 한다. 그러자 평소에 시중들던 공생(貢生, 관청의 심부름꾼)이 활시위로 단종의 목을 졸랐다. 한때 지존(至尊)의 자리인 임금의 자리에 올랐던 단종은 결국 열일곱 살의 꽃 같은 나이로 세상을 떠나고 말았다.

왕방연의 시조는 역사의 소용돌이에 휩쓸려 비극적인 최후를 맞은 어린 임금에 대한 애틋한 마음을 노래하고 있다. 한 때 자신이 왕으로 섬겼던 이를 머나먼 땅에 놓아두고 돌아선 후, 발길을 돌리면서 작자는 착잡한 마음을 가눌 길이 없었을 것이다. 돌아오는 길에 잠시 쉬던 개울가에서 비통하게 흐르는 물소리가 마치 눈물을 흘리고 싶은 자신의 마음을 대변하는 것처럼 느꼈을 법하다. 이 작품을 읽다 보면, 마치 시냇가

창령포에 있는 왕방연 시조비

에서 넋을 잃은 듯이 멍하게 앉아있는 화자의 모습을 보는 듯하다. 비록 시대와 갈래는 다르지만, 앞에서 살펴본 세 작품에서는 죽음을 '안타깝지만 사람의 힘으로 어찌할 수 없는 불가항력적인 것'으로 여겨 겸허히 받아들이는 선조들의 마음이 구구절절 배어난다.

● 〈제망매가(祭亡妹歌)〉 관련 기록

《삼국유사》〈감통〉편 '월명사 도솔가' 조에는 다음과 같은 기록이 있다.

"(앞부분에 〈도솔가〉 관련 기록이 있음) 월명은 또 일찍이 죽은 누이를 위해 재를 올릴 때, 향가를 지어 제사 지낸 적이 있었다. 그때도 갑자기 광풍이 일어 지전(紙錢)을 날려 서쪽을 향해 사라졌다. 다음이 그 노래이다. (…제망매가…)

월명은 항상 사천왕사(四天王寺)에 거주하고 있었는데, 피리를 잘 불었다. 한번은 달밤에 그 절 문 앞의 한길을 거닐며 피리를 불었더니, 달이 그 운행을 멈춘 적이 있었다. 그래서 그 길을 월명리(月明里)라 이름했다. 월명사 역시 이로써 유명해졌다. 월명사는 바로 능준대사의 제자다.

신라 사람들 가운데 향가를 숭상하는 이가 많았으니, 향가란 대개 《시경(詩經)》의 송(頌)과 같은 종류의 것이다. 때문에 능히 천지귀신을 감동시킨 경우가 한둘이 아니었다."

● 〈공무도하가〉 배경 설화와 해석

이 작품은 중국 문헌인 진(晉)나라 최표(崔豹)의 《고금주(古今注)》에 전해지고 있는데, 그 내용은 다음과 같다.

"〈공후인〉은 조선진졸(朝鮮津卒)인 곽리자고의 처 여옥이 지었다. 곽리자고가 새벽에 일어나 배를 저을 때, 한 백수광부가 머리를 풀어 헤친 채 술병을 들고 사납게 흐르는 물을 건너려 하였다. 그의 처가 뒤따르며 멈추게 하려했으나, 미치지 못하여 물에 빠져 죽었다. 이에 그 아내가 공후를 가지고 '공무도하가'를 부르니, 그 소리가 매우 구슬펐다. 노래를 마치고 그 처도 또한 물에 빠져 죽었다. 곽리자고가 집으로 돌아와서 아내 여옥에게 자기가 본 광경을 이야기 하고 그 노래를 들려주었다. 여옥은 그것을 불쌍히 여겨 공후를 끌어안고 그 소리를 연주하니, 듣는 이들이 모두 눈물을 흘리고 울지 않는 사람이 없었다. 여옥이 이웃집에 살고 있는 여용에게 노래를 전하였고, 그 이름을 〈공후인〉이라 하였다."

　정병욱 교수는 '백수광부'를 주신(酒神) 바커스(디오니소스), 그의 아내를 님프(nymph)와 같은 음악의 신(樂神)이라 보았다. 그래서 그는 곽리자고와 여옥의 등장을 계기로, 신화가 인간 세계로 하강하여 설화로 바뀌었다고 해석한다. 또 김학성 교수는 이 설화를 능력이 미숙하여 주술에 실패한 무당의 비극적 파멸담이라 주장하는가 하면, 조동일 교수는 강물로 무작정 뛰어드는 백수광부의 행위는 황홀경에 든 무당이 새로운 권능을 확인하는 의식이라고 설명한다.

사랑은 큰데,
기다려 주시지 않네

《논어》에 보면 이런 말이 나온다. "사람의 행실이 착한지 아닌지 보고자 한다면, 반드시 먼저 그의 효성스러움 여부를 볼 것이니, 어찌 삼가지 않으며, 어찌 두려워하지 않으리요. 진실로 어버이께 효도할 수 있으면 임금과 신하 사이, 남편과 아내 사이, 연장자와 연소자 사이, 벗과 벗 사이에서도 미루어 어디를 가나 옳다고 하리로다. 그러니 효도란 사람에게 중대한 일이기는 하지만, 높고 멀어서 행하기가 어려운 일은 아니니라." 자식이 부모를 폭행하고, 어버이가 자녀를 학대하는 패륜이 심심치 않게 보도되는 요즘, 이러한 성현들의 가르침은 얼핏 고리타분하게 들릴 수도 있다. 하지만 '효(孝)'란 나 아닌 다른 사람을 배려할 줄 아는 '인간 사랑'의 출발점이기에 그 중요성은 아무리 강조해도 지나치지 않다. 부모에 대한 마음을 노래한 옛 시가들을 살펴보자.

어버이 생각하는 마음

나이가 들면 자신이 살아왔던 삶을 되돌아보게 되는데, 주로 후회와 반성의 모습이 더 큰 비중을 차지한다. 대개는 잘 했던 일보다는 그렇지 못한 모습이 더 생각나기 마련이다. 나이가 들어 부모님을 떠올려보면 그런 느낌이 더 절실하게 다가온다. 나의 경우 고등학교 때에 부모님과의 갈등이 적지 않았던 것으로 기억한다. 대학 입시를 앞둔 그 시절에는 모든 일에 예민한 반응을 보여서 부모님의 속을 적잖이 상하게 해드렸다. 지금 돌이켜 보면 부모님의 격려와 채근에는 자식을 위한 사랑이 묻어 있었는데, 그 때는 애써 그것을 인정하지 않으려 했었다. 나이를 먹어 부모의 입장이 되어보니, 당시 부모님의 마음이 충분히 이해된다. 마음의 상처를 줄이면서 부모와 자식 사이의 갈등을 풀어낼 방법은 없는 것일까?

해마다 5월이 되면 누구나 한번쯤 부모를 생각하게 된다. '가정의 달'인 5월의 초순에는 어린이날과 함께 어버이날이 나란히 이어지기 때문이다. 우리의 부모들은 정말이지 자식을 위해 헌신적으로 살아오셨다. 경제적으로 힘든 시기를 맞고 있어 예전보다 여유가 없는 것이 사실이지만, 그래도 자식의 도리로 이때만큼이라도 부모를 찾아뵙는 것은 지극히 당연한 일이다. 예로부터 "나무가 고요히 있고자 하나 바람이 멈추지 않고, 자식이 봉양하려 하나 부모가 기다려주시지 않는다.(樹欲靜而風不止, 子欲養而親不待 수욕양이풍부지 자욕양이친부대)"라고 했다. 자식이 철이 들어 부모에게 효도를 하고자 하나, 이미 부모가 연로하시거나 혹은 세상을 떠나 때가 늦어버릴 수도 있다는 것을 경계한 말이다.

'너도 니 자식 낳아 봐라!'는 말이 새삼스레 마음에 다가올 때가 있다. 부모님의 마음이 어떠한지 모르고 어려서 속 썩이던 자신이, 나이가 들어 자식을 낳고 그만한 나이가 되면 예전의 부모 마음이 절절히 느껴진다. 너무 늦었다 후회도 되지만, 이제라도 알아서 다행이다 싶어진다. 그래서 효는 가르쳐야 하는 것인지 모른다. 부모가 늙거나 건강이 쇠약해진 후에야 알게 되는 것보다, 건강하고 젊을 때 배워서라도 아는 것이 좋으니 말이다. 그래서 옛사람들은 어버이 살아생전 다 못함을 안타까워하고, 좋아하시던 음식이나 사물을 보면 서러운 마음이 들어 안타깝다고 노래로 만들어 불렀다.

평생에 다시 할 수 없는 일

경제가 어렵고 온갖 질곡이 가득한 세상이지만, 지금 우리들의 삶의 조건이 옛사람들의 그것보다는 여유롭다. 선조들은 온갖 어려움에도 부모 공경을 다했으면서도, 돌아가시고 나면 제대로 해드리지 못했다는 회한을 삭이지 못해 글로 쓰고 노래로 불렀다.

　　어버이 사라신 제 섬길 일란 다 ᄒ여라

　　지나간 후(後)ㅣ면 애닯다 엇디 ᄒ리

　　평싱에 고쳐 못 홀 일이 이뿐인가 ᄒ노라

어버이 살아 계실 동안에 섬기는 일을 다하여라/ 지나간(돌아가신) 후면 애달프다 어찌 하리/ 평생에 다시 못 할 일이 이뿐인가 하노라

　　　　　　　　　　　　　　　　(정철의 〈훈민가〉 중 '자효(子孝)')

　　반중(盤中) 조홍(早紅)감이 고아도 보이ᄂ다

유자(柚子) 아니라도 품엄즉도 ㅎ다마는

품어 가 반기 리 업슬싀 글로 설워 ㅎᄂ이다

쟁반 위의 홍시가 곱게도 보이는구나/ 유자가 아니라도 품을 만도 하다마는/ 품
어 가도 반가워할 사람이 없으니 그로 인해 서러워하노라

(박인로 〈조홍시가〉 중 1수)

앞의 것은 16수로 이루어진 정철(1536~1593)의 연시조 《훈민가
(訓民歌)》 가운데 〈자효(子孝)〉라는 작품으로, 부모님에 대한 효를
주제로 하고 있다. 비교적 쉬운 우리말을 적절하게 구사하면서, 작
품을 읽는 독자라면 누구든지 가슴에 새길만한 내용이다. 각 장의
핵심을 이루는 '사라신 제'(초장), '지나간 후(後) ㅣ 면'(중장), '고

경북 영주에 있는 도계서원

쳐 못 홀 일' (종장)이라는 표현들은 '부모에 대한 자식의 효성' 이란 주제를 선명하게 드러내 준다. 부모를 섬기는 것은 살아있을 때 해야지, 돌아가시고 나서 아무리 자신의 불효를 탓한들 어찌 할 수가 없는 노릇이다. 예컨대 가난하더라도 열심히 노력하면 부자가 될 수도 있고, 배움의 때를 놓쳤으나 뒤늦게 공부를 시작하여 꿈을 이루는 사람도 있다. 그러나 부모가 돌아가신 다음에는 효도를 하고 싶어도 할 수가 없다. 평생 불효한 다음에 돌아가신 부모의 묘소를 찾아 아무리 울면서 후회한들 결코 돌이킬 수는 없다. 부모의 웃는 미소도 반가운 손길도 마주하지 못하며 묘소에 절하는 것으로 살아 계실 때 하는 것을 대신할 수 있을까. 그런 의미에서 이 작품은 오늘날의 관점에서 다시 읽어보아도 충분히 음미할만한 가치가 있다.

이어지는 작품은 박인로(朴仁老, 1561~1642)의 〈조홍시가(早紅杮歌)〉이다. 어려서부터 시재(詩才)가 뛰어나 주위를 놀라게 했던 박인로는 임진왜란 당시에는 무인으로써 활약하여 무과에 등과(登科)하기도 하였다. 전란 이후에는 벼슬을 내려놓고 독서하는 선비로 살고자 했다. 만년에는 여러 학자들과 교류하였는데, 특히 이덕형과는 의기가 투합하여 수시로 만났다.

〈조홍시가〉는 둘의 만남이 시작될 지음에 지었는데, 그가 이덕형(李德馨)의 집을 방문했을 때 조홍시(早紅杮 음력 8월에 일찍 성숙하여 붉어진 감)를 내놓자 느낀 바가 있어서 이 작품을 지었다 한다. 이 작품은 중국 후한 시대에 오나라 왕 손권의 참모였던 육적(陸績)이란 사람의 고사(故事)를 바탕으로 하고 있다. 여섯 살의 육적이 원술이라는 인물을 방문했을 때, 그에게 귤을 먹으라고 내주었다. 그 중 세개를 품안에 감춰 두었던 그는 작별 인사를 하는 도중에 귤을 떨어뜨리고 말았다. 왜 귤을 먹지 않았냐는 질문에 육적은 집에 계신 어머니께 드리려 했다고 답했고, 원술은 그의 효심에 감동했다고 한다. 이후로 '육적이 귤을 품다.'라는 뜻의 '육적회귤(陸績懷橘)'은 지극한 효성을 뜻하는 대표적인 고사로 쓰이고 있다. 좋은 음식을 대했을 때 아무런 생각 없이 자신이 먼저 맛보는 요즈음 세대들에게, 이 고사는 어떤 의미로 다가올 지 궁금하다.

'반중 조홍감'은 쟁반에 놓여 있는 잘 익은 홍시로, 아마도 매우 먹음직했을 법하다. 화자는 그 감을 보면서 곧바로 '회귤 고사'를 떠올린다. 비록 그것이 육적이 품었던 귤(유자)이 아니더라도, 평소 홍시를 좋아했던 자신의 부모가 생각났기에 '품엄즉도 ᄒ다'고 표현한 것이다. 하지만 종장의 '품어 가 반기 리 없' 다는 것으로 보아, 이미 부모님이 돌아가신 것으로 보인다. 작자는 '홍시'라는 소재를 통해, 부모에게 효도하고 싶어도 그럴 수 없는 안타까운 심정을 효과적으로 드러내고 있다. 우리의 선조들은 맛있는 음식이나 즐거운 일이 있으면 부모를 먼저 생각하는 것이 자식의 도리라 여겼다. 홍시를 대접받고 먼저 간 부모님 생각에 잠기는 화자의 효심이 작품 속에 깊이 배어 있다.

어머니 같이 사랑할 이 없어라

사람들은 유독 어머니에게 각별한 정을 갖고 있다. 아버지의 사

랑을 다룬 《아버지》와 《가시고기》같은 작품이 '국제통화기금(IMF)
사태'가 발생하였을 때 위기에 처한 아버지들의 특수한 상황에서 베
스트셀러가 되기도 했지만, 어머니를 다루는 작품은 시대를 넘어 항
상 애용되는 문학의 주제이다. 가요를 보아도 어머니에 대한 사무치
는 애정을 표현하는 작품이 절대적으로 많다. 고려시대 사람들에게
도 그 마음은 다르지 않았을 것이다. 고려가요 〈사모곡(思母曲)〉은 대
표적인 어머니의 사랑을 예찬한 노래이다.

호미도 놀히언마ᄅᆞᆫ	호미도 날이 있지마는
낟ᄀᆞ티 들리도 업스니이다	낫같이 잘 들 리가 없습니다
아바님도 어이어신마ᄅᆞᆫ	아버님도 어버이시지마는
위 덩더둥셩	위 덩더둥셩
어마님ᄀᆞ티 괴시리 업세라	어머님같이 사랑하실 분이 없습니다
아소 님하	아십시오 사람들아
어마님ᄀᆞ티 괴시리 업세라	어머님같이 사랑하실 분이 없습니다

(고려가요 〈사모곡〉)

작품만으로는 어머님의 지극한 사랑을 강조한 것으로 보이지
만, 이 노래와 관련되었다고 하는 다음의 설화를 통해서 의미를
더 생각해 볼 수 있다. 《고려사》 〈악지(樂志)〉의 '삼국 속악(三國俗
樂)'조(條)에 실려 있는 '목주(木州 지금의 천안시 목천읍) 설화'에 따
르면, 신라 시대 목주 땅에 어머니를 일찍 여의고 아버지와 계모를
정성껏 모시는 여인이 살았다. 아버지는 계모의 말만 듣고 딸을 구

박하였으나, 그래도 변함없이 아버지와 계모를 지성으로 섬겼다. 끝내 집에서 내쫓긴 그녀는 산속의 굴에서 한 노파를 만나 부모처럼 섬겨서, 노파의 며느리가 되고 근검절약하여 부자가 되었다. 그러다가 친정 부모의 형편이 어렵다는 소문을 듣고, 집에 모셔와 극진히 봉양했다. 그럼에도 어버이가 기뻐하지 않자, 〈목주가〉라는 노래를 부르며 한탄했다. 〈목주가〉는 이후 부녀자들의 입을 통해 전해졌는데, 〈사모곡〉과 연관이 있다고 논해진다.

부모의 사랑을 얘기하되 아버지의 사랑을 '호미'에, 어머니의 사랑을 '낫'에 비유하였다. 호미는 땅을 파는 데 쓰이는 반면, 낫은 무언가를 베는 데 쓰이므로 날의 예리한 정도가 서로 다르다. 똑같이 날이 있지만 호미는 낫같이 잘 들지 않는다는 1~2행의 비유는 3~5행에서 어버이의 사랑에 그대로 적용된다. 똑같은 어버이라도 자식들을 사랑해 주는 어머니와 달리, 아버지는 그렇지 않다는 뜻이다. 4행

목천에 있는 목주가공원에 세워진 사모곡 시비

의 '위 덩더둥셩'은 노래의 흥을 더해주는 '조흥구' 혹은 '여음'이라고 하며, 마지막 행은 맨 앞에 '아소 님하'라는 감탄사를 덧붙이고 5행의 의미 단락을 반복하면서 마무리된다. 음악적인 필요에 따라 첨가된 부분이라고 여겨지는 여음구를 빼고 작품을 읽어보면, 전체적으로 3단 구성으로 되어 있어 평시조의 그것과 흡사하다. 또 '아소 님하'라는 감탄사는 향가 낙구(落句)나 시조 종장 첫머리의 감탄사와 맥을 같이하며, 〈정과정〉과 〈만전춘〉·〈이상곡〉 등의 고려가요 작품에도 쓰였다.

내용으로 보자면, 〈사모곡〉의 주제는 너무도 분명하고 구성 역시 간단하다. 호미와 낫은 농경사회였던 당시에 흔히 접할 수 있었던 농기구였기에, 사람들에게는 작품의 비유가 피부에 와 닿았을 것이다. 실상 자식들을 향한 사랑이 아버지와 어머니 사이에 얼마나 차이가 있겠냐마는, 일반적으로 어머니의 사랑을 더 각별하게 느끼는 것은 예나 지금이나 크게 다르지 않다. 그런 면에서 이 작품이 '목주가'와 연관이 있다고 논의되기도 하다.

임금이 부모 같아야

사극에서 보면 신하들이 임금은 나라의 아버지이니 백성을 굽어 살펴달라고 간언을 하는 장면이 나온다. 왕비 또한 국모라고 부르니, 임금과 왕비는 모든 백성의 부모가 되는 것이다. 효와 충이 한 갈래이니 당연한 말 같지만, 한편으로는 임금을 아버지라 하는 표현은 그 역할을 강조하고자 할 때 주로 사용된다. 전해지는 향가에서는 부모에 대한 감정을 직접 노래한 작품은 없지만, 〈안민가(安民歌)〉는 부모를 빗대어 임금과 신하, 백성의 도리를 강조하였다.

군(君)은 아비여	임금은 아버지요
신(臣)은 ᄃᆞᅀᆞ실 어ᅀᅵ여	신하는 사랑하실 어머니요
민(民)은 어릴ᄒᆞᆫ 아ᄒᆡ고 ᄒᆞ실디	백성은 어린아이라고 하실지면
민(民)이 ᄃᆞᅀᆞᆯ 알고다	백성이 사랑을 알리이다
구릿 하ᄂᆞᆯ 살이기 바라ᄆᆞᆯ씨	구물거리며 사는 백성들
이를 치악 다ᄉᆞ릴러라	이들을 먹여 다스리어
이 ᄯᅡ홀 ᄇᆞ리곡 어드리 가ᄂᆞᆯ뎌 홀디	이 땅을 버리고서 어디 가겠느냐 할지면
나락 디니기 알고다	나라 안이 유지될 줄 알리이다
아야 군(君)다 신(臣)다히 민(民)다	아아, 임금답게 신하답게 백성답게 할지면
ᄒᆞᄂᆞᆯ든 나락 태평(太平)ᄒᆞᄂᆞᆷ쌰	나라 안이 태평하나이다

(충담사의 〈안민가〉, 김완진 해독)

신라의 경덕왕이 충담사에게 요청해 지었다는 〈안민가〉는 여느 향가들과는 달리 '치국안민(治國安民)'이라는 유교적 주제가 확연히 드러나 있다. 작품의 배경이 되는 경덕왕 시대에는 왕권 강화를 위한 개혁 정책을 시행하면서, 이에 반발하는 진골 출신 귀족들과 갈등이 심했던 때이다. 따라서 임금과 신하와의 갈등으로 백성들의 삶은 어려움에 처할 수밖에 없었다. 경덕왕은 〈안민가*〉를 통해 '왕과 귀족들이 권력 다툼을 그만 두고 힘들게 살고 있는 백성들의 삶을 헤아리라'고 말하고 싶었던 것 같다. 임금이 자신이 통치하던 영토를 버리고 왕 노릇을 제대로 할 수 없듯이, 지배계층 역시 백성들의 삶을 돌보지 않으면 존재 기반이 상실되는 것과 마찬가지이다.

이 작품은 유가(儒家)의 윤리의식을 바탕으로 하고 있는데, 한 국가의 주요 구성원의 관계를 곧 가정에서의 아버지(君)·어머니(臣)·자식(民)으로 비유해 설명하였다. 흥미로운 것은 '드스실(사랑하시는)' 어머니와 '어리흔(어리석은)' 아이로 묘사되고 있는데 반해, 아버지인 군주는 아무런 수식어가 없다. 아마도 '가부장제(家父長制)' 사회였던 당시의 분위기에서, 아버지가 대개 엄한 역할을 했던 까닭이라 여겨진다.

흔히 향가 중 드물게 유교적인 사상을 노래하고 있다고 평가되지만, 〈안민가〉를 올바로 이해하는 관점은 종교적인 것만이 전부는 아니다. 이 작품이 왕에게 바쳐진 노래라는 점을 고려한다면, 충담사는 아마도 왕이 제 역할을 다해야만 한다는 것을 강조하려는 의도를 내포하고 있었을 것이다. 다른 한편으로는 유교적인 원리를 강조하는 것 이면에 왕과 신하가 올바른 정치를 펼쳐야만 백성이 편안할 수 있다는 말을 하고자 한 것으로도 볼 수 있다.

왕의 부탁을 받아 노래를 지어 바쳤으나, 백성을 위할 것을 강조하고 하사한 벼슬도 마다하고 홀연히 떠나는 충담사야말로 진정한 의미의 언관(言官 임금에게 간하는 일을 하는 벼슬아치)이 아니었을까. 관직을 얻기 위해 권력자의 뜻을 좇아 자신의 소신조차 바꾸는 오늘날의 위정자들이 진정으로 본받아야할 태도라 하겠다.

예나 지금이나 당리당략(黨利黨略 정당의 이익과 그것을 꾀하기 위한 정치적 전략)을 앞세우는 정치인의 그릇된 행태로 고통을 당하는 것은 국민이다. 오늘날의 정치인들은, 요(堯)임금 시대에는 백성들이 구태여 왕이 누구인지 알 필요가 없을 만큼 태평성대를 누렸다는 〈격양가(擊壤歌)〉의 고사**를 마음속에 새겨야 한다. 유례없는 경제 위기를 맞는 이 시기에, 위정자들은 희망을 주지는 못할망정 무분별한 정책들을 남발하면서 국민에게 고통을 전가하고 있지는 않은지 스스로 따져 물을 일이다. 모름지기 부모라면 자녀의 고통을 나 몰라라 하지는 않는 법이니 말이다.

● 〈안민가〉 관련 기록

《삼국유사》 〈기이〉편 '경덕왕 충담사 표훈대덕' 조에는 다음과 같은 기록이 있다.

"경덕왕이 나라를 다스리기 24년, 오악(五岳) 삼산(三山)의 신들이 가끔 궁전의 뜰에 현신하여 모이곤 했다. 어느 삼월 삼짇날 왕은 귀정문(歸正門) 누각 위에 나와 좌우의 신하들을 둘러보며 말했다. '누가 길에서 영복승(榮服僧, 위엄이 있는 스님) 한 분을 모셔 오겠는가?'

그때 마침 위의(威儀)가 깨끗한 대덕(大德)이 거리를 걸어가고 있었다. 신하들이 보고는 데리고 와서 왕에게 접견시켰다. 왕은 그 승려를 보고 나서 말했다. '내가 말하는 영승이 아니다. 물러가게 하라.'

다시 한 승려가 있어 납의(衲衣)를 입고 앵통(櫻筒)을 둘러메고 남쪽으로 오고 있었다. 왕은 반가운 마음으로 바라보다가 그를 우각 위로 영접했다. 그가 둘러멘 통 속을 살펴보았더니, 차 끓이는 데 필요한 기구들만 들어있을 뿐이었다. 왕은 물었다. '그대는 누구인가?' '충담이옵니다.' '어디서 오는 길인가?'

충담은 대답했다. '저는 해마다 3월 3일과 9월 9일이면 남산 삼화령에 계시는 미륵세존께 차를 끓여드리는데, 지금도 바로 차를 드리고 돌아오는 길이옵니다.'

왕은 물었다. '나에게도 차를 한 잔 줄 수 있겠소?'

충담은 곧 차를 끓여 바쳤다. 차 맛이 범상하지 않았고, 그릇 속에서 이상한 향기가 진하게 풍겼다. 경덕왕은 또 말을 걸었다. '내가 일찍이 들으니 대사가 기파랑을 찬미하는

사뇌가(詞腦歌)를 지었는데, 그 뜻이 매우 높다고들 하던데 정말 그러하오?' '그러하옵
니다.' '그러면 나를 위해 백성을 다스려 편안하게 하는 노래를 지어 주오.'

충담은 그 즉시 명을 받들어 〈안민가〉를 노래하여 올렸다. 왕은 아름답게 여기고 충담
에게 왕사(王師)의 직위를 내렸다. 그러나 충담은 굳이 사양하고 그 직위를 받지 않았다.
〈안민가〉는 다음과 같다. (…안민가…) 충담사의 〈찬기파랑가〉는 이러한 것이다. (…찬
기파랑가…)"

●● 〈격양가〉의 고사

요임금은 천하를 다스린 지 50년이 되었을 때, 백성들의 생활상을 확인하고자 평민
차림으로 거리에 나섰다. 거기서 그는 두 다리를 쭉 뻗고 앉아 한 손으로 배를 두들기고
다른 손으로는 땅바닥을 치며 장단에 맞춰 노래를 부르는 노인을 보았다. "해가 뜨면 일
하고, 해가 지면 쉬며, 우물을 파서 마시고, 밭을 갈아 먹으니, 임금의 덕이 내게 무슨 소
용이 있으랴." 이에 요임금은 자신의 바람대로 정치가 이루어졌음을 알고 흐뭇해했다고
한다. 이때 노인이 부른 노래는 〈격양가〉로, '땅을 치며 노래한다'는 뜻이다. 태평성대를
가리키는 '고복격양(鼓腹擊壤)'이란 고사성어도 여기서 나왔다. 이 이야기는 '선정(善政)
에 고마워해야 할 필요성조차 느끼지 못하게 하는 정치야말로 가장 위대한 정치'임을 일
러 준다.

시름에 겨워
노래를 만드니

중국 기(杞)나라의 어떤 사람은 하늘이 무너지고 땅이 꺼지면 몸 둘 곳이 없어지는 것을 걱정한 나머지 먹지도 자지도 못했다고 한다. 여기서 유래된 말이 '쓸데없는 걱정, 안 해도 되는 근심'을 가리키는 '기우(杞憂)'다. 살다 보면 누구나 크고 작은 고민에 빠지게 마련인데, 우리를 괴롭히는 근심거리 가운데 현실로 나타날 가능성이 있는 것은 고작 8퍼센트에 지나지 않는다고 한다. 답답하고 괴로운 심정을 노래한 사설시조와 가사를 통해 그 의미를 생각해 보자.

털 어 놓 으 면 풀 어 질 까

　사람들은 살면서 다양한 이유로 고민에 빠진다. 고민의 내용이 남에게 말하기 창피할 정도의 사소한 문제일 수도 있지만, 때로는 혼자서 감당하지 못할 정도의 곤란한 상황일 수도 있다. 또 제3자의 눈에는 하찮아 보일지 몰라도, 정작 고민을 안고 살아가야 하는 당사자에게는 다른 무엇보다 심각한 걱정거리일 수도 있다. 닥친 상황이 좋아지지 않는다면, 시간이 갈 수록 당사자는 심한 스트레스를 겪게 된다.

현대 의학에서는 스트레스를 모든 병의 근원이라고 한다. 의사들은 건강하게 살기 위해선 스트레스를 줄여야 한다고 조언을 한다. 하지만 현대인에게 스트레스를 안겨주는 요인은 곳곳에 널려있다. 특히 대학 입시를 앞두고 경쟁의 삶을 살고 있는 청소년들은 공부로 인한 압박감에 시달릴 수밖에 없다. 혹은 친한 친구와 사소한 오해로 사이가 멀어지기도 하며, 사귀던 이성 친구와의 헤어짐 등과 같은 모든 문제들이 스트레스의 주요 요인이 된다.

스트레스를 줄이기 위해서는 편안한 마음으로 생활하는 것이 가장 좋다고들 한다. 고민에 따라서는 단지 다른 사람에게 이야기했을 뿐인데도 마음의 짐이 한결 가벼워지는 경우도 있다. 때로는 상대방의 조언을 통해서 해결의 실마리를 찾게 되기도 한다. 다른 사람과의 대화로 상황이 하루아침에 개선되지는 않지만, 가슴속에 맺힌 고민을 누군가에게 풀어놓는 것만으로도 큰 위안이 되기 때문이다. 그런데 고민을 들어줄 상대가 없다면 어떻게 될까? 설상가상 (雪上加霜)으로 자기가 처한 상황이 자꾸 꼬여만 간다면? 노래를 불러 답답한 마음을 달래보는 것도 한 가지 방법이다.

답답하여 창을 열고, 시름에 창을 닫고

불교에서는 '인생은 고(苦)이다.' 라고 이야기한다. 쓴 풀을 입에 물고 잔뜩 괴로워하는 모습을 뜻하는 '고(苦)' 란 글자는, 참으로 고된 인생살이를 상징하는 듯하다. 괴로움을 가진 마음이 토해내는 것이 한숨이다. 한숨 쉬는 것이 버릇된다고 하여, 어른들은 예로부터 아이들이 한숨을 쉬는 것을 그냥 보아 넘기지 않았다. 때로는 '구들장이 무너진다.' 며, 한숨 쉬는 것을 질책하곤 했다. 어린 시절부터 한숨을 쉬는 것에 익숙하게 되면, 그로 인해 한평생을 고생하면서 살지도 모른다고 여겼기 때문이다. 그러나 마음속에 맺힌 시름은 적절히 풀어주지 않으면, 병이 되기도 한다. 사람들은 가슴에 맺힌 시름을 풀기 위해 때로는 눈물을 흘리기도 했고, 때로는 마음껏 노래를 불러 풀기도 했다. 실컷 울고 나면 가슴속을 뻥 뚫어주는 눈물처럼, 노래는 시름에 쌓여 답답한 마음을 풀어주는 촉매가 되기도 한다.

우리의 고전시가에도 고민에 빠진 화자를 등장시켜 노래하고 있는 작품들이 적지 않다. 사람들은 흔히 고민에 처하게 되면 한숨을 내쉬곤 하는데, 한숨을 불러오는 상황이 바로 스트레스의 원인이기 쉽다. 그리하여 답답한 심정에 한숨을 쉬며 누군가에게 하소연을 하고 싶어진다. 여기서는 화자가 자신의 답답함을 풀기 위하여 전혀 상반된 태도를 취하고 있는 조선 후기의 사설시조 두 편을 소개할까 한다. 〈창 노래〉와 〈벽 노래〉라고 일컬어지는 이 작품들에서, 옛 노래에 담긴 고민의 일단을 엿볼 수 있다.

창(窓) 내고쟈 창(窓)을 내고쟈 이 내 가슴에 창(窓) 내고쟈
고모장지 셰살장지 들장지 열장지 암돌져귀 수돌져귀 빈목걸새 크나큰 쟝도리로 쏭닥바가 이 내 가슴에 창(窓) 내고쟈

잇다감 하 답답홀 제면 여다져나 볼가 호노라

창 내고자 창 내고자 이 내 가슴에 창 내고자/ 고무래 모양의 장지문 가는 문살의 장지문 들어 여는 장지문 여닫는 장지문 암톨쩌귀 수톨쩌귀 배목걸쇠 큰 장도리로 뚝딱 박아 이 내 가슴에 창 내고자/ 이따금 많이 답답할 때면 열었다가 닫아 볼까 하노라.

(작자 미상)

한숨아 셰한숨아 녜 어늬 틈으로 드러온다

고모장즈 셰살장즈 가로다지 여다지에 암돌져귀 수돌져귀 빈목걸새 쑥닥 박고 용(龍) 거북 즈물쇠로 수기수기 츠엿논듸 병풍(屛風)이라 덜겨 접고 족자(簇子) ㅣ 라 되되글 문다 네 어늬 틈으로 드러온다

어인지 너 온 날 밤이면 줌 못 드러 호노라

한숨아 가느다란 한숨아 너 어느 틈으로 들어오느냐/ 고무래 모양의 장지문 가는 문살의 장지문 가로닫이 여닫이에 암톨쩌귀 수톨쩌귀 배목걸쇠 뚝딱 박고 용 모양 거북 모양의 자물쇠로 겹겹이 채웠는데, 병풍이라 덜컥 접고 족자라 데굴데굴 말았는데 너 어느 틈으로 들어오겠느냐/ 어쩐지 너 온 날 밤이면 잠 못 들어 하노라.

(작자 미상)

용모양 자물쇠

사방이 꽉 막힌 방에 있으면 답답함이 절로 생겨나기 마련이다. 그러다가 작은 창이라도 내면, 그 사이로 보이는 세상으로 숨 돌릴 틈을 얻게 된다. 감옥에 있는 사람들이 작은 창살로 날아

오는 새를 보며 하루를 보내는 것과 다름이 없다. 창이 있어야 마음에 와 닿는 것이니, 애초에 창이 없이 갇힌 마음은 오죽 답답할까. 두 작품의 화자는 모두 무슨 이유인지는 모르겠으나, 가슴이 답답하여 한숨을 내쉴 정도로 고민에 쌓여 있는 상황이다. 하지만 그러한 고민에 대한 대응은 전혀 상반되게 나타난다.

〈창 노래〉의 화자는 답답함을 떨쳐버리기 위하여, 가슴속에 '창'을 내고 싶다고 고백한다. 작품 속에 제시된 창의 모양은 참으로 다양하다. 이때 장지는 방과 방 사이, 또는 방과 마루 사이에 칸을 막아 끼우는 문으로, 때로는 창문 역할을 하기도 한다. 우리 한옥에 있는 것으로, 문을 접고 들어 올려 지붕에 달면 그대로 훤한 창이 된다. 돌쩌귀는 문짝을 문설주(문짝을 끼워 달기 위하여 문의 양쪽에 세운 기둥)에 달아 여닫는 데 쓰는 두 개의 쇠붙이를 일컫는다. 이 중 암돌쩌귀는 문설주에, 수돌쩌귀는 문짝에 박아 서로 맞춰 문이나 창을 고정시키는 역할을 한다. 그리고 배목걸쇠는 문고리를 걸거나 자물쇠를 채우기 위하여 둥글게 구부려 만든 고리 걸쇠를 일컫는다. 이 모든 것이 갖춰지면, 곧 안과 밖을 연결할 수 있는 통로인 창문이 만들어진다.

화자가 창을 만들고자 하는 이유는 종장에 나와 있다. 바로 '가슴속에 답답할 때 마음대로 열고 닫기 위해서'이다. 그렇게 된다면 자신의 마음속에 맺힌 시름을 풀 수도 있을 것이라고 생각한 것이다. 그 창을 통해 답답한 속을 남에게 보일 수 있으니, 화자는 자신의 시름이 조금이라도 덜어질 수 있다고 여겼다. 온갖 종류의 창을 열거하면서 구체적으로 서술하는 것은 아마도 화자가 그만큼 절박한 심정에 처해 있고, 또한 자신의 마음을 누군가에게 털어놓고 싶다는 의미일 것이다. 즉 노래를 듣는 이에게 보여주고 싶을 만큼, 화자의 가슴속에 맺힌 시름은 크고 깊다. 그런데 그의 고민이 스스로 풀 수 없는 지경에 이르렀기 때문에, 창문을 만들어서라도 답답한 마음을 풀어 버리고 싶다는 바람이 제대로 이루어질 수 있을지는 장담할 수 없다. 그렇기는 해도 사설시조 특유의 참신하면서도 해학적인 표현 방식을 보여 주는 이 작품에서 비애와 울분, 고통을 웃음으로 이겨 내려는 민중의 삶의 자세를 읽어 낼 수 있다.

〈벽 노래〉는 〈창 노래〉와 표현 방식이 유사하지만, 주제에 접근하는 방식은 상반되어 눈길을 끈다. 이 작품에서 화자가 지닌 고민의 원인은 바로 '한숨'이다. 아무리 막으려 해도 저절로 새어나오는 한숨, 화자는 그것이 밖으로부터 가슴속으로 들어온다고 진단한다. 즉 가슴과 외부가 서로 창으로 연결되어 있다고 믿기 때문에, 한숨이 들어오지 못 하도록 틈을 꼭 막으면 된다고 여기는 것이다. 시름은 절로 생겨난 것이 아니라 다른 사람, 혹은 세상일로부터 온다는 것을 암시한다. 그러니 시름을 잊고자 하면 조용히 홀로 마음을 다스려야 한다는 깨달음이 내포되어 있다.

중장에서 온갖 장지와 배목걸쇠를 열거하는 것은 〈창 노래〉와 유사하다. 그러나 화자는 여기에 용과 거북 문양이 새겨진 자물쇠를 겹겹이(수기수기) 채워놓겠다고 하면서, 만약 병풍이나 족자와 같은 것이라면 접거나 말아서 보이지 않게 하겠다는 표현을 덧붙이고 있다. 사실 아무리 막으려고 애쓴들, 절로 새어 나오는 한숨을 쉽사리 막을 수는 없다. 화자의 고민은 바로 여기에 있으며, 이제는 그렇게 찾아온 한숨 때문에 잠도 제대로 이루지 못할 지경이다. 이 작품 역시 사설시조 특유의 소박하고 해학적인 표현을 통해, '한숨'으로 대표되는 화자의 시름을 마음의 여유로 극복하려는 태도를 보여준다.

홀로 뜬 눈으로 임 그리워 부르니

그렇다면 어떤 이유에서 이런 고민이 생겨나고, 한숨이 절로 나오게 되는 걸까? 아마도 사랑하는 이와의 이별과 그로 인한 외로운 처지가 가장 큰 원인이 될 수 있을 것이다. 외로움은 흔히 절실한 그리움을 동반하기 마련이다. 앞의 두 노래와 같은 시기에 유행한 가사 〈상사별곡(相思別曲)〉을 통해 비록 시름의 근원은 다를지라도, 작품 속에서 표출되는 화자의 정서는 서로 통한다는 것을 확인할 수 있다. '별곡(別曲)'이 중국의 것과 구별되는 우리 노래라는 뜻에서 붙여진 명칭이니, 제목을 통해서 유추해 보건대 작품의 주제는 '상사'라는 용어에 담겨있다. 상사병은 마음에 둔 사람을 몹시 그리워하는 데서 생기는 마음의 병을 일컬으니, 〈상사별곡〉은 그리움이 병이 될듯하여 부르는 노래라는 의미이다. 아마도 〈창 노래〉와 〈벽 노래〉의 화자들 역시, 사랑하는 임과 만나지 못하게 되자 고민에 빠져 한숨을 쉬며 긴긴 밤을 잠 못 이뤘던 것은 아니었을까.

인간 리별(人間離別) 만사 중(萬事中)에 독수공방(獨守空房)이 더욱 섧다

인간이 이별하는 온갖 일 중에 독수공방이 더욱 서럽다

상사불견(相思不見) 이늬 진정(眞情)을 제 뉘라서 알리
임 못 보아 그리운 이내 심정을 그 누가 알리

맺힌 시름 이렁저렁이라 흐트러진 근심 다 후리쳐 던져두고
맺힌 시름 이럭저럭 허튼 근심 다 팽개쳐 던져두고

자나 깨나 깨나 자나 임을 못 보니 가슴이 답답
자나 깨나 깨나 자나 임을 못 보니 가슴이 답답

어린 양자(樣姿) 고운 소래 눈에 암암(黯黯)하고 귀에 쟁쟁(錚錚)
(눈에) 어리는 얼굴, 고운 소리 눈에 아른하고 귀에 쟁쟁

보고지고 임의 얼굴, 듣고지고 임의 소래
보고 싶은 임의 얼굴, 듣고 싶은 임의 소리

비나이다 하느님께 임 삼기라 하고 비나이다
비나이다 하느님께 임 생기라 비나이다

전생 차생(前生此生)이라 무삼 죄(罪)로 우리 둘이 삼겨나서
전생과 현생에 무슨 죄로 우리 둘이 태어나서

잊지 말자 처음 맹세 죽지 말자 하고
잊지 말자 처음 맹세 죽지 말자 하고

백년 기약(百年期約) 천금 같이 믿었는데 세상일에 마가 많다
백년을 함께 하자던 약속 천금같이 믿었는데 세상일에 장애물이 많구나

천금주옥(千金珠玉) 귀 밖이요 세상(世上) 일분(一分) 관계(關係)하랴
많은 돈과 값진 보물 이야기는 흘려듣고, 세상의 한 부분도 관심이 없노라

근원(根源) 흘러 물이 되어 깊고깊고 다시 깊고
근원이 흘러 물이 되어 깊고깊고 다시 깊고

사랑 모여 뫼가 되어 높고높고 다시 높고
사랑이 모여 산이 되어 높고높고 다시 높으니

무너질 줄 모르거든 끊어질 줄 제 뉘 알리
무너질 줄 모르거든 끊어질 줄 어찌 알리

일조 낭군(一朝郎君) 이별(離別) 후에 소식조차 돈절(頓絶)하니
하루아침 낭군과 이별한 뒤에 소식조차 딱 끊어지니

오늘 올까 내일 올까 그린 지도 오래거라
오늘 올까 내일 올까 그리워한 지도 오래더라

세월이 절로 가니 옥안은발(玉顔銀髮) 공로(空老)로다
세월이 저절로 가니 고운 얼굴과 탐스러운 머리카락이 헛되이 늙는구나

이별이 불이 되어 태우느니 간장이다

이별이 불이 되어 태우는 것이 간장이다

나며 들며 빈 방안에 다만 한 숨 뿐이로다
나며 들며 빈 방안에 다만 한숨뿐이로구나

인간이별(人間離別) 만사(萬事) 중에 나 같은 이 또 있을까
인간이 이별하는 온갖 일 중에 나 같은 이 또 있을까

바람 불어 구름 되어 구름 끼어 저문 날에
바람 불어 구름 되어 구름 끼어 저문 날에

나며 들며 빈 방으로 오락가락 혼자 앉아
나며 들며 빈 방에 오락가락 혼자 앉아

임 계신 데 바라보니 이내 상사(相思) 허사(虛事)로다
임 계신 데 바라보니 이내 그리움이 허사로다

공방 미인(空房美人) 독상사(獨相思)가 예로부터 이러한가
빈방의 미인 홀로 임을 그리워하는 것은 예부터 이러할까

나 혼자 이러한가 남도 아니 이러한가
내 혼자만 이러한가 남도 (나처럼) 이렇지 않겠는가

날 사랑 하던 끝에 남 사랑하시는가
날 사랑하던 끝에 남을 사랑하실까

만첩청산(萬疊靑山)을 들어를 간들 어느 우리 낭군(郎君)이 날 찾으리
겹겹이 둘러싸인 푸른 산에 들어간 들 어느 낭군 날 찾으리

산(山)은 첩첩(疊疊)하고 고개 되고 물은 충충 흘러 소(沼)이로소이다
산은 겹겹이 고개가 되고 물은 흘러 연못이 되는구나

오동추야(梧桐秋夜) 밝은 달에 임 생각이 새로워라
오동잎 떨어지는 가을 밤 밝은 달에 임 생각이 새로워라

무정(無情)하여 그러한가 유정(有情)하야 이러한가
무정하여 그러한가, 정이 있어 이러한가

산계야목(山鷄野鶩) 길을 들여 놓을 줄을 모르는가
산 꿩과 들오리를 길을 들여 돌아올 줄 모르는가

노류장화(路柳墙花) 꺾어 쥐고 춘색(春色)으로 다니는가
기생과 더불어 쾌락을 누리고 있는 건 아닐까

가는 꿈이 자취 되면 오는 길이 무디리라
(임이) 가는 꿈을 꾼 자취가 되면 오는 길이 더디더라

한번 죽어 돌아가면 다시 오기 어려우니
한 번 죽어 돌아가면 다시 보기 어려우니

아마도 옛 정(情)이 있거든 다시 보게 삼기소서.

아마도 옛 정이 있거든 다시 보게 하소서

(작자 미상, 〈상사별곡〉)

이 노래는 조선 후기에 즐겨 불렸던 '십이가사(十二歌辭)'•중의 한 작품이다. 시를 읽을 때나 노래를 할 때 한 행을 몇 번에 걸쳐 끊어 읽는데, 이처럼 한 호흡으로 끊어 읽는 단위를 음보(音步)라고 한다. 한 행을 3번에 끊어 읽으면 3음보, 4번을 쉬어 읽으면 4음보가 된다. 가사는 4음보가 연속되어 이뤄진 개방된 시형을 지니고 있어, 시조나 사설시조에 비해 애정의 경험과 화자의 심리를 비교적 길고 상세히 묘사할 수 있다. 〈상사별곡〉에서는 4음보의 정연한 형태로부터 이탈한 시행이 적지 않게 눈에 띄는데, 비교적 자유로운 형식 속에 '떠나간 임에 대한 상사의 감정'이 절절하게 배어난다. 〈상사별곡〉이란 제목에서 확연하게 드러나듯, 임이 떠난 것과 그 임이 돌아오지 않을 것을 '알고 있는' 화자는 그럼에도 여전히 임을 기다린다.

여성으로 짐작되는 화자가 애타게 그리는 임이 누구인지, 그가 죽었는지 살았는지 여부는 작품 속에서 분명하게 확인되지 않는다. 외로운 밤을 홀로 독수공방해야만 하는 처지이고, 자신의 힘든 상황을 알아주는 이가 없기에 화자는 깊은 시름에 빠져 있다. 얼마나 간절하게 임을 생각하는지를 작품 곳곳에서 호소하듯 넋두리처럼 늘어놓는다. 깊은 밤에 홀로 깨어 잠을 이루지 못하고, 임을 애타게 그리워하는 화자의 처지가 애처롭게 느껴진다. 그는 임을 그리워하는 애틋한 감정을 한문 투의 어휘와 서민적인 어휘를 빌려 다채롭게 표현하다가, 재회를 간절하게 희망하는 것으로 끝을 맺고 있다. 물론 화자는 임과의 만남이 쉽게 이루어지지 못할 것이라는 사실을 알고 있다. 때문에 작품의 제목이 〈상사별곡〉이라 붙여진 까닭이기도 하다.

이 작품은 앞에서 거론한 사설시조들보다는 화자가 처한 상황이 보다 구체화되어 있지만, 상황이 해결될 기미는 좀처럼 보이지 않는다. 이 작품의 화자도 사설시조 화자들처럼 답답한 마음을 누군가에게 호소하기 위해서 가슴에 창을 내거나, 혹은 절로 나오는 한숨을 그치기 위해서 그것이 새어드는 틈을 막고자 했을 법하다. 그럼에도 홀로 밤새우며 외로움에 파묻혀 있다 보면 어떤 창도 소용없고, 어떤 틈을 막더라도 한숨이 절로 새기 때문에 이리 긴 노래로 달랬을 것이다. 그래서 작품의 내용들이 더 없이 불안하고 괴로움을 더해가는 화자의 심정을 그려내는 것으로 채워진 듯하다. 비록 갈래는 사설시조와 가사로 달라도 유사한 정서를 품고 있는 세 작품들을 감상하는 가운데, 우리는 살다가 부딪히는 다양한 고민에 대해서 이해할 수 있었다. 아울러 그러한 상황에 대처하는 마음가짐을 새롭게 다질 수 있을 것이다.

● 십이가사

가사체(歌辭體)의 장가(長歌)를 향토적인 가락으로 노래한 조선 후기의 가창가사 12편을 말한다. 〈상사별곡〉과 〈백구사(白鷗詞)〉, 〈죽지사(竹枝詞)〉, 〈어부사(漁父詞)〉, 〈행군악(行軍樂)〉, 〈황계사(黃鷄辭)〉, 〈춘면곡(春眠曲)〉, 〈권주가(勸酒歌)〉, 〈처사가(處士歌)〉, 〈양양가(襄陽歌)〉, 〈수양산가(首陽山歌)〉, 〈매화가(梅花歌)〉를 이른다. 농암 이현보가 개작한 〈어부사〉를 제외한 11편은 작자 · 연대 미상이다.

매년 되돌아오는 그 노래

새해 첫날이 시작되는 섣달 그믐날 자정, 서울 보신각에서는 연례행사로 제야의 종이 33번 타종된다. 2010년에는 강원도 화천군에서 새해 첫날을 기하여 '세계 평화의 종'이 타종되기도 하였다. 세계 30개국에서 보내온 분쟁 지역의 탄피를 녹여 만든 이 종소리에, 지구촌의 평화를 바라는 간절한 소망이 담겨 있다. 이렇듯 새해 첫날, 우리는 지난해와는 또 다른 희망에 부풀어 '새로운 날, 새로운 한 해'를 열곤 한다. 우리 고전 시가에도 새해와 관련된 풍속을 노래한 것들이 있다.

묵은 해를 보내고 새해를 맞이하다

한 해를 보내고 새로운 해를 맞이할 즈음이면, 옛것을 보내고 새것을 맞는다는 뜻의 '송구영신(送舊迎新)'이란 단어가 곳곳에서 눈에 띈다. 이때쯤 사람들은 저물어 가는 해를 아쉬워하면서, 너도나도 다시 한 번 마음을 다잡는다. 나의 경우에는 대체로 지나간 시절의 즐거웠던 기억보다, 애초에 계획을 세웠으나 미처 이루지 못했던 일들에 대한 아쉬움이 떠오르는 경우가 더 많다. 하지만 마음을 다잡고 다가올 해에는 더 나은 삶을 살겠다는 다짐을 해 보곤 한다. 새해에는 또 어떤 계획을 세우게 될까?

새해가 밝으면 사람들은 한 해 동안 해야 할 일을 계획하고, 이루고자 하는 소망을 빌기도 한다. 그래서인지 새해 첫날에는 떠오르는 태양을 보며 각자의 소망을 빌려는 사람들의 행렬이 해맞이 명소마다 줄을 잇는다. 대체로 자신의 건강과 가족들의 안녕을 빌기도 하고, 하는 일마다 모두 잘되기를 기원한다. 새해를 맞아 새롭게 떠오르는 해를 바라보며, 모두 자신이 원하는 목표를 이룰 수 있기를 진심으로 기원해 본다.

오늘날의 연말연시 풍경은 문화 행사와 송년 모임들로 분주하다. 그러나 농경 위주였던 전통사회에서는 한 해를 정리하고, 새해를 맞이하고자 차분하게 지내는 것이 일반적이었다. 섣달 그믐날 밤에는 가족끼리 혹은 동네 사람들과 어울려 함께 지새우기도 하고, 새해 첫날에는 덕담을 나누며 한 해의 건강과 소망을 빌었다. 또한, 연초에는 농사의 풍년을 기원하며 1년 동안 해야 할 농사일을 더듬어 준비해야 할 것을 챙기는 것이 가장 중요한 과제였다. 고전 시가에서도 농가(農家)에서 한 해 동안 해야할 농사일을 상기시키며, 매월 치러야 할 행사에 대해서 훈계조 혹은 명령조로 노래한 작품들이 있는데, 이를 일컬어 '월령체(月令體) 시가*'라고 한다. 가사 〈농가월령가(農家月令歌)〉를 월령체 시가의 대표적인 작품으로 꼽을 수 있다.

달마다 그리운 님

고려가요 〈동동(動動)〉은 매월 바뀌는 세시풍속의 변화와, 그것에 어우러진 상사(相思)의 정을 노래한 작품이다. 그런 점에서 보통의 '월령체 시가'와는 달리, 학자에 따라서는 이를 '달거리 시가'로 구별하기도 한다. 즉 '월령체'가 매월 행해야 할 농사일을 소개하고 있다면, '달거리 시가'는 화자의 관심이 '임'에 대한 그리움을 노래하고 있다는 점에서 차이가 있다. 특히 세시풍속일은 일종의 기념일인 셈인데, 〈동동〉에서 화자는 그런 특별한 날에 환기되는 임에 대한 사모와 상사의 마음을 그려내고 있다.

덕(德)으란 곰ᄇᆡ예 받ᄌᆞᆸ고   덕은 신령님께 바치옵고,
복(福)으란 림ᄇᆡ예 받ᄌᆞᆸ고   복은 임금에게 바치오니
덕(德)이여 복(福)이라 호ᄂᆞᆯ   덕이며 복이라 하는 것을
나ᅀᆞ라 오소이다   진상하러 오십시오.
아으 동동(動動)다리

정월(正月)ㅅ 나릿 므른   정월의 냇물은
아으 어져 녹져 ᄒᆞ논ᄃᆡ   아! 얼었다 녹았다 하는데
누릿 가온ᄃᆡ 나곤   세상 가운데 나온
몸하 ᄒᆞ올로 녈셔   이몸은 홀로 지내네
아으 동동(動動)다리

이월(二月)ㅅ 보로매   이월 보름에
아으 노피현 등(燈)ㅅ블 다호라   아! 높이 켠 등불 같구나
만인(萬人) 비취실 즈ᅀᅵ샷다   만인을 비치실 모습이로다
아으 동동(動動)다리

삼월(三月) 나며 개(開)혼　　　삼월 지나면서 핀
아으 만춘(滿春) 돌욋고지여　　아! 늦봄의 달래꽃이여
ᄂᆞ믹 브롤 즈슬　　　　　　　남이 부러워할 모습을
디녀 나샷다　　　　　　　　　지니고 태어나셨네
아으 동동(動動)다리

사월(四月) 아니 니저　　　　　사월을 잊지 아니하여
아으 오실셔 곳고리새여　　　아! 오셨구나, 꾀꼬리여
므슴다 녹사(錄事)니믄　　　　무슨 이유로 녹사(하위관직 명칭)님은
녯 나룰 닛고신뎌　　　　　　옛 나를 잊고 계시는가
아으 동동(動動)다리

오월(五月) 오일(五日)애　　　오월 오일에
아으 수릿날 아춤 약(藥)은　　아! 단옷날 아침 약은
즈믄 힐 장존(長存)ᄒᆞ샬　　천년을 길이 사실
약(藥)이라 받ᄌᆞᆸ노이다　　약이라 바치나이다
아으 동동(動動)다리

유월(六月)ㅅ 보로매　　　　　유월 보름에
아으 별해 브룐 빗 다호라　　아! 벼랑에 버려진 빗과 같구나
도라 보실 니믈　　　　　　　돌아 보시는 임을
젹곰 좃니노이다　　　　　　　잠깐이라도 따르겠나이다
아으 동동(動動)다리

칠월(七月)ㅅ 보로매　　　　　칠월 보름에
아으 백종(百種)＊＊배(排)ᄒᆞ야두고　아! 백종을 벌려 두고
니믈 흔ᄃᆡ 녀가져　　　　　　임과 함께 지내고자
원(願)을 비ᄉᆞᆸ노이다　　　　원을 비옵나이다
아으 동동(動動)다리

팔월(八月)ㅅ 보로ᄆᆞᆫ　　　팔월 보름은
아으 가배(嘉俳)나리마룬　　아! 가윗날이지마는

니믈 뫼셔 녀곤	임을 모셔 두어야
오늘낤 가배(嘉俳)샷다	오늘이 한가위이지요
아으 동동(動動)다리	

구월(九月) 구일(九日)애	구월 구일에
아으 약(藥)이라 먹논 황화(黃花)	아! 약이라 먹는 황화(노란 국화)
고지 안해 드니	꽃이 집 안에 드니
새셔가 만ᄒᆞ애라	초가가 조용하구나
아으 동동(動動)다리	

시월(十月)애	시월에
아으 져미연 ᄇᆞ룻 다호라	아! 저무는 보리수나무 같구나
것거 ᄇᆞ리신 후(後)에	꺾어 버리신 뒤에
디니실 ᄒᆞᆫ 부니 업스샷다	지니실 한 분이 없구다
아으 동동(動動)다리	

십일월(十一月)ㅅ 봉당 자리예	십일월 봉당 자리(흙바닥)에
아으 한삼(汗衫) 두퍼 누워	아! 한삼 덮고 누웠네
슬홀ᄉᆞ라온뎌	슬픈 일이구나
고우닐 스싀옴 녈셔	고운 이와 갈라져 제각기 살아가는구나
아으 동동(動動)다리	

십이월(十二月)ㅅ 분디남ᄀᆞ로 갓곤	십이월 분지나무로 깎은
아으 나슬 반(盤)잇 져 다호라	아! 소반의 젓가락과 같아라
니믜 알ᄑᆡ 드러 얼이노니	임의 앞에 들어 가지런히 놓으니
소니 가재다 므르ᄉᆞᆸ노이다	(임의) 손님이 가져다 입에 무네요
아으 동동(動動)다리	

(고려가요 〈동동〉)

‘서사(序詞)’에 해당하는 첫 연의 내용은, 정월부터 12월까지를 노래한 2연 이하의 내용과 매끄럽게 이어지지 않는다. 민간에서 유행하던 노래가 궁중 가악으로 채택되면서, 임금에 대한 송축(頌祝)의 의미가 첫머리에 덧붙여졌기 때문에 내용상의 부조화가 생겨났다고 본다. '곰ᄇㆎ'와 '림ᄇㆎ'에 대해서는 학자에 따라 어석의 차이가 존재하지만, 대체로 이를 '신령'과 '임금'으로 해석하는 것이 통설이다. 그러므로 서사에는 '영험한 존재와 군주에게 덕과 복을 진상하면, 자신이 덕과 복을 누릴 수 있다는 화자의 믿음'이 담겨 있다고 할 수 있다.

2연부터는 임에 대한 연모의 정서가 적절한 시어의 배치와 시상의 흐름을 통해 잘 드러나 있다. 화자가 생각하기에 임은 '남이 부러워할 외모를 지니고 태어나신' 고귀한 존재인 반면, 자신은 '벼랑에 버려진 빗'처럼 보잘것없고 고독한 존재이다. 그럼에도 언젠가는 '니믈 외ᄉㅕ 녀곤' 함께 살 수 있을 것이라는 의지를 저버리지 않는다. 하지만 '소반에 젓가락'으로 비유된 화자는 '임의 앞에 가지런히 놓'이지만, 끝내는 임이 아닌 손님이 짚어드는 입장에 처한다. 그리하여 끝끝내 임과의 인연을 맺지 못한 채로 작품이 종결된다.

이처럼 〈동동〉은 화자의 구슬픈 어조로 일 년 내내 부르는 '사랑하는 임에 대한 기다림의 노래'이며, 12월이 돼서도 끝내 임을 만날 수 없다는 점에서 비관적 정서가 잘 드러난다. 임에게 버림받은 화자의 탄식이 작품 곳곳에서 엿보이고, 이로 인해 전체적으로 비관적 정조가 두드러진다. 그러나 한 가지 분명한 것은, 상황이 이처럼 절망적임에도 해가 바뀌면 화자는 임에 대한 사랑 노래를 다시 부를 거라는 점이다.

희망과 액막이로 부르는 새해

새로운 해가 시작되면, 다가올 해에 대한 희망을 노래하는 것
이 사람들의 보편적인 반응이다. 그러나 다른 시각에서 보자면, 새
해의 첫날도 언제나 반복되는 새로운 하루일뿐이다. 내년에는 조
금 더 나아지겠지 하는 마음이야 누구나 없지 않겠지만, 정작 그런
희망이 절망으로 바뀌는 것을 경계해 현재를 바라보라고 노래하
기도 한다. 다음의 시조는 새해 첫날에 대한 이러한 인식을 잘 보
여주고 있다.

창(窓) 밧긔 아히 와셔 오늘이 새히오커늘

동창(東窓)을 열쳐 보니 녜 돗든 히 도닷다

아히야 만고(萬古) 혼 히니 후천(後天)에 와 닐러라.

창밖에 아이가 와서 오늘이 새해라고 알려 주거늘/ 동창을 열어 보니 늘 돋던 해
가 돋았구나/ 아이야, 오랜 세월 동안 같은 해이니 새로운 세상이 오게 되면 그
때 이르거라.

(주의식)

조선 후기 숙종 때에 활동하던 주의식(朱義植, 생몰년 미상)은 새
해 아침을 남들과는 다른 의미로 받아들인다. 흔히 희망적인 것으
로 인식되는 새해 아침에 대해 전혀 색다른 인식을 보여주고 있다.

오늘이 어제와 또 다른 의미를 지니고 있듯이, 대부분의 사람들은 '작년'과 다른 마음가짐으로 새해를 맞는다. 그래서 '아침'이나 '새해'를 노래한 작품들은 대개 희망적인 의미를 담기 마련이다. 화자가 거처하는 방의 창문 앞에 와서 새해 아침이 밝았다고 알려 준 아이 또한 그렇게 여겼을 것이다. 그러나 화자로서는 창을 열고 보니 '녜 돗둔 히 도닷다'고 생각될 뿐이다. 같은 하늘에서 뜨는 해가 날이 바뀌었다고 다르지 않다는 것이다.

그렇다면 하늘이 바뀌어야 하는 것인가? 이에 대한 화자의 입장은 종장에 잘 나타나 있다. 새해 첫날의 해라고 해서 특별한 의미가 있는 것이 아니라, 그것은 단지 '만고(萬古) 혼 히' 즉 언제나 변함없이 떠오르던 해와 다를 바 없다는 것이다. '후천(後天)'의 의미가 뒷날 동학(東學)에서 말하는 '후천 세계' *** 와도 연관이 있다고 넓게 해석한다면, 세상이 완전히 바뀌어 새로운 세상이 열릴 때 떠오른 해라야 비로소 화자에게 특별한 의미로 다가올 것이라고 유추할 수 있다.

한편 새해가 되면 사람들은 세시풍속에 걸맞은 민속놀이를 즐기면서 새해의 의미를 마음에 새기기도 한다. 희망의 반대는 '액'이다. 액은 모질고 사나운 운수이다. 희망은 고사하고 액을 맞으면 살기가 더욱 곤란하게 될 것이다. 그래서 사람들은 민속놀이에도 '액막이 ****'의 의미를 담아서 즐겼다. 특히 연날리기는 액이 담긴 연의 줄을 끊어 날려 보내는 것으로 이용되기도 하였다.

이 시름 져 시름 여러 가지 시름 방패연(防牌鳶)에 세세(細細) 성문

(成文)ᄒ여

춘정월(春正月) 상원일(上元日)에 서풍(西風)이 고이 불 쎄 올 백
사(白絲) 흔 얼레를 슷가지 풀어 씌울 쎄 큰 잔(盞)에 술을 가득 부어 마
즘막 전송(餞送)ᄒ자 둥게둥게 둥둥 써셔 놉고 놉피 소스올라 백룡(白
龍)의 구븨 갓치 굼틀 뒤틀 뒤틀어져 굴음 속에 들거고나 동해(東海) 바
다 건너가셔 외로이 셧는 남게 걸엇다가

풍소소(風蕭蕭) 우낙락(雨落落)홀 쎄 자연(自然) 소멸(消滅)ᄒ여라.

이 시름 저 시름 여러 가지 시름 방패연에 자세하게 글로 적어/ 정월 대보름에
서풍이 고이 불 때 흰 실 한 얼레를 끝까지 풀어 (연을) 띄울 때, 큰 잔에 술을 가
득 부어 마지막으로 전송하자. (연이) 둥게둥게 둥둥 떠서 하늘 높이 솟아올라
흰 용이 굽이치는 것같이 굼틀뒤틀 뒤틀어져 구름 속에 들어가겠구나 동해 바다
건너가서 외로이 서 있는 나무에 걸렸다가/ 바람이 솔솔 불고 비가 내릴 때 자연
히 사라지리라.

(김수장)

이 시조의 지은이는 조선 후기의 가집(歌集) 《해동가요(海東歌謠)》
를 편찬한 김수장이다. 연날리기는 정월 초하루부터 대보름 사이에
행해지는 민속놀이●●●●●인데, 대개 어린이나 청소년들이 갖가지
모양의 연을 만들어 하늘 높이 날리며 놀았다. 높이 띄운 연에 '송
액영복(送厄迎福)' 같은 글귀를 써넣었는데, 그해의 재난을 멀리 보
낸다는 글자 뜻에 걸맞게 연줄을 끊어서 날려 버리기도 했다. 말하
자면 가정이나 개인에게 닥칠 모질고 사나운 운수를 미리 막는, 일
종의 '액막이 의식' 인 셈이다.

초장에서 방패연에 '세세 성문', 곧 '(연에) 자세히 적은 글' 은

바로 화자의 '시름'이라 하겠다. 중장에서는 대보름날에 행하는 연 날리기 의식을 생생하고 위용 넘치게 묘사하고 있다. 연줄을 감은 얼레를 다 풀어 연을 높이 날리고, 화자는 그 아래에서는 잔에 술을 부어 전송하는 의식을 행한다. 화자는 줄이 끊기자 하늘 높이 날아 가는 연의 모습을 '꿈틀거리며 굽이치다가 구름 속으로 들어가는 흰 용'의 형상에 비유한다. 서풍에 실려 동해 바다를 건너간 이 연 은 아마도 어느 섬에 서 있는 나무의 가지에 걸렸다가, 시간이 지 나면 자연히 사라질 것이다. 화자는 먼 곳으로 날려 보낸 연이 사 라지면, 거기에 실렸던 자신의 시름도 자연스럽게 사라질 거라 생 각한 모양이다.

● 가사 〈농가월령가〉의 '정월령'
  "정월은 맹춘(孟春)이라 입춘(立春) 우수(雨水) 절후(節侯)로다. / 산중 간학(山中澗壑) 의 빙설(氷雪)은 남아시니, / 평교(平郊) 광야(廣野)의 운물(雲物)이 변(變)ᄒ도다. / 어와! 우리 성상(聖上) 애민중농(愛民重農)ᄒ오시니, / 간측(懇惻)ᄒ신 권농윤음(勸農綸音) 방 곡(坊曲)의 반포(頒布)ᄒ니, / 슬푸다 농부(農夫)들아! 아므리 무지(無知)ᄒ들, / 네 몸 이 해(利害) 고사(姑舍)ᄒ고 성의(聖意)를 어글소냐. / 산전 수답(山田水畓) 상반(相伴)ᄒ게 힘 디로 ᄒ오리라. / 일년 풍흉(一年豊凶)은 측량(測量)치 못ᄒ야도, / 인력(人力)이 극진(極 盡)ᄒ면 천재(天災)를 면(免)ᄒᄂ니 / 져 각각(各各) 권면(勸勉)ᄒ야 게얼니 구지 마라. / 일년지계재춘(一年之計在春)ᄒ니 범사(凡事)를 미리 ᄒ라. / 봄에 만일 실시(失時)ᄒ면 종 년(終年) 일이 낭패되네. / 농지(農地)를 다스리고 농우(農牛)를 살펴 먹여, / 직거름 직와 노코 일변(一邊)으로 시러 너여, / 맥전(麥田)의 오좀 듀기 세전(歲前)보다 힘써 ᄒ소. … (후략)…"

●● 백종
  음력 칠월 보름인 '백중날'을 가리킨다. 매년 이날, 승려들은 성대한 의식을 올려 부 처를 공양했다. 신라·고려 시대에는 일반 민중까지 참여했으나, 조선 시대 이후로 사찰 에서만 행사를 거행했다.

●●● **후천 세계**

'후천 개벽' 이후의 새로운 세상. 동학이 창시된 19세기 말과 20세기 초를 기준으로, 그 이전인 '선천(先天)'의 운수가 가고 '후천'의 운수가 와서 인간 사회의 가치·척도가 변함에 따라 삶의 양태가 새롭게 바뀐 세상을 말한다.

●●●● **액막이**

개인·가정·마을에 닥치는 질병·고난·불행 등을 예방하기 위해 그 매개자인 악귀를 쫓는 민속적인 의례를 일컫는다. 도액(度厄)·제액(除厄)이라고도 한다. 액막이는 세계 어느 민족에게도 있는데 현대의 관점에서 보면 미신에 불과하지만, 병과 재난에 대해 뚜렷한 대책이 없던 당시에는 일종의 신앙이자 심리적으로 큰 위안을 주는 행위였다. 가장 기본적인 방법은 유감주술(類感呪術)을 이용하거나 악귀보다 더 강력한 상징물·색깔·냄새 등을 몸이나 몸 가까이에 두는 것으로 십자가, 각종 부적 및 신라에서 역신(疫神)을 쫓았다는 처용의 형상 등이 모두 여기에 속한다. 또 중국에서는 새해 첫날 닭울음 소리와 함께 일어나 폭죽을 터뜨려 악귀를 쫓는 일종의 청각형(聽覺型) 액막이도 있었다.

한국에서는 액막이가 주로 절기에 따라 행해졌는데, 한 해를 시작하는 정월에 많이 몰려 있다. 조선 시대의 궁중에서는 설날에 문배(門排)라고 하여 금갑이장군상(金甲二將軍像)을 대궐문 양쪽에 붙였으며, 또 종규(역귀를 쫓는 신)가 귀신 잡는 상과 귀두(鬼頭) 모양을 문과 중방에 붙여 액과 돌림병을 물리쳤다. 민간에서는 벽 위에 닭과 호랑이 그림을 붙여 액을 물리쳤으며, 금줄을 치고 체를 마루 벽이나 뜰에 걸어서 초하룻날 밤에 내려오는 야광귀(夜光鬼)를 물리쳤다. 그리고 그해에 3재(三災)가 든 사람은 머리가 셋이고 몸뚱이가 하나인 매를 그려 문설주에 붙였는데, 이때 3재란 수재(水災)·화재(火災)·풍재(風災) 또는 병난(兵難)·질역(疾疫)·기근(飢饉)을 가리킨다.

나쁜 병을 물리치기 위해 설날에 지난 1년간 빗질할 때 빠진 머리카락을 황혼녘에 문 밖에서 태우는 소발(燒髮) 액막이도 있었다. 아이들의 나이가 제웅직성(直星)에 들면 (남자 10세, 여자 11세) 정월 14일에 제웅 안에 돈과 성명, 출생년의 간지(干支)가 적힌 종이를 넣어 길가에 버림으로써 그해의 액을 막았다. 또 아이들은 청색·홍색·황색 등을 칠한 3개의 호로(葫蘆 : 호리병 박)를 색실로 끈을 만들어 차고 다니다가 이날 밤에 길가에 몰래 버려 액을 막았다. 정월 15일에는 '액', '송액'(送厄), '송액영복'(送厄迎福) 등을 쓴 액연(厄鳶)을 띄워 놀다가 저녁 무렵에 줄을 끊어서 그해의 재액을 막았다. 5월 5일 단오에는 여자들이 창포(菖蒲)물로 머리를 감고, 두통을 앓지 않는다 하여 창포뿌리를 깎아 비녀로써 머리에 꽂았는데, 더러는 수복(壽福)을 기원하고 재액을 물리치기 위해 그 비녀에 '수(壽)'자나 '복(福)'자를 새기고 끝에 연지를 발랐다. 상류층에서는 관상감에서 만든, 주사(朱砂)로 박은 천중적부(天中赤符 : 또는 端午符)를 문설주에 붙여 재액을 막았다.

6월 15일 유두의 액막이에 관해서는 〈동국세시기 東國歲時記〉에 다음과 같은 기록이 있다. "경주의 유속(遺俗)에 의하면 6월 보름날에 동쪽으로 흐르는 물에 가서 머리를 감아 불상(不祥)한 것을 씻어버린다. 그리고 액막이로 모여 마시는 술자리, 즉 계음을 유두연(流頭宴)이라 했으니 국속(國俗)에는 이 때문에 유두라는 속절(俗節)이 생겼다." 또 이날 밀가루로 구슬 모양의 유두면(流頭麵)을 만들어 먹거나, 오색실로 유두면을 꿰어 차고 다님으로써 액막이를 했다. 6월 이후의 액막이로 두드러진 것은 동짓날에 팥죽을 먹고 그것을 문짝에 뿌려 벽사한 풍속을 들 수 있다.

또 마을 단위의 액막이로 동제(洞祭)가 있다. 액막이의 의식이 이렇게 6월 이전에 몰려 있는 것은 액막이의 예방적 성격 때문이기도 하지만, 액막이의 주 대상인 각종 질병과 전염병이 대부분 여름에 발생하기 때문이다. 서구의 과학문명이 한국에 유입된 이후에 액막이는 벽사와 질병예방의 본래적 기능에서 탈피해 고유의 풍속으로 전해진다.

●●●●● 정월 대보름의 풍속

조선 초기에는 연등(燃燈)을 설치하고 태일(太一)에 제사를 올리는 등 왕실 의식을 행했다. '태일'이란 병란(兵亂)·재화(災禍)·생사(生死) 등을 다스린다는 북쪽 하늘의 신령한 별을 지칭한다. 이러한 의식은 고려 때 간행된 《고금상정예문(古今詳定禮文)》에 기록되어 있는데, 그 기원은 한(漢)나라 시대까지 거슬러 올라간다. 연등제의 경우는 조선 초기에 불교 의식이라는 이유로 폐지가 논의되다가 태종 15년(1415)에 혁파되었다. 이 밖에도 농사짓는 일을 흉내 내어 겨루는 의식이 정월 상원일에 거행되었고, 임금은 왕실의 웃어른에게 축하 인사를 올리기도 했다. 민간에서는 일 년간 다릿병을 앓지 않고 액을 면하기를 바라면서 밤에 다리를 밟는 '답교(踏橋)'가 행해졌다. 평양에서는 돌팔매질로 승부를 가리는 '석전(石戰)'이 유명했는데, 사람이 죽는 불상사가 종종 일어나 조정에서 엄금했다고 한다.

여자라는 이름으로
부르는 노래

"여자는 여자로 태어나는 게 아니라 여자로 만들어진다." 여성 해방 운동의 선구자인 시몬느 드 보부아르의 《제2의 성》(1949)에 나오는 구절이다. 사회적 규범이 여성을 길들이고 구속한다는 내용의 이 책은 출간과 동시에 커다란 파장을 불러일으켰다. 알베르 카뮈가 "남성을 조롱했다"고 비난했는가 하면, 로마 교황청은 위험한 책으로 지목하기도 했다. 과거 우리나라의 여성들 역시 교육의 기회가 극히 제한되어 있었을 뿐 아니라, 정치·예술 등의 사회 활동에서도 큰 제약을 받았다. 여성의 비애를 노래한 가사와 민요를 살펴보며, 작품에 녹아들어 있는 여성의 삶에 대해 생각해 보자.

단지 여자라는 이유만으로

설이나 추석 등의 명절이 되면 많은 이들의 귀성 행렬이 이어지면서, 각자의 생업에 몰두하느라 바빠서 평소에는 쉽게 만나지 못했던 친지들이 함께 모이는 자리가 마련된다. 이 무렵이면 고향으로 돌아오는 사람들을 맞는 이들의 몸과 마음도 함께 바빠진다. 그중에서도 명절 음식을 준비하는 여성들의 손길이 가장 분주할 수밖에 없다. 요즘에는 남성들도 함께 음식을 만들고, 때로는 가사를 분담하기도 한다. 하지만 명절을 준비하는 대부분의 일은 여전히 여성들의 몫이 큰 비중을 차지한다. 그래서 명절을 전후한 시기에 여성들이 느끼는 심적인 부담을 일컫는 '명절 증후군'이란 용어가 등장했다.

현재의 가족 형태는 부부와 그 자녀들을 중심으로 한 소가족 중심으로 생활하는 것이 일반적이지만, 과거에는 부모를 중심으로 3~4대가 함께 생활하는 대가족 형태가 많았다. 따라서 대가족제 하에서는 명절 준비뿐만 아니라, 한 해에 치르는 여러 차례의 제사 등 여성들이 견뎌내야 할 노동 강도는 만만치 않았다. 더욱이 조선시대에는 남성과 여성의 역할을 엄격하게 구분하여, 남자가 부엌 근처에만 가도 큰일이 나는 것처럼 생각하는 인식이 일반적이었다. 또한 '남녀유별(男女有別)'이라는 고루한 명분을 내세워 여성들의 사회 활동을 철저히 제약하였으며, 여성들은 특별한 경우가 아니면 울타리를 벗어나서는 안 된다고 하여 집안에서만 활동하도록 묶어두었다.

심지어 결혼도 누군지도 모르는 상태에서 두 집안의 어른들이 결정하는 상대와 혼인해야 했다. 자칫 남편의 집안에 우환(憂患)이 생기기라도 하면, 이를 '여자가 잘못 들어온 탓'으로 여기는 시댁 식구들의 따가운 눈총을 받았다. '출가외인(出嫁外人)'이라는 인식 때문에, 결혼한 여성은 제아무리 처지가 어려워도 친정으로 돌아갈 수조차 없었다. 지금의 관점에서 본다면 지극히 불합리하지만, 남성중심적 사회에서 여성들이 겪어야만 했던 고단한 삶의 모습이었

다. 시댁의 낯선 환경에 놓인 여성에게는 남편의 사랑만이 위로가
될 수 있었을 터이다. 그러나 남편의 관심을 받지 못하는 여성들은
가족 내에서 소외된 존재로 지내야만 했다. 우리 고전시가에는 이
처럼 남편에게 외면 받았던 여성들의 외로운 처지를 그린 작품들이
적지 않게 남아있다.

갇힌 규방에 한탄 소리만 자유로워

허균의 누이인 허난설헌(許蘭雪軒, 1563~1589)●이 지은 〈규원가
(閨怨歌)〉는 여자가 주로 기거하는 곳인 규방에서 나오는 원망과 한
탄을 노래한 작품이다. 인조 때의 문인인 홍만종의 기록에 따르면
이 작품을 허균의 첩인 무옥(巫玉)이 지었다고 하였으나, 여러 정황
으로 보아 허난설헌의 작품이라 보는 것이 학계의 통설이다.

> 엇그제 저멋더니 ㅎ마 어이 다 늘거니
> 엊그제 젊었더니 어찌 벌써 다 늙었는가?

> 소년행락(少年行樂) 생각ㅎ니 일러도 속절업다
> 어릴 적 즐겁게 지내던 일을 생각하니 말하여도 헛되구나

> 늘거야 서른 말슴 ㅎ자니 목이 멘다
> 늙은 뒤에 서러운 사연 말하자니 목이 멘다

> 부생모육(父生母育) 신고(辛苦)ㅎ야 이 내 몸 길러 낼 제
> 부모님이 낳아 기르며 몹시 고생하여 이 내 몸 길러 낼 때

> 공후배필(公侯配匹)은 못 바라도 군자호구(君子好逑) 원(願)ㅎ더니
> 높은 벼슬아치의 배필은 바라지 못할지라도 군자의 좋은 짝 되기를 바랐더니

> 삼생(三生)의 원업(怨業)이오 월하(月下)의 연분(緣分)으로
> 전생, 현세 내세에 지은 원망스러운 업보요, 부부의 인연으로

장안유협(長安遊俠) 경박자(輕薄子)를 꿈 굳치 만나 잇서
　　장안의 호탕하면서도 경박한 사람을 꿈같이 만나

당시(當時)의 용심(用心)ᄒ기 살어름 디듸는 듯
　　당시의 마음쓰기가 살얼음 디디는 듯이 하였구나

(중략)

도로혀 풀쳐 혜니 이리 ᄒ여 어이ᄒ리
　　돌이켜 생각하니 이렇게 살아 어찌할까?

청등(靑燈)을 돌라 노코 녹기금(綠綺琴) 빗기 안아
　　등불을 돌려놓고 초록색 비단에 싼 거문고를 비스듬히 안아

벽련화(碧蓮花) 한 곡조를 시름 조초 섯거 타니
　　벽련화 한 곡조를 시름까지 섞어 타니

소상야우(瀟湘夜雨)의 댓소리 섯도는 듯
　　소상야우(중국 소상강 지역의 밤에 비오는 풍경)에 댓잎 소리가 섞여 들리는 듯하고

화표천년(華表千年)의 별학(別鶴)이 나는 듯
　　무덤가에 천 년 만에 찾아온 특별한 학이 울고 있는 듯하여라

옥수(玉手)의 타는 수단(手段) 녯 소래 잇다마는
　　아름다운 손으로 타는 솜씨는 옛 가락이 아직 남아 있지마는

부용장(芙蓉帳) 적막(寂寞)ᄒ니 뉘 귀에 들리소니

초당 허균·허난설헌 기념공원에 있는 허난설헌 생가

연꽃무늬가 있는 휘장을 친 방이 텅 비었으니 누구의 귀에 들릴 것인가?

간장(肝腸)이 구곡(九曲)되야 구븨구븨 슨쳐 서라
간장이 아홉 번 꺾여 굽이굽이 끊어졌도다

출ᄒ리 잠을 드러 쑴의나 보려 ᄒ니
차라리 잠이 들어 꿈에나 보려 하니

바람의 디ᄂ 닢과 풀 속에 우는 즘생
바람에 지는 잎과 풀 속에서 우는 벌레는

므스 일 원수로서 잠조차 쎄오ᄂ다
무슨 일로 원수가 되어 잠마저 깨우는고

천상의 견우직녀(牽牛織女) 은하수(銀河水) 막혀서도
하늘의 견우성과 직녀성은 은하수가 막혔을지라도

칠월 칠석(七月七夕) 일년일도(一年一度) 실기(失期)치 아니거든
칠월 칠석 일 년에 한 번씩 때를 어기지 않고 만나는데

우리 님 가신 후는 무슨 약수(弱水) 가렷관듸
우리 임 가신 뒤에는 무슨 건너지 못할 강이 가로막고 있기에

오거나 가거나 소식(消息)조차 스쳣는고
오가는 소식마저 그쳤는고?

난간(欄干)의 비겨 셔서 님 가신 듸 바라 보니
난간에 기대어 서서 임 가신 데를 바라보니

초로(草露)ᄂ 맷쳐 잇고 모운(暮雲)이 디나갈 제
풀과 이슬은 맺혀 있고 저녁 구름이 지나갈 때

죽림(竹林) 푸른 고듸 새 소리 더욱 설다
대나무 수풀 우거진 푸른 곳에 새 소리가 더욱 서럽다

세상의 서룬 사람 수업다 ᄒ려니와
세상에 서러운 사람 많다고 하려니와

박명(薄命)ᄒ 홍안(紅顔)이야 날 가튼 니 또 이실가
운명이 기구한 젊은 여자야 나 같은 이가 또 있을까?

아마도 이 님의 지위로 살동말동 ᄒ여라.
아마도 이 임의 탓으로 살 듯 말 듯 하여라.

(허난설헌 〈규원가〉)

'규방에서 지내는 여성의 원망을 그린 노래'라는 뜻의 〈규원

가〉는 '원부사(怨夫詞, 남편을 원망하는 노래)' 혹은 '박명가(薄命歌, 복이 없고 팔자도 사나운 처지를 한탄하는 노래)'라 불리기도 한다. 이 작품은 '장안유협 경박자', 곧 주색잡기를 좋아하는 자를 남편으로 둔 여인의 기구한 처지를 그리고 있다. 화자는 가정을 도외시하는 남편에 대해 항변조차 못하고 규방에 갇혀 지내는 자신의 처지를 줄곧 한탄한다. 그 당시는 남편의 방탕함에 대해 이야기하려해도 그것을 질투로 치부해, 남편의 행동을 입에 올리는 것조차 '칠거지악(七去之惡)'**에 해당한다 하여 시댁에서 내쫓길 수 있었다. 그런 상황에서 모든 것을 자신의 탓으로 돌리는 화자의 태도는, 조선 시대 일반 여성들의 처지와 크게 다르지 않다. 때문에 화자와 같은 불행한 처지에 놓인 여성들은 그러한 상황을 자신의 운명으로 돌리고, 그저 체념하며 살 수밖에 없었다.

이 작품은 이제는 늙어 보잘 것 없는 처지가 된 화자가 덧없이 흘러간 세월을 회상하는 넋두리를 늘어놓으면서 시작된다. 높은 벼슬아치의 배필(공후배필)은 아니라도 군자의 좋은 짝(군자호구)이 되기를 원했지만, 안타깝게도 화자는 '삼생의 원업'으로 '장안유협 경박자'와 결혼하게 되었다. 생략된 부분에서는 화자가 나이를 먹어 늙어가자, 남편은 '정처 업시 나가 잇어(정해진 곳 없이 나가 있어)' 집으로 돌아올 생각은커녕 소식조차 전해오지 않는다. 사시사철 홀로 지내야만 하는 화자는 '긴 한숨 지는 눈물'로 세월을 보낸다.

화자는 남편이 돌아오지 않는다고 해서 '모진 목숨 죽기도 어려'워, 그저 홀로 '녹기금'을 꺼내어 음악을 연주해 본다. 그러나 듣는 이조차 없는 그 음악은 오히려 자신의 애간장을 태울 따름이다. 현실에서 만날 수 없는 임을 꿈에서라도 보고자 하였으나, 그 마저도 '바람의 디는 닢과 풀 속에 우는 즘생'들의 방해로 이루지 못한다. 이는 홀로 지새는 밤에 잠을 이루지 못하는 심정을 지는 잎과 짐승들 소리 탓으로 돌려 표현한 것이다. 전설상의 존재인 견우와 직녀도 일년에 한 번 칠석날이면 만난다는데, 화자의 '임'은 떠난 후 소식조차 끊어져 버렸다. 무작정 기다리며 살아갈 수밖에 없는 '박명흔' 처지를 생각하자, 이제 한탄을 넘어 체념에 이르게 된다.

그러면서도 마지막 부분에 "아마도 이 님의 지위로 살동말동 ᄒ여라."라며 임에 대한 원망을 감추지 않는다. 임의 부정한 행실 때문에 자신이 박명하게 살고 있다는 한탄에는 비록 소극적이기는 하지만, 가부장적인 사회에 대한 불만이 담겨 있다. 오늘날의 관점에서 보면 화자더러 '왜 그리 어리석게 사느냐'며 코웃음을 치면 그

허난설헌의 초상. 후손의 유전자를 분석하여 초상을 그렸다고 한다.

만인 일이겠지만, 남성중심적 사회의 제도적 폭력에 고스란히 노출되어 있던 그 당시 여성들에게는 화자의 고단한 삶 자체가 엄연한 현실이었다. 이처럼 당대 여성들의 삶과 심리를 진솔하면서도 섬세하게 표현한 덕분에, 이 작품은 오랜 세월 동안 폭넓은 공감대를 형성할 수 있었다.

기다리다 배반당하니 살기 힘들 밖에

일반 민중들의 생활 속에서 불리고 전승되던 민요에서도 여성들의 열악한 처지를 다룬 작품들을 찾아볼 수 있다. 시집살이의 애환을 그린 이른바 '시집살이요'라는 유형이 그것인데, 여기서는 그중 〈진주난봉가〉를 살펴보자.

> 울도 담도 없는 집에 시집 삼 년을 살고 나니
> 시어머님 하시는 말씀 아가 아가 메느리 아가
> 진주 낭군을 볼라거든 진주 남강에 빨래를 가게
> 진주 남강에 빨래를 가니 물도나 좋고 돌도나 좋고
> 이리야 철석 저리야 철석 어절철석 씻고나 나니
> 하날 겉은 갖을 씨고 구름 같은 말을 타고 못 본 체로 지내가네
> 껌둥빨래 껌께나 씻고 흰 빨래는 희게나 씨여
> 집에라고 돌아오니 시어머님 하시 말씀
> 아가 아가 메느리 아가 진주 낭군을 볼라그덩

건너방에 건너나 가서 사랑문을 열고나 바라

건너방에 건너가 가서 사랑문을 열고나 보니

오색 가지 안주를 놓고 기생첩을 옆에나 끼고 희희낙낙하는구나

건너방에 건너나 와서 석 자 시 치 맹지 수건 목을 매여서 내 죽었네

진주 낭군 버선발로 뛰어나와

첩으야 정은 삼 년이고 본처야 정은 백 년이라

아이고 답답 웬일이고.

(〈시집살이요〉, 경북 영양 채록)

이 작품은 근대에 유행가로 만들어져 불리기도 했다. 가수 서유석이 부른 〈진주난봉가〉가 그것인데, 가사가 잘 다듬어지고 다소 확장되어 있을 뿐 핵심적인 내용은 민요와 동일하다. 인용된 작품은 경북 영양에서 채록된 것인데, 진주뿐만 아니라 경상도 각지와 심지어 전라도에서도 이 유형의 작품이 전래되고 있다. 화자는 고된 시집살이로 인해 그야말로 '울(타리)도 담도 없는' 곤궁한 처지에 놓여 있다. 아마도 남편이 오랫동안 집을 비워 그리움이 컸는지, 오랜만에 돌아오는 낭군을 보기 위해 화자는 시어머니의 말을 듣고 진주 남강에 빨래를 하러 간다. 시어머니 말씀도 있었지만, 화자는 빨래를 핑계로 조금이라도 빨리 낭군을 만나고 싶었던 것이다. 그러나 낭군은 오랜만에 만나는 아내인 자신을 본 체도 않고 말을 타고 지나간다.

서운한 마음을 억누르고 빨래를 마치고 집에 돌아오니, 낭군이 아내는 아랑곳하지 않고 기생첩을 옆에 끼고 희희낙락하며 술을 마

시고 있다. 시어머니는 그러한 아들의 잘못을 탓하기는커녕, 오히려 방관하는 태도를 보인다. 남편만을 믿고 살아온 화자로서는, 낭군의 그런 모습에서 견딜 수 없는 배신감을 느꼈을 법하다. 이제 결혼 생활에 아무런 미련이 없어진 화자는 더 이상의 수모를 견딜 수 없어, 건넌방에서 '석 자 세 치 길이의 명주 수건'으로 목을 맨다. 비극적인 결말을 보여주고 있는 이 작품에서, 죽음으로 맞선 화자의 행위는 부부의 신뢰를 저버린 남편에 대한 반발이면서 또한 남편의 외도를 당연시하던 당대의 사회 규범에 대한 저항의 의미를 지닌다. 끝 부분에서 아내의 죽음을 목격한 낭군의 자책이 이어지기는 하지만, 상황을 되돌리기엔 이미 늦었다.

앞서 살펴 본 가사 〈규원가〉는 가부장제의 억압 아래에서 체념을 택하는 자조적인 어조를 띠다가, 남편(사회)에 대한 소극적인 원망 정도로 끝맺는다. 이에 비해 민요 〈진주난봉가〉는 부당한 현실에 대해서 죽음으로 항거하는 적극적인 면모가 눈에 띈다. 이 노래를 비롯한 다양한 '시집살이 노래'***들은 억압받고 신음하는 여성의 현실을 구체적이고 사실적으로 제시하면서, 모순에 적극적으로 대처하는 자세를 보여 준다. '민요'라는 명칭이 단적으로 암시하듯, 이들 노래는 힘겨운 삶에서 생겨난 민초들의 강인한 생명력을 대변하고 있다.

● 허난설헌

본명이 초희(楚姬)인 허난설헌은 1563년 강릉에서 태어났다. 그녀와 아버지 허엽, 큰오빠 허성, 작은오빠 허봉, 남동생 허균은 모두 글재주가 뛰어나 '허씨 5문장'이라 불렸다. 오빠들의 어깨 너머로 글을 배운 그녀는 8세 때, 신선이 산다는 달나라 광한전의 백옥루 신축을 기리는 상량문(上樑文)을 지어 신동이라 소문이 났다. 하지만 15세 때 김성립과 혼인한 그녀는 남편의 외도, 자녀들의 죽음으로 아픔을 겪었다. 게다가 작은오빠의 귀양에 이어, 남동생의 역모(逆謀) 사건까지 터지면서 친정도 몰락하고 말았다. 상심한 그녀는 별채에 틀어박혀 책만 읽다가 1590년 27세의 나이로 세상을 떠났고, 작품들은 유언에 따라 불태워졌다. 그런데 다행히도 허균에게서 작품 일부를 넘겨받은 명나라 사신이 펴낸 《난설헌집》 덕분에 중국에서 허난설헌의 명성이 높아지면서, 조선의 문인들도 그녀의 작품들을 주목하게 되었다. 그런가 하면 1711년 일본에서도 그녀의 시집이 간행되어 널리 사랑받았다고 한다.

●● 칠거지악

우리나라와 중국 등 유교 문화권에서 남편이 일방적으로 이혼을 결정할 수 있는 7가지 이유를 말한다. 《공자가어》에 따르면, 이 7가지는 ① 시부모에게 순종하지 않음〔不順父母〕 ② 아들이 없음〔無子〕 ③ 음탕함〔不貞〕 ④ 질투〔嫉妬〕 ⑤ 몹쓸 병이 있음〔惡疾〕 ⑥ 말이 많음〔多言〕 ⑦ 도둑질〔竊盜〕을 가리킨다. 그러나 다음 ① 내쫓아도 의지할 곳이 없는 경우 ② 함께 부모의 삼년상을 치른 경우 ③ 혼인한 뒤 시댁이 부자가 된 경우 중의 하나에 해당해도 '삼불거(三不去)', '삼불출(三不出)'이라 하여 내칠 수 없도록 했다.

●●● 민요 〈시집살이 노래〉

"형님 온다 형님 온다 분(粉)고개로 형님 온다. / 형님 마중 누가 갈까 형님 동생 내가 가지. / 형님 형님 사촌 형님 시집살이 어떱뎁까? / 이애 이애 그 말 마라 시집살이 개집 살이. / 앞밭에는 당추(唐椒) 심고 뒷밭에는 고추 심어, / 고추 당추 맵다 해도 시집살이 더 맵더라. / 둥글둥글 수박 식기(食器) 밥 담기도 어렵더라. / 도리도리 도리 소반(小盤) 수저 놓기 더 어렵더라. / 오 리(五里) 물을 길어다가 십 리(十里) 방아 찧어다가, / 아홉 솥에 불을 때고 열두 방에 자리 걷고, / 외나무다리 어렵대야 시아버니같이 어려우랴? / 나뭇잎이 푸르대야 시어머니보다 더 푸르랴? / 시아버니 호랑새요 시어머니 꾸중새요, / 동세 하나 할림새요 시누 하나 뾰족새요, / 시아지비 뾰중새요 남편 하나 미련새요, / 자식 하난 우는 새요 나 하나만 썩는 샐세. / 귀 먹어서 삼 년이요 눈 어두워 삼 년이요, / 말 못해서 삼 년이요 석 삼 년을 살고 나니, / 배꽃 같던 요 내 얼굴 호박꽃이 다 되었네. / 삼단 같던 요 내 머리 비사리춤이 다 되었네. / 백옥 같던 요 내 손길 오리발이 다 되었네. / 열새 무명 반물치마 눈물 씻기 다 젖었네. / 두 폭 붙이 행주치마 콧물 받기 다 젖었네. / 울었던가 말았던가 베갯머리 소(沼)이 졌네. / 그것도 소이라고 거위 한 쌍 오리 한 쌍 / 쌍쌍이 때 들어오네." (경북 경산 지역 채록)

끝나지 않는 고통, 노래로 풀어볼까

지난 2005년, 조선 후기 대기근의 참상을 다룬 가사 〈임계탄(壬癸歎)〉의 전문이 공개되었다. 이 작품은 영조 8년인 1732년부터 이듬해까지 전남 장흥에서 발생한 기근과 백성에 대한 가혹한 수탈상을 생생하게 기술하고 있다. "만고(萬古)에 이런 시절 듣기도 처음이요./ 생래(生來)에 이런 시절 보기도 처음이라./ 슬프다, 사해창생(四海蒼生) 자가(自家)의 죄악인가./ 위로 부모 동생 아래로 처자식이/ 일시에 죽게 되니 이 아니 망극한가." 향촌 사족(士族)으로 추정되는 지은이는 삶의 터전을 잃고 죽음으로 내몰린 상황에서 느끼는 연민과 분노, 그리고 사회적 병폐에 대한 비판까지 비장한 필치로 담아냈다. 이와 유사한 서민의 삶의 고통을 노래한 작품들을 통해, 고된 삶 속에서도 묻어나는 희망을 느껴 보자.

서민은 무엇으로 사는가

최근 밀어닥친 경제위기로 상황이 좀처럼 나아질 기미가 보이지 않는 탓에, 서민들의 삶은 더욱 팍팍해지고 있다. 정부나 언론에서는 연일 '일자리 대책'을 부르짖고 있지만, 과연 그에 대한 근본적인 대책이 가능한 지조차 의심이 될 정도로 상황은 악화되어 간다. 각종 복지 정책의 혜택에서도 소외된 빈민층은 위태로운 낭떠러지에서 간신히 목숨만 부지하고 있는 정도이다. 비록 경제 여건이 악화일로에 놓여있지만, 마냥 체념 상태로 지낼 수는 없다. 많은 이들은 보다 나은 미래를 위해 현재의 어려움을 겪어내야 한다는 생각을 지니고 있고, 그러한 희망이 오늘의 고통을 이겨내는 원동력이 되기도 한다.

자신의 경제적 여건이 넉넉하지 못해도 주변의 소외된 이들의 삶에 관심을 가지고 도움을 베풀고자 하는 이들이 적지 않다. 몇 해 전 한 시민 단체가 한 달 동안 매일 한 사람씩, 하루 최저 생계비로 생활해 보는 릴레이 프로그램을 진행했다. 단 하루만이라도 열악한 삶의 조건에 내몰려 살아가는 사람들의 처지를 이해해보자는 취지에서 시작한 일이었다. '국민기초생활보장법'에 규정된 최저생계비는 '국민이 건강하고 문화적인 생활을 유지하기 위해 소요되는 최소한의 비용'을 가리킨다. 언론보도를 통해서 쉽게 확인할 수 있듯이, 현행 최저생계비로 하루를 버틴다는 것은 결코 쉽지 않다. 주어진 돈을 아껴 어떻게든 하루를 지낼 수 있다고 해도, 그와 같은 상황 속에서 매일을 생활해야 하는 사람들의 삶은 좀처럼 곤궁함에서 벗어날 수 없다.

여기에 참여했던 어느 국회의원이 자신의 홈페이지에 당시의 1일 최저생계비로 '황제의 삶을 경험했다'는 글을 올렸다가, 여론의 호된 질타를 받기도 했다. 결국 이 해프닝은 바로 다음 날 당사자가 공개적인 사과를 하는 것으로 마무리되었다. 어쨌든 이 사건은 결과적으로 최저생계비에 대한 관심을 환기시키는 역할을 했다. 그 국회의원에게는 '낭만적인 하루의 체험'이었을지 몰라도, 그런 조건에서 매일 생활해야 하는 사람들에게는 그야말로 '최저'의 생계 비용일 뿐이다. 더욱이 현재의 하루 최저생계비로는 옷 한 벌도 살 수 없는 처지이니, '황제의 삶' 운운했던 그 국회의원에게 뭇사람들의 비판이 쏟아진 것은 지극히 당연하다.

조선시대에도 어진 임금들은 기근이 들면 밥상의 반찬 수를 줄이고 하루에 한 끼는 굶기도 하였다고 한다. 하지만 백성들의 삶은 그 끝을 알 수가 없을 정도로 곤궁하기 그지 없었다. 기근이나 흉년이 들면, 탐관오리들은 오히려 더 악랄하게 백성들을 착취했다. 영화 〈광해, '왕이 된 남자'〉에서 나오는 장면을 상기해보자. 산골에 사는 양민에게 전복을 세금으로 바치라고 하니, 구하기 힘들고 가격도 비싸 결국 아버지는 감옥에 갇히고 어머니와 아이들은 노비로 팔리는 내용이다. 그 이야기는 허구가 아니라 조선왕조실록에 전하는 내용이라 한다. 그 당시 민중들에 대한 수탈이 얼마나 극심했는지 알 수 있다. 비록 그런 지경에 이르지 않았더라도, 대부분의 서민들은 춘궁기면 보리마저 떨어져 먹을 것이 없어지는 보릿고개를 겪었다. 또한 장정들을 노역장이나 전쟁터로 끌고 가는 부역으로 인해, 서민들의 삶은 팍팍하기 이를 데 없었다. 때문에 고단한 삶을 헤쳐 나갈 희망을 노래로 만들어 불렀다.

곤란(困難)한 노동이여, 공덕을 쌓아볼까

어느 시대이든지 서민들의 삶은 힘겹기 마련이다. 하지만 그들은 미래에 대한 희망을 잃지 않고 살아간다. 우리 옛 노래 가운데도 고단한 삶에 담긴 민초들의 희망을 노래한 작품이 여러 편 있다. 민요에 바탕을 두었다고 평가되는 향가 〈풍요(風謠)〉를 통해 신라시대 사람들의 삶과 희망을 엿보기로 하자. 《삼국유사》의 기록에 의하면, 이 작품은 양지(良志)라는 승려가 영묘사라는 절의 불상을 만들 때, 성안 사람들이 다투어 진흙을 날라주면서 이 노래를 불렀다고 한다.

오다 오다 오다	오다 오다 오다
오다 셔럽다라	오다 서러워라
셔럽다 의내여	서러운 우리들이여
공덕(功德) 닷ᄀ라 오다.	공덕 닦으러 오다

〈풍요〉(양주동 해독)

이 작품은 단순한 구조의 4구체 향가로, 전체적으로 '오다(來如)'라는 어휘가 5차례나 반복된다. 그 주체는 3행의 '의내(우리들)', 다시 말해 흙을 나르는 '민중들'이다. 두번이나 반복되는 '셔럽다'는 표현에서는 삶의 덧없음을 슬퍼하는 태도가 엿보인다. 곧 당시 민중들의 처지는 현실의 삶이 헛되고 허전함을 슬퍼하는 무상관(無常觀 모든 것이 덧없고 항상 변화한다고 보는 관념)이 내재해 있다고 볼 수 있다. 현세의 삶이 비참한 까닭에 민중들은 불상 조성에 참여하는 것을 '공덕을 닦는 일'이라 여긴 것이다. 신라시대의 불교가 민중들의 삶에 크나큰 영향을 끼쳤던 만큼, 작품에 드러난 면모를 불교적 내세관(來世觀)과 연결시켜 논하는 것은 자연스럽다. 따라서 이 작품에서 민중들은 '서러운' 현세에서의 삶을 극복하기 위해 불사(佛事)에 참여함으로써, 내세에 대한 희망을 노래하고 있다고 해석할 수 있다. 이 노래가 고려시대에도 여전히 방아를 찧는 등의 공동 작업을 할 때 불렸다고 하니, '노동요'로써 오랜 세월 동안 향유되었음을 알 수 있다.

거친 밥일망정 부모님께 먼저 드리옵고

고려가요 〈상저가(相杵歌)〉는 제목의 의미 그대로 두 사람이 마주서서 방아를 찧을 때 불렀던 노래이니, 이른바 '방아타령'이라 할 수 있다.

듥긔동 방해나 디히 히얘	덜커덩 방아나 찧어 히얘
게우즌 바비나 지서 히얘	거친 밥이나 지어서 히얘
아바님 어머님씌 받줍고 히야해	아버님 어머님께 드리옵고 히야해
남거시든 내 머고리 히야해 히야해	남거든 내가 먹으리라 히야해 히야해

(고려가요 〈상저가〉)

이 작품은 〈풍요〉*와 마찬가지로 민요조이면서, 4행의 단순한 구조를 지니고 있다. 그 내용도 방아를 찧어 얻은 쌀로 부모님께 밥을 해 드리고, 남은 것은 자신이 먹겠다는 소박한 생각을 담고 있다. 아마도 가난한 서민들은 매일 조금씩 방아를 찧은 쌀로 밥을 짓다 보니, 껍질이 제대로 벗겨지지 않은 쌀도 적지 않았을 것이다. 그러한 쌀로 급히 지은 것이 '게우즌 밥', 곧 '거친 밥'이다. 하지만 화자는 그런 밥일지라도 부모님께 먼저 바치고, 남는다면 자신이 먹겠다고 노래한다. 여기서 우리는 넉넉하지 못한 생활 속에서도 부모님을 먼저 생각하는 따뜻한 마음씨를 읽을 수 있다. 이 노래를 불렀던 이들은 가족의 행복을 꿈꾸었을 것이고, 그 출발이 부모님을 잘 모시는 것이라고 생각했을 법하다. 때문에 이들의 소박한 희망은 시대를 초월하여 오늘날의 우리에게도 더욱 큰 정서적 울림을 던져준다.

살던 곳 버리고 떠날 이유가 어찌 없을까

조선 후기에는 각종 조세(租稅)에 대한 압박, 지방관의 수탈로 가난에서 벗어나기 힘들었던 평민들의 삶과 고민을 노래한 '서민가사'들이 등장한다. 다음에서 살펴 볼 〈갑민가(甲民歌)〉는 당대 사회의 모순과 학정(虐政)으로 인한 민중들의 힘겨운 삶의 모습을 잘 그려낸 작품이다.

어져 어져 저긔 가는 저 스룸ㅇ

어져 어져 저기 가는 저 사람아

네 힝식(行色) 보아니 군ᄉ(軍士) 도망(逃亡) 네로고나
네 행색을 보아 하니 군사(군역) 도망 너로구나

뇨상(腰上)으로 볼죽시면 뵈젹솜이 깃만 남고
허리 위로 볼작시면 베젹삼이 깃만 남고

허리 아릭 구버 보니 헌 줌방이 노닥노닥
허리 아래 굽어보니 헌 잠방이 노닥노닥

곱장할미 압희 가고 전퇴발이 뒤예 간두
굽은 할미 앞에 가고 절뚝이 뒤에 간다

십니(十里) 길을 할너 가니 멋 니 가셔 업쳐디리
십리 길을 하루에 가니 몇 리 가서 엎어지리

내 고을의 양반(兩班) 사롬 투도 투관(他道他官) 온겨 살면 천(賤)
이 되기 상ᄉ여든
내 고을의 양반 사람 타도 타관 옮겨 살면 천하게 되기 예사거든

본토(本土) 군정(軍丁) 슬타 ᄒ고 ᄌᄂᆡ 쏘흔 도망(逃亡)ᄒ면
본토 군정 싫다 하고 자네 또한 도망가면

일국 일토(一國一土) ᄒᆞᆫ 인심(人心)의 근본(根本) 숨겨 살녀 ᄒᆞᆫ들
어듸 간들 면홀손가
일국 일토 다 같은 인심에 근본 숨겨 살려 한들 어데 간들 면할 것인가

ᄎ라리 네 ᄉ던 곳의 아모케나 ᄲᆞᆯ희 박여
차라리 네 살던 곳에 아무렇게나 뿌리박혀

칠팔월(七八月)의 치ᄉᆞᆷ(採蔘)ᄒ고 구시월(九十月)의 돈피(犾皮) 잡아
칠팔월에 삼을 캐고 구시월에 담비 잡아

공치(公債) 신역(身役) 갑흔 후의 그 남저지 두엇ᄃᆞ가
공채 신역 갚은 후에 그 나머지 두었다가

함흥(咸興) 북청(北靑) 홍원(洪原) 장ᄉ 도라드러 줌미(潛賣)ᄒᆞᆯ 제
함흥 북청 홍원을 돌아다니던 장사 돌아들어 몰래 팔 때

후ᄀ(厚價) 밧고 파ᄅᆞ니여 살기 됴흔 너른 곳의
후한 값 받고 팔아내어 살기 좋은 넓은 곳에

가ᄉ 뎐토(家舍田土) 곳쳐 ᄉ고 가장 즙물(家庄汁物) 장ᄆᆞᆫᄒᆞ여
가사 전토 다시 사고 집과 살림살이 장만하여

부모 처자(父母妻子) 보전(保全)호고 새 즐거믈 누리려믄
부모 처자 보전하고 새 즐거움을 누리려므나

어와 싱원(生員)인디 초관(哨官)인지
어와 생원인지 초관인지

그딘 말슴 그만두고 이닌 말슴 드러보소 이닌 쏘한 갑민(甲民)이라
그대 말씀 그만두고 이 내 말씀 들어보소 이내 또한 갑산 백성이라

이 짜의셔 싱장(生長)호니 이 쩐 일을 모를소냐
이 땅에서 나고 자랐으니 이때 일을 모를소냐

우리 조상(祖上) 남듕 양반(南中兩班) 딘소 급계(進士及第) 연면(連綿)호여
우리 조상 남도에서 양반 진사 급제 이어져서

금댱(金章) 옥(玉)픽 빗기 ᄎ고 시종신(侍從臣)을 ᄃ니다가
금장옥패 비스듬히 차고 임금님을 모시는 신하로 다니다가

싀긔인(猜忌人)의 참소입어 전가 사변(全家徙邊) 흐온 후의
시기인의 참소입어 온 집안이 변방으로 이사한 후에

국닌(國內) 극변(極邊) 이 짜의서 칠팔디(七八代)을 스르오니
국내 극변 이 땅에서 칠 팔대를 살아오니

선음(先蔭) 이어 흐난 일이 읍듕(邑中) 구실 첫지로ᄃ
돌아가신 조상님의 은혜 입어 하는 일이 읍중 구실 첫째로다

드러ᄀ면 좌수(座首) 별감(別監) 나ᄀ셔ᄂ 풍헌(風憲) 감관(監官)
들어가면 좌수 별감 나가서는 풍헌 감관

유ᄉ(有司) 장의(掌儀) 치지 ᄂ면 톄면 보아 ᄉ양터니
유사 장의 차례가 되면 체면보아 사양터니

애슬푸다 내 시졀의 원슈인(怨讐人)의 모히(謀害)로서 군ᄉ 강정
(軍士降定) 되단 말ᄀ
애슬프다 내 시절에 원수인의 모해로 군사로 떨어졌단 말인가

내 흔 몸이 허러 나니 좌우 전후(左右前後) 수ᄃ 일ᄀ(數多一家)
내 한 몸이 헐어나니 좌우전후 수 많은 일가 친척

ᄎᄎ(次次) 츙군(充軍) 되거고야
차차 군역에 들게 되었구나

누딕 봉ᄉ(累代奉祀) 이 닉 몸은 홀 일 업시 믹와 잇고
　누대봉사를 책임진 이 내 몸은 하릴없이 매어 있고

시름 업슨 제 둒인(諸族人)은 ᄌ최 업시 도망(逃亡)하고
　시름없는 여러 일가친척은 자취 없이 도망하고

여러 ᄉ름 모든 신역(身役) 닉 흔 몸의 모도 무니
　여러 사람 모든 신역 내 한 몸에 모두 무니

흔 몸 신역(身役) 습양 오전(三兩五) 돈피(獜皮) 이장(二張) 의법(依法)이라
　한 몸 신역 석냥 오전 돈피 두장 의법이라

십이 인명(十二人名) 업는 구실 합(合)쳐 보면 ᄉ십 뉵냥(四十六兩)
　열두명 업는 구실 합쳐보면 사십육량

연부연(年復年)의 맛트 무니 석슝(石崇)인들 당(當)홀소냐
　해마다 맡아 무니 석숭(중국 서진시대의 부자)인들 당할소냐

　　　　　　　(중략)

비닉이다 비닉이다 하나님게 비닉이다
　비나이다 비나이다 하나님께 비나이다

충군 이민(忠君愛民) 북청(北靑) 원님 우리 고을 빌이시면
　충군애민 북청 원님 우리 고을 빌리시면

군녕 도탄(軍丁塗炭) 그려다가 헌폐상(軒陛上)의 올이리라
　군정으로 도탄에 빠진 모습 그려다가 임금님께 올리리라

그딕 ᄶ흔 명연(明年) 잇쎠 쳐ᄌ 동싱(妻子同生) 거ᄂ리고
　그대 또한 내년 이때 처자 동생 거느리고

이 령노(嶺路)로 잡아 들지 긋쎠 닉 말 싸치리라
　이 고개로 접어들 때 그 때 내 말 깨치리라

닉 심듕(心中)의 잇날 말슴 횡셜수셜(橫設竪設) ᄒ려 ᄒ면
　내 심중에 있는 말씀 횡설수설 하려하면

내일(來日) 이 쎠 다 지나도 반(半) 나마 모자라리
　내일 이 때 다 지나도 (얘기를) 반도 못 할테니

일모총총(日暮忽忽) 갈 길 머니 하직ᄒ고 가노믹라.
　일모총총 갈 길 머니 하직하고 가노매라

　　　　　　　　　　　　　　　　　　(갑민가)

〈갑민가〉는 '갑산(甲山)에 사는 백성의 노래'라는 뜻이다. 이 작품에서는 함경도 갑산을 중심으로 변방 지역에 살던 사람들의 생활상이 적나라하게 드러난다. 특히 조선 후기에 심각한 사회 문제로 대두되었던 군정(軍丁)의 문란상이 생원과 갑민의 대화체 형식을 통해 구체적으로 제시되고 있는 것이 특징이다. 군정은 봉건시대 16세부터 60세까지의 남성이 매년 주어진 시기에 군역이나 노역에 종사하도록 하던 제도이다. 사정이 있어 군역에 나가지 못할 때에는, 다른 사람이 부역을 할 수 있도록 돈이나 군포(軍布)를 대신 납부하기도 했다. 이 작품에서도 군역을 피해 도망한 친족들의 군포까지 책임질 수밖에 없어, 그것을 마련하느라 고통을 겪는 화자의 모습이 생생하게 그려지고 있다.

　이 작품은 먼저 생원의 질문이 제시되고, 그에 대한 갑민의 답변이 대응하는 모양새를 보이고 있다. 생원의 충고의 말에 답하는 갑민은 북녘 변방에 사는 사람들의 생활상과 함께 수탈당하는 민중들의 비참한 현실을 자세히 설명한다. 후반부에서는 착취를 벗어나기 위해서 정든 고향인 갑산을 떠나, 지방관이 선정을 베푸는 인근 고을인 북청으로 향한다는 내용이 이어진다. 인용된 부분은 군정의 수탈로 인해 정든 땅을 떠나 '군사 도망'하는 갑민에게 어렵더라도 '네 스던 곳'에서 살라는 생원의 말과, 이에 대해 자신의 처지를 구체적으로 설명하면서 인근 고을로 이주(移住)할 수밖에 없다는 갑민의 대화로 이루어져 있다.

　갑민의 답변에는 자신의 집안 내력을 설명하면서 군정의 횡포로부터 유리할 수밖에 없는 비참한 현실이 상세하게 묘사되고 있다. 갑민의 조상은 시종신(조선 시대에 임금을 가까이에서 모시던 홍문관의 옥당(玉堂), 사헌부나 사간원의 대간(臺諫), 예문관의 검열(檢閱), 승정원의 주서(注書)를 통틀어 이르던 말)이었으나, 시기를 받아 변방에 가족이 귀양 가서 살다보니 갈수록 격이 떨어져 당사자인 갑민 시절에는 원수의 모함으로 평민과 다름없이 되었다. 변방에서 친척들이 도망하여 모두 13명의 군역을 담당하게 되었으니, 몰락한 것도 억울하지만 다른 이의 군정까지 책임져야 하니 살아갈 방도가 마땅히 없음을 이야기 한다.

'중략' 부분에서는 군역을 해결하기 위해 농사를 포기하고 산속에서 삼(蔘)을 캐고 사냥을 하는 등의 노력에도 불구하고, 끝내 해결하지 못해 부인이 옥에 갇혀 죽음에 이르는 과정이 핍진(逼眞 실물과 아주 비슷함)하게 그려진다. 갑민은 수탈을 피해 정든 고향을 떠날 수밖에 없고, 이웃 고을인 북청에서는 부사가 선정을 베푼다는 소식을 듣고 이주하게 되었다는 것이다. 대화 상대인 생원도 훗날 수탈에 견디지 못하고 자신과 같은 선택을 할 수밖에 없을 것이라는 진술로 끝맺고 있다.

군정의 수탈에 시달린 갑민에게는 선정을 베푸는 지방관이 다스리는 지역으로의 이주야말로 고달픈 삶에서 벗어날 수 있는 현실적인 '희망'이었던 것이다. 어떤 이는 가혹한 수탈에 적극적으로 맞서지 못했다는 점을 이 작품이 지닌 의식의 한계로 꼽는다. 그러나 그보다는 이 작품에서 평범한 일상을 되찾고 싶어 하는 민중들의 소박하고 절실한 희망을 읽어내는 데 초점을 맞춰야 할 것이다.

● 〈풍요〉의 관련 기록

《삼국유사》 '의해' 편 '양지사석' 조에 다음과 같은 관련 기록이 전한다.

"석(釋, 스님에 대한 존칭) 양지(良志)는 그 조상과 고향이 알려지지 않았다. 단지 선덕왕 대에 그 자취를 세상에 드러냈을 뿐이다. (…중략…) 그가 영묘사의 장륙존상(丈六尊像)을 소조(塑造)할 때 마음을 고요히 하여 삼매(三昧)의 경지에 드는 태도로써, 그 질료를 이기고 주무르는 방법을 삼았다. 그래서 온 성안의남녀들이 다투어 진흙을 날라주었다. 그 때 부른 풍요는 이러하다. (…풍요…)

이 민요는 지금도 그 지방(경주 지방) 사람들이 방아를 찧을 때나 역사(役事)를 할 때에 부르고 있는데, 이것은 아마 그때에 남녀들이 나르던 데에서 비롯되었을 것이다."

3부

사랑이라는 이름으로
부르는 노래

雨歇長堤草色多　비 개인 강둑에는 풀빛이 짙어 가는데
送君南浦動悲歌　남포에서 님 보내며 슬픈 노래 구슬퍼라
大洞江水何時盡　대동강 저 물은 어느 때나 마를까
別淚年年添綠派　이별 눈물 해마다 푸른 물결에 더해지니—

임 떠난 자리에
노래가 남아

"뭐락카노, 저 편 강기슭에서/ 니 뭐락카노, 바람에 불려서 // 이승 아니믄 저승으로 떠나는 뱃머리에서/ 나의 목소리도 바람에 날려서 // 뭐락카노 뭐락카노/ 썩어서 동아 밧줄은 삭아 내리는데 // 하직을 말자, 하직 말자/ 인연은 갈밭을 건너는 바람 // (하략)" 청록파의 한 사람인 박목월의 〈이별가〉이다. 이 작품에서 삶과 죽음 사이의 거리는 강에 비유된다. 요람에서 무덤까지 가는 도중에 숱한 만남과 이별을 경험하는 과정, 그것이 바로 우리네 삶이다. 이별의 아픔과 애타는 그리움이 담긴 옛 노래를 통해, 그 속에 절절하게 배어 있는 화자의 정서를 느껴 보자.

남은 자의 회환

"너무 슬퍼하지 마라.
삶과 죽음이 모두 자연의 한 조각 아니겠는가.
미안해하지 마라.
누구도 원망하지 마라.
운명이다."

한때 대통령을 지냈던 이가 세상을 떠나면서 남긴 유서의 일부이다. 그러나 '슬퍼하지 말라'는 그의 말과 달리, 수많은 사람들이 노무현 전 대통령의 서거(逝去)를 애도하며 눈물을 흘렸다. 국민장으로 치러진 7일간의 장례 기간에 전국 각지의 분향소를 찾아 조문한 사람들의 수는 5백만 명을 넘어섰다고 한다. 한줌 재로 남겨지기를 원했던 그의 영결식과 노제(路祭, 장례를 지내러 가기 위해서 상여가 집에서 떠날 때 문 앞에서 지내는 제사)에는 수십만의 사람들이 함께 모여 진심으로 애통해 했다. 게다가 장례가 끝난 지금도 여전히 그의 생가(生家)와 영정이 모셔진 사찰에는 추모의 행렬을 이어가고 있다. 적지 않은 시간이 흘렀지만, 아직도 그의 죽음이 실감나지 않는다는 사람들이 많다.

살아생전 그에 대한 평가는 각자가 처한 입장에 따라 극명하게 갈렸다. 하지만 서거 이후 사람들은 비로소 고인이 꿈꾸었던 '원칙과 상식이 통하는 사회', 그리고 모든 이들이 자유롭게 소통할 수 있는 '민주적 가치' 등이 얼마나 소중한 지를 새삼 깨닫게 되었다. 그를 직접 가까이에서 만났거나, 이야기를 나눠 본 적이 있는 사람의 수는 그렇지 않은 사람에 비하면 분명 미미할 것이다. 그럼에도 왜 이렇게 많은 사람이 그의 죽음을 슬퍼하고 아쉬워하는 걸까? 그것은 아마도 이 세상에서 다시는 만날 수 없다는 안타까움이 모두의 마음 밑바닥에 자리 잡고 있기 때문은 아닐까? 또한 살아있을 때 그의 진심을 헤아리지 못하고, 세상의 그릇된 여론에 휩쓸려 비난의 대열에 동참하지는 않았던가 하는 미안함도 마음 한 켠에 남아있기 때문일 것이다.

임 떠나 꾀꼬리가 부럽구나

누군가를 다시 볼 수 없다는 사실은 항상 마음속에 아쉬움과 안타까움을 동반하게 된다. 더욱이 진심으로 사랑했던 사람이라면 그 슬픔과 그리움은 훨씬 더 깊고 클 수밖에 없다. 사람들은 자신이 사랑하는 이와 함께 있을 때는 그 행복한 순간이 영원할 것이라 믿는다. 그러나 '회자정리(會者定離)'라는 말처럼 만남 뒤에는 필연적으로 헤어짐이 따르는 법, 이는 세상의 당연한 이치다. 하지만 막상 헤어져 쉽게 만날 수 없는 존재에 대한 그리움은 그 무엇으로도 쉽게 메울 길이 없다. 그래서 우리의 문학 작품에서 '그리움의 노래'가 그토록 큰 비중을 차지하고 있는지도 모르겠다. 비록 한시(漢詩)로 번역되어 전하지만, 고대가요 〈황조가(黃鳥歌)〉는 고구려 유리왕이 사랑하는 이와의 이별을 슬퍼하며 부른 노래이다.

翩翩黃鳥(편편황조) 　　훨훨 나는 꾀꼬리야

雌雄相依(자웅상의) 　　암수 서로 정답구나

念我之獨(염아지독) 　　외로울사 이내 몸은

誰其與歸(수기여귀) 　　뉘와 함께 돌아갈거나

(유리왕, 〈황조가〉)

이 작품은 과장이 없이 간결하면서도 적절한 표현으로 화자의 마음을 잘 전달하고 있다. 특히 전반부와 후반부가 대칭을 이루어 화자의 외로운 정서를 생생하게 드러내 주고 있다. 앞부분에서는 암수가 서로 어울려 노닐고 있는 꾀꼬리(黃鳥)의 모습을 묘사하고 있으며, 후반부에서는 화자의 고독함을 그에 대비시켜 놓았다. 짝을 이루어 노니는 꾀꼬리와 홀로 있는 화자의 모습, 훨훨 날면서 즐거운 분위기를 연출하는 새들과 홀로 남은 화자가 '누구와 돌아갈' 것인지를 자문(自問)하는 쓸쓸한 모습이 뚜렷하게 대비되고 있다. 그리하여 떠나간 이를 생각하며 부르는 간절한 그리움의 심정을 담은 노래로서의 면모가 충분히 드러나고 있다. 떠난 임을 붙잡지 못해 외로운 마음에 문득 하늘을 보니 나무를 옮겨가며 꾀꼬리(黃鳥) 한 쌍이 서로 어울려 노닐고 있어 시석 감상이 설로 나왔을 것이다.

《삼국사기(三國史記)》 권13의 〈고구려 본기(本紀)〉에 따르면, 〈황조가〉*의 작자는 고구려의 제2대 임금인 유리왕(?~기원후 18)이다. 유리왕은 왕후가 젊은 나이에 세상을 떠나자, 고구려 사람인 화희(禾姬)와 한나라 사람 치희(雉姬)를 후궁으로 들였다. 왕의 총애를 놓고 서로 시기하던 두 사람은 서로 사이가 나빴다. 왕이 사냥을 간 사이에 둘은 심하게 다투었고, 화희는 치희에게 '천한 한나라 사람 주제에 버릇이 없다'며 꾸짖었다. 분을 이기지 못한 치희가 그만 고향으로 돌아가 버리자, 사냥에서 돌아온 왕이 급히 뒤쫓아 갔다. 그러나 그녀의 마음을 돌리는 데는 실패한다. 사랑하는 여인을 잃고 터벅터벅 돌아오던 왕은 나무 밑에서 잠시 쉬다가, 정다워 보이는 꾀꼬리 한 쌍을 보고 이 노래를 불렀다고 전해진다. 원작자와 관련해서는 유리왕이 당시 민요에 자기의 감정에 의탁해 불렀다는 설도 제기되었다. 하지만 여러 정황으로 볼 때, 유리왕이 직접 지어서 불렀다는 설이 더 타당한 것으로 받아들여지고 있다.

가시는 듯 돌아오소서

그리움을 낳는 '이별', 그것은 때로는 당사자에게 직접적인 아픔을 안겨 준다. 고려가요 〈가시리〉는 사랑하는 임을 차마 떠나보낼 수 없어, 슬퍼하는 화자의 심정을 그리고 있다. 이별의 정한을 노래한 이 작품은 흔히 민요 〈아리랑〉, 김소월의 시 〈진달래꽃〉과 관련하여 거론되곤 한다.

가시리 가시리잇고 나는 　　가시려 가시렵니까

브리고 가시리잇고 나는 　　버리고 가시렵니까

위 증즐가 태평성대(太平聖代)

날러는 엇디 살라 ᄒ고 　　나는 어찌 살라 하고

브리고 가시리잇고 나는 　　버리고 가시렵니까

위 증즐가 태평성대(太平聖代)

잡ᄉ와 두어리 마ᄂᆞᆫ 　　잡아 두었다면 (떠나지) 말았을 것이지마는

선ᄒ면 아니올셰라 　　서운하면 아니 올까 두렵습니다

위 증즐가 태평성대(太平聖代)

셜온님 보내옵노니 나는　　　서러운 임 보내옵나니

가시는듯 도셔오쇼셔 나는　　　가시는 듯 돌아오소서

위 증즐가 태평성대(太平聖代)

(고려가요 〈가시리〉)

전체 4개의 단락으로 짜여진 〈가시리〉는 '가시는듯 도셔오쇼셔'라는 구절 때문에 〈귀호곡(歸乎曲)〉으로도 불린다. 각각 2행으로 구성된 매 단락 뒤에는 '위 증즐가 태평성대'라는 후렴구가 있다. 궁중 음악으로 불렸던 고려가요의 후렴구는 음악적 필요에 의해서 덧붙여진 것으로 이해된다. 화자는 자신을 버리고 가는 임을 향해 이별의 안타까움과 슬픔을 토로하고 있다. '나는 어찌 살라 하고 / 버리고 가십니까?'라고 절규하는 화자로서는 임이 다시 돌아올 거라 믿고픈 마음이 그만큼 절실했으리라. 물론 임이 떠난 이유가 전혀 제시되어 있지 않은 까닭에, 화자의 절규가 상대에게 어떻게 받아들여질지는 미지수이다. 그러나 한 가지 분명한 것은 세 번째 단락의 '내가 붙잡는다면 임이 그대로 있어 주기는 하겠지만, 임이 이를 서운하게 여겨 내게 다시 돌아오지 않을까 두렵다'는 화자의 인식이 '가시자마자 곧 돌아서서 와 줄 것'을 바라는 소망과 긴밀히 호응하고 있다는 점이다. 즉 '임께서 가신다면 보내드리겠지만, 다시 돌아오리라는 것을 나는 믿는다'는 신뢰가 전제되어 있다.

이러한 바람은 화자 혼자만의 일방적인 생각일 수도 있다. 화자는 자기 곁을 떠나는 임의 행동을 '버리고 가신다'고 인식하고 있기 때문이다. 따라서 마지막 단락의 언급은, 이미 버림을 받은 화자가 떠난 임이 다시 돌아올 것을 믿고 싶다는 토로에 지나지 않을지도 모른다. 애정이 식어서 연인이 떠난 경우라면, 상대가 다시 돌아오기를 기원하는 일은 한낱 허망한 바람일 가능성이 높다. 하지만 그러한 이유가 아니라고 믿기에, 임이 다시 돌아올 것이라는 희망을 화자는 결코 포기할 수 없다. 물론 임이 자신을 '버리고 떠난다'는 것을 잘 알고 있기에, '가시는 듯 돌아오소서'라는 바람 역시 화자의 일방적인 희망에 그칠 가능성이 크다. 그렇더라도 화자가 자신에게 닥친 절망적인 현실에 체념하거나 좌절하지 않고, 어떻게 해서든 임과 다시 만나겠다는 결연한 의지를 보인다는 점에서 작품의 주제가 가지는 의미가 적지 않다.

한 번 도 아 니 쉬 며 넘 으 리 라

일부의 사람들은 〈가시리〉와 같은 부류의 작품들을 '한국 여인의 정한을 상징하는 노래'로 평가하곤 한다. 분명 우리의 전통 시가에는 이별의 정한을 노래한 작품들이 적지 않다. 하지만 과연 그런 정서가 우리 문학사에서 지배적이었던가에 대해서는 회의적이다. 오히려 화자의 적극적인 면모를 반영하고 있는 작품들이 훨씬 더 많기 때문이다. 특히 조선 후기의 사설시조(규율을 벗어난 시조의 형태로 율조가 아닌 사설체로 되어 있다. 형식에 구애받지 않고 자수가 자유롭기 때문에 양반. 귀족처럼 고답적인 것이 아니라, 주변 생활이 중심이 된 이야기 등을 서슴없이 대담하게 묘사한다.)에는 이별한 임과의 만남을 이루려는 화자의 적극적인 의지가 그려진 작품들이 적지 않다. 다음의 작품을 예로 들어 설명해 보자.

바룸도 쉬여 넘는 고기 구름이라도 쉬여 넘는 고기

산진(山陣)이 수진(手陳)이 해동청(海東靑) 보라미라도 다 쉬여 넘는 고봉(高峰) 장성령(長城嶺) 고기

그 넘어 님이 왓다 ᄒ면 나는 아니 흔 번(番)도 쉬여 넘으리라

바람도 쉬어 넘는 고개, 구름이라도 쉬어 넘는 고개/ 산진이, 수진이, 해동청 보라매도 다 쉬어 넘는 높은 장성령 고개/ 그 너머에 임이 왔다고 하면 나는 한 번도 쉬지 않고 단숨에 넘으리라

(작자 미상)

작자 미상의 사설시조로, 님과의 만남을 이루려는 화자의 적극적인 의지가 잘 나타나 있다. 이 작품에 나타난 화자의 태도

장성의 갈재 옛길. 한양에서 남쪽으로 가는 유배객들이 이 길을 넘었다한다.

는 앞서 살펴 본 〈가시리〉의 그것과는 분명하게 구별된다. 떠나는 임을 보내며 다시 돌아오기를 희구(希求)하는 대신, 임이 있는 곳이라면 어디든 자신이 직접 찾아가겠다는 당찬 면모를 드러낸다. 화자는 고개 너머에 임이 있다고 가정을 한다. 초장과 중장에서 자신이 넘어야 할 고개가 바람과 구름, 심지어 날쌘 매조차도 쉬어 넘을 정도로 높다고 점층적으로 표현한다. 그러면서 그것이 아무리 험준할지라도, 자신은 단숨에 넘고야 말겠다고 잘라 말한다. 이는 그리움의 정도가 그만큼 간절하며, 또한 임을 만나고픈 자신의 의지 또한 굳세다는 의미이다.

임과의 만남을 가로막은 고개는 '바람도 쉬어 넘'고, '구름이라도 쉬어 넘'을 만큼 높다. 중장에서 날개가 달린 새조차도 쉬어 넘을 정도의 '고봉 장성령 고개'이지만, 화자는 임을 만나기 위해서라면 '아니 한 번도 쉬어 넘겠다'고 하였다. 물론 종장 마지막 구의 '넘으리라'라는 표현에서 보듯, 임을 만나고자 하는 것은 단지 의지의 표현일 따름이지 직접 행동으로 옮기기는 결코 쉽지 않다. '산진이'는 흔히 사람의 손을 타지 않고 산에서 자란 야생의 매를 지칭하며, '수진이'는 사람의 손에서 길들여진 매를 가리킨다. '해동청'은 보통 태어난 지 채 1년이 되지 않은 매로, 우리나라에서 주로 자라는 종류의 보라매를 일컫는다. 이처럼 화자는 임을 향한 자신의 간절한 그리움을 바람과 구름, 매 같은 자연물에 빗대어 비유적으로 표현하고 있다.

이상에서 살펴보았듯 임과의 만남을 희구하며 그리움을 표현하는 방식은 작품에 따라, 그리고 갈래에 따라 다양하게 나타난다. 하지만 시가 작품들에서는 임과의 재회를 이루려는 마음은 변함없이 나타나고 잇음을 알 수 있다. 사람을 비롯해 다른 생명체와의 만남과 헤어짐을 당연한 것으로 여긴 나머지, 이별에 무감각해져 버린 요즘의 세태를 돌이켜보면 왠지 씁쓸해지는 기분이 드는 건 나 혼자만은 아닐 것이다.

● 〈황조가〉의 관련 기록과 화희와 치희의 상징적 의미

《삼국유사》 권13의 〈고구려본기〉 '유리왕' 조에는 다음과 같은 기록이 있다.

"(유리왕) 3년 가을 7월에 골천에 이궁(離宮)을 지었다. 겨울 10월에 왕비 송씨가 죽으니, 왕이 다시 두 여자에게 장가를 들어 계실(繼室)로 삼았다. 한 사람의 이름은 화희(禾姬)라 하는데, 골천 사람의 딸이다. 다른 한 사람의 이름은 치희(雉姬)라 하는데, 한나라 사람의 딸이다. 두 여자가 총애를 다퉈 서로 화목하지 못하므로, 왕이 양곡(凉谷)의 동쪽과 서쪽에 두 개의 궁을 지어 각각 따로 있게 하였다. 그 뒤에 왕이 기산(箕山)으로 사냥을 가서 이레 동안 돌아오지 않았다. 두 여자가 다투다가 화희가 치희를 나무라며, "네가 한인의 집에서 시집온 비첩(婢妾)으로서 어찌 무례함이 그토록 심한가!"라고 했다. 치희는 창피하고 분하여 돌아가 버렸다. 왕이 이 소식을 듣고 말을 달려 쫓아갔으나, 치희는 노하여 돌아오지 않았다. 왕이 일찍이 나무 아래에서 쉬다가 꾀꼬리(黃鳥)가 날아 모이는 것을 보고, 이에 느끼는 바가 있어 다음과 같이 노래하였다. (…황조가…)"

어떤 학자들은 화희와 치희의 다툼을 '고구려 땅에 원래부터 살던 세력과 다른 곳에서 이주해 온 세력 간의 힘겨루기'라고 보기도 한다. 〈황조가〉가 토착민인 화희 세력의 승리를 노래한 것이라는 의미다. 또 화희의 이름에서 '벼 화(禾)'자는 '농경 문화'를 상징하고, 치희의 '꿩 치(雉)'자는 '수렵 문화'를 나타낸다고 주장하는 학자들도 있다. 이런 시각에서 보면 〈황조가〉는 수렵 문화의 시대가 끝나고 농경문화가 정착한 그 당시의 상황을 나타내는 노래로도 해석된다.

눈물이 흘러
강물이 마르지 않으니

해방 이후부터 1996년 사이에 유행한 가요 749곡을 분석한 결과, '사랑'과 '이별', '그리움'에 대한 노래가 66퍼센트를 차지했다고 한다. 흥미로운 것은 '사랑, 마음, 눈물, 떠남, 이별, 그리움, 기다림, 추억, 인생, 청춘'같은 단어가 노랫말에 주로 쓰였는데, 특히 '울다'(269번)와 '눈물'(139번)이 가장 높은 빈도를 보였다는 사실이다. 이 자료는 '이별'이야말로 인간 정서의 깊숙한 곳을 자극하여 감동을 이끌어 내는 가장 보편적인 소재임을 단적으로 보여 준다. 이별을 소재로 한 고전 시가들이 '사랑하는 사람과 헤어져야 하는 안타까운 심정'을 어떻게 표현하고 있는지 살펴보자.

시간이 흘러 만난다 해도

누군가와의 이별은 언제나 아쉬움을 동반한다. '회자정리(會者定離)'라는 말이 있듯이, 사노라면 다른 사람과 인연을 맺을 때가 있는가 하면 어쩔 수 없이 헤어져야 하는 때도 있게 마련이다. 다만 사랑하는 사람들과 함께 지내기를 바라는 마음이 크기에, 그들과 헤어질 수도 있다는 사실을 애써 인정하고 싶지 않을 따름이다. 떠나간 사람과 오래지 않아 다시 만날 수 있을지라도, 헤어진 그 순간만큼은 안타까운 심정을 억누를 수 없다. 예를 들면 보다 나은 교육을 위해 자식을 먼 곳의 학교로 떠나보내면서, 부모는 혼자 생활해야 하는 자녀의 처지가 안쓰러워 가슴이 아려온다. 또한 직장이나 자녀 교육 문제로 가족들과 떨어져 살아야 하는 '기러기 아빠'들은 고독을 견디며, 온 가족이 함께 모여 지낼 날을 손꼽아 기다린다. 어쨌든 가족들이 짧지 않은 기간 동안 떨어져 사는 것을 기꺼이 감당할 수 있는 이유는, 온가족이 다시 모여 행복하게 살수 있다는 희망이 있기 때문이다.

우리의 삶에는 언제나 이별과 만남이 반복된다. 헤어진 사람과 다시 만날 수 있다는 기대가 없다면, 사랑하는 사람과의 이별은 당사자에게 절망만을 안겨줄 터이다. 사랑하는 이와 잠시라도 떨어져 있고 싶지 않은 것은 모든 사람들의 공통된 바람이다. 간혹 고속버스를 이용하여 서울을 오가다 보면, 터미널에서 차창을 사이에 두고 이별을 아쉬워하는 사람들의 모습이 쉽사리 눈에 띈다. 방금 헤어졌음에도, 다시 휴대전화를 붙들고 서로의 목소리를 확인하는 연인들. 좋아하는 연예인이 군에 입대하는 날에 훈련소 앞까지 쫓아가 눈물을 흘리는 팬들 역시 마찬가지일 것이다. 오늘이 지나고 내일, 다음날, 다음 해……. 이렇게 시간이 흐르면 다시 만난다는 것을 알지만, 그 순간만큼은 안타까운 심정을 억누르기가 힘들다.

천년의 절창, 〈송인(送人)〉

　기간이 잠시가 되었든 오랫동안이든, 이별의 아픔을 견디게 해
주는 것은 재회에 대한 희망이다. 사별(死別)하는 게 아닌 다음에야,
살다 보면 우연이라도 한 번쯤 마주칠 테니까 말이다. 고전시가에
는 이별을 할 때에 강을 배경으로 하는 작품을 쉽게 볼 수 있다. 지
금처럼 다리가 많지 않고 교통수단이 발달하지 않았던 때에, 강은
사람들이 쉽게 건너다닐 수 있는 곳이 아니었다. 때로 강은 이승과
저승을 나누는 경계로 비유되지만, 살아있는 사람들에게 만남의 장
애물이기도 한다.

雨歇長堤草色多(우헐장제초색다) 비 개인 강둑에는 풀빛이 짙어 가는데

送君南浦動悲歌(송군남포동비가) 남포에서 님 보내니 슬픈 노래 구슬퍼라

大洞江水何時盡(대동강수하시진) 대동강 저 물은 어느 때나 마를까

別淚年年添綠派(별루년년첨록파) 이별 눈물 해마다 푸른 물결에 더해지니

(정지상, 〈송인(送人)〉)

　고려시대의 문인으로 활약한 정지상(鄭知常, ?~1135)의 〈송인(送
人)〉은, 우리나라 한시 중에서 '송별시(送別詩)'의 백미(白眉)로 알
려져 있다. 고려시대를 대표하는 시인이면서도 남겨진 시가 그리
많지 않은 것은 역적으로 몰려 처형되었기 때문이다. 서경(평양) 출
신으로, 수도를 개성에서 평양으로 천도하려고 일으킨 '묘청의 난'
에 연루되어 김부식에 의해 처형을 당했다. 그가 처형을 당하게 된

것은 김부식의 질투심도 한 몫 했다는 이야기도 전해진다. 조선시대의 인물인 이긍익(李肯翊)이 둘을 평할 때에 '김부식은 풍부하면서도 화려하지는 못하였고, 정지상은 화려하였으나 떨치지는 못하였다'고 하였다. 이규보의 《백운소설》에서는, 정지상이 지은 시 구절이 너무 마음에 들어 김부식이 달라고 하였으나, 정지상이 거절하였다는 내용이 나온다. 이 사실을 가슴에 담아두었던 김부식이, 묘청의 난이 일어나자 정지상을 연루시켜 죽게 하였다는 것이다. 정지상의 대표작으로 꼽히는 이 시를 가리켜, 조선 후기의 문인인 신광수는 '천년의 절창(絶唱)'이라 극찬하기도 했다.

　이 작품은 '칠언 절구(七言絶句)'•에 해당하는데, 기구(起句)와 승구(承句)에서 대동강을 배경으로 사랑하는 이와의 이별을 그리고 있다. 계절은 봄이라서 비 개인 강 언덕에서는 풀빛이 짙어간다. 이처럼 자연은 그지없이 싱그럽고 아름답건만, 임과 이별하는 순간 어디선가 슬픈 노래 소리가 들려온다. 화자의 마음과 대조되는 자연의 풍경이 작품 속에 제시되어 있다. 눈여겨 볼 것은 전구(轉句)에 이르러는 시상이 비약을 보인다는 점이다. 화자는 사랑하는 임과 나 사이를 갈라놓고 나서도 유유히 흐르는 대동강을 원망하며, 이 물은 마르지 않을 것이라 한탄한다. 자신의 슬픔과는 상관없이 흐르는 강물에 대한 애꿎은 원망이리라. 그리하여 결구(結句)는 해마다 자신이 대동강에서 이별의 눈물을 흘릴 것이기에, 그 눈물이 강물에 더해져 결코 마를 날이 없을 것이라고 마무리 짓는다. 그만큼 사랑하는 이와 헤어지는 화자의 슬픔이 크고 깊다는 의미이다. 작자 정지상은 한 사람이 느끼는 슬픔의 크기를 유유히 흐르는 강물

에 비유하는 과장법으로 그 의미를 확장시켜, 자신의 슬픔이 얼마
나 크고 깊은지 효과적으로 표현하고 있다.

강 건너면 새 꽃을 꺾을까 봐

고려가요인 〈서경별곡(西京別曲)〉은 대동강을 배경으로 하여 이
별의 정서를 담고 있다. 《악장가사(樂章歌詞)》에 노랫말이 전할 뿐
관련 기록이 없어, 창작 동기를 정확히 알 수는 없다.

서경(西京)이 아즐가 / 서경(西京)이 셔울히 마르는
　　서경이 서울이지마는

위 두어렁셩 두어렁셩 다링디리

닷곤디 아즐가 / 닷곤디 쇼셩경 고요ㅣ 마른
　　새로 터를 닦은 곳인 작은 서울(평양)을 사랑합니다마는

위 두어렁셩 두어렁셩 다링디리

여히므론 아즐가 / 여히므론 질삼뵈 브리시고
　　임과 이별할 것이라면 차라리 길쌈하던 베를 버리고서라도

위 두어렁셩 두어렁셩 다링디리

괴시란디 아즐가 / 괴시란디 우러곰 좃니노이다
　　사랑만 해 주신다면 울면서 따르겠습니다

위 두어렁셩 두어렁셩 다링디리

　　　　　　　　(중략)

대동강(大同江) 아즐가 / 대동강(大同江) 너븐디 몰라셔
　　대동강이 넓은 줄을 몰라서

위 두어렁셩 두어렁셩 다링디리

빈내여 아즐가 / 빈내여 노혼다 샤공아
　　　배를 내어 놓았느냐, 사공아

위 두어렁셩 두어렁셩 다링디리

네가시 아즐가 / 네가시 럼난디 몰라셔
　　　네 아내가 음탕한 줄도 모르고

위 두어렁셩 두어렁셩 다링디리

널빈예 아즐가 / 널빈예 연즌다 샤공아
　　　다니는 배에 몸을 실었느냐, 사공아

위 두어렁셩 두어렁셩 다링디리

대동강(大同江) 아즐가 / 대동강(大同江) 건넌편 고즐여
　　　(나의 임은) 대동강 건너편 꽃을

위 두어렁셩 두어렁셩 다링디리

빈타들면 아즐가 / 빈타들면 것고리이다 나는
　　　배를 타면 꺾을 것입니다

위 두어렁셩 두어렁셩 다링디리

(고려가요 〈서경별곡〉의 제1연과 제3연)

〈서경별곡〉은 모두 3연으로 이루어져 있다. 생략된 2연은 일명 '구슬노래'인데, 그 내용이 고려가요 〈정석가〉의 마지막 연●●과 일맥상통한다. 이를 근거로 어떤 학자들은 '고려가요 가운데 일부 작품들은 서로 다른 사설이 하나의 가락으로 엮어져 이뤄졌을 것'이라 보기도 한다. 하지만 모든 고려가요는 각각 오랫동안 하나의 작품으로 향유되었으며, 전체적으로 일관된 흐름을 지니고 있다는 점도 간과할 수 없다.

작품의 1연에서 화자는 임이 떠난다면 생계수단인 길쌈(실을 내어 옷감을 짜던 일)마저 내팽개치고 기꺼이 따라가겠다며 '피끓는 호소'를 한다. '서경'은 여성인 화자가 길쌈하면서 살고 있는 생활 터전이며, 화자는 작품 속에서 사랑하는 임과 이별해야만 하는 현실을 잘 알고 있다. 2연에서는 '구슬노래'를 언급하며. 비록 헤어지더라도 임에 대한 '믿음'은 끊어지지 않을 거라며 스스로를 위로한다. 화자는 임이 떠나도 홀로 살겠다고 다짐하지만, 한편으로는 이별에 대한 걱정이 앞서는 것은 어쩔 수가 없다.

그러다가 막상 이별의 순간이 눈앞에 닥치자, 화자는 격정적인 감정을 숨김없이 드러낸다. 3연에서 배를 타고 대동강을 건너는 임에 대한 안타까움과 원망을 드러낸다. 그런데 엉뚱하게도 화자의 원망은 임이 아닌, 사공에게로 향한다. 사공이 배를 태워주지만 않았더라면 임이 떠나지 않았을 것이라는 생각에, 사공에게 향했던 미움은 더 나아가 그 자리에 없는 사공의 부인에게로 험담이 이어진다. 3연의 '럼난디'는 흔히 '음란한지' 혹은 '음탕한지'로 해석되는데, 임을 따라 가고자 하는 자신의 뜻대로 되지 않자 애꿎은 사공에게 분풀이를 하고 있는 셈이다.

화자가 화를 내는 진짜 이유는 마지막 대목, 그러니까 '임이 대동강을 건너고 나서 다른 꽃, 곧 다른 여인을 취할 것'이라는 진술에서 드러난다. 화자는 자신에게 실망하여 떠난 임이 결국 타향에서 만난 여인과 사랑에 빠질까 봐 질투한 나머지, 원망과 비난의 화살을 사공에게 돌렸던 것이다. 여기서 우리는 이별 앞에 순응하기보다는 이를 거부하고 질투와 원망을 감추지 않는 솔직하고 적극적인 태도를 엿볼 수 있다.

나를 잡지 말고 지는 해를 잡아주오

　이렇듯 고전시가에서 이별은 주요한 제재이지만, 이별에 임하는 화자의 태도는 작품마다 다양하게 나타난다. 다음 두 시조를 살펴보며, '보내는 이'와 '떠나는 이'라는 각기 상반된 입장에 놓인 화자의 심정을 유추해 보자.

　　이시렴 브듸 갈짜 아니 가든 못 홀쏘냐

　　무단(無端)이 슬튼야 눔의 말을 드럿는야

　　그려도 하 애도래라 가는 쯧을 닐러라

있으려무나. 부디 (꼭) 가겠느냐? 아니 가지는 못하겠느냐?/ 공연히 싫어졌느냐? 남의 말을 들었느냐?/ 그래도 너무 애닯구나. 가는 뜻이나 말해 보려무나

(성종)

　　말은 가쟈 울고 님은 잡고 우늬

　　석양(夕陽)은 재를 넘고 갈 길은 천리(千里)로다

　　이 님아 가는 날 잡지 말고 지는 히를 잡어라.

말은 그만 가자고 울고, 님은 붙잡고 우네/ 석양은 고개 너머 지고, 가야 할 길은 천 리나 되는구나/ 임이여, 가는 나를 잡을 게 아니라 지는 해를 붙드소서

(작자 미상)

앞의 작품은 조선 제9대 임금인 성종(成宗)이 지은 것이다. 그
는 고향으로 돌아가 노모(老母)를 봉양하게 해 달라는 유호인(兪
好仁)의 간청에, 친히 술잔을 들어 권하며 이 노래를 불렀다고 한
다. 임금이 신하와의 이별을 아쉬워하며 부른 노래이니, 그만큼
유호인에 대한 성종의 신임이 두터웠을 것이라 짐작할 수 있다.
고시조에서 신하가 임금을 향한 연군지정(戀君之情)을 읊은 것은
많지만, 왕이 신하를 아끼는 마음을 노래한 작품은 아주 드물다.
유호인은 당시 시(詩)·문(文)·필(筆)에 뛰어나 '삼절(三絶)'의 칭
호를 듣던 인물로, 학문을 좋아했던 성종이 평소 그를 무척이나
총애했다고 한다.

초장은 거듭해서 떠나지 말고 자신의 곁에 있어달라는 부탁
으로 채워져 있는데, 그만큼 상대를 떠나보내기 아쉽다는 것을
느낄 수 있다. 중장 역시 떠남을 적극적으로 만류하며, 다른 사람
의 말을 듣고 자신을 떠나려는 것은 아닌지 거듭 묻고 있다. 결국
상대가 사정이 있어 떠날 수밖에 없다는 것을 알고 있기에, 그러
한 현실에 대해서 '너무도 애닮구나'(하 애도래라)라는 탄식이 절
로 나온다. 종장의 '가는 뜻이나 말해 보라'는 표현에는, 상대방
과 헤어지기 것이 너무나 아쉽다는 화자의 심정이 고스란히 담겨
있다. 아까운 인재 유호인을 떠나보내는 군주 성종의 안타까움을
노래한 이 시조는 '상대방에 대한 애틋한 정'을 담고 있어 오늘
날의 독자들에게도 깊은 감동을 안겨준다.

뒤의 작품은 조선 후기에 지어진, 작자 미상의 평시조이다. 대
부분의 이별시들이 이별의 현장에 남겨진 화자의 진술로 이뤄졌

다면, 이 작품은 떠나는 이의 심정을 묘사하고 있어 눈길을 끈다. 이미 떠나기로 약속한 시간이 다 되었기에 타고 떠날 말은 '가쟈 울고', 사랑하는 화자를 보내기 싫은 '님은 잡고 울고' 있는 것이 초장의 상황이다. 바로 출발하지 않는다면, 날이 어두워져 중간에 낭패를 당할 지도 모를 일이다. 중장에는 이러한 화자의 난처한 입장이 잘 드러나 있다. 반드시 떠나야 하는 그는 종장에서 자신을 붙들고 있는 임에게 '나를 잡지 말고 지는 해를 붙들라'고 하소연한다. 여기에는 현실에서 이룰 수 없는 불가능한 일을 설정함으로써, 자신의 마음을 이해시키려는 화자의 애타는 심정이 잘 드러나 있다.

떠나보내는 사람만큼이나 사랑하는 임을 두고 떠나야만 하는 사람의 입장도 안타까울 수밖에 없다. 그 안타까움을 아무리 잘 표현하려 한들, 보내는 이에게는 야속하게 들릴 것이다. 그러니 떠나는 화자는 자신의 속마음을 쉽게 내비치지 못하고, 불가능한 상황을 가정하여 안타까움을 드러내고 있다. 떠나보내는 이의 이별가가 속 시원히 자신의 슬픔을 토로한다면, 떠나는 이의 노래는 이와 대조적이라는 것을 확인할 수 있었다. 대체적으로 이별 노래에서는 화자의 주관적 정서만이 주로 표현되어 있어, 작품 속에서 떠나는 이의 목소리는 잘 드러나지 않는 것이 일반적이다. 그러나 사랑하는 이를 두고 돌아서서 무거운 발길을 옮겨야 하는 사람의 입장도 안타깝기는 매한가지일 터이다. 보내는 이의 관점에서 지어진 이별 노래를 감상할 때도, 이처럼 작품의 문면에 드러나지 않는 상황을 떠올리며 읽어본다면 화자의 정서가 마음 깊이 와 닿을 것이다.

● **칠언 절구**

한시의 근체시(近體詩) 형식의 하나로, 기승전결(起承轉結) 총 4행으로 구성되며 1·2·4행 끝에 중성·종성이 비슷한 글자가 오는 '각운(脚韻)'을 지닌 것을 '절구'라 한다. 이러한 절구는 한 구가 5자로 된 '오언절구(五言絶句)', 7자로 된 '칠언 절구'로 나뉜다. 참고로 기승전결이 각 2행씩 총 8행이고, 1·2·4·6·8행 끝에 각운이 오는 형식이 '율시(律詩)'인데, 이 역시 '오언율시(五言律詩)'와 '칠언율시(七言律詩)'로 나뉜다.

●● **〈정석가〉의 마지막 연**

일명 '구슬노래'라 하는 마지막 연의 원문은 "구스리 바회예 디신들/ 구스리 바회예 디신들/ 긴힛둔 그츠리잇가./즈믄 히를 외오곰 녀신들/ 즈믄 히를 외오곰 녀신들/ 신(信) 잇둔 그츠리잇가."이며, 이것을 우리말로 풀이하면 다음과 같다. "구슬이 바위에 떨어진들/ 구슬이 바위에 떨어진들/끈이야 끊어지겠습니까?/ 천년을 외로이 살아간들/ 천년을 외로이 살아간들/ (임에 대한) 믿음이야 끊어지겠습니까?"

그 이름을
부르다!

김소월의 시 제목으로 널리 알려진 '초혼(招魂)'은 우리의 전통 상례(喪禮) 가운데 하나로, '고복(皐復)'이라고도 한다. 초상이 나면 생시에 가까이 있던 사람이 죽은 자가 평소에 입던 홑두루마기나 적삼의 옷깃을 왼손으로 잡고 오른손으로는 옷의 허리 부분을 잡은 채 마당에 나가 마루를 향해 "복 복 복 모관 모씨(某貫某氏) 속적삼 가져가시오."라고 세 번 부른다. 그러고는 옷을 지붕 꼭대기에 올려놓거나 죽은 자 머리맡에 두었다가 상여가 나간 뒤 불태운다. 여기서 우리는 '이름'이 한 사람의 영혼을 상징할 만큼 큰 의미를 지닌다는 것을 알 수 있다. 특정인의 이름을 언급한 향가와 시조를 읽으며, 해당 인물의 존재가 노래에서 어떻게 표현되고 있는지 살펴보자.

존 경 하 면 닮 고 싶 어 지 는 것 을

'나에게 가장 큰 영향을 끼친 사람은 누구일까?' 누구든지 이런 생각을 한번쯤은 해본 기억이 있을 것이다. 이 질문은 다시 '내가 가장 존경하는 사람이 누구일까?' 로 바꿔 생각해 볼 수 있다. 글쓰기에 대한 중요성이 강조되고 있는 요즈음, 학생들은 아마도 수업 시간에 이런 주제로 글쓰기를 해보았을 것이다. 이에 대한 답변으로 역사 속의 유명한 위인을 떠올리거나 자신의 스승을 꼽을 것이다. 그런가 하면 경제 상황이 어려워진 최근에는 '변함없이 성실한 자세를 통해 가족들에게 바람직한 삶의 모습을 보여준 자신의 부모'를 존경한다고 대답하는 사람도 적지 않을 것이다.

자신의 삶에 영향을 끼친 인물과 닮고자 하는 것은 당연하다. 나아가서는 그 사람을 바라보며 미래의 희망을 떠올리고, 자신의 진로를 결정하기도 한다. 오늘날에는 대중매체의 영향으로 연예인이나 운동선수들에 대한 청소년들의 호감도가 점점 높아지고 있다. 그래서 자신이 좋아하는 유명인의 팬클럽에 가입하여, 그들의 일거수일투족에 관심을 보이는 청소년들이 급증하고 있다.

언론이나 기성세대는 이런 '팬덤'(fandom, 대중이 특정한 인물이나 분야를 열성적으로 좋아하는 문화 현상)에 대해 때로는 우려 섞인 시선을 보내기도 한다. 그러나 청소년들의 이러한 경향은 비단 오늘날의 문제만은 아니다. 지금의 기성세대 역시 젊은 시절에 자신이 좋아하는 대중 스타에 대해서 열광하던 시기가 있었고, 그때도 언론들은 청소년들의 지나친 열정이 빚어낼 부작용에 대해서 지적하곤 했다. 두드러진 인물에 대한 호감이 일어나는 것은 자연스러운 일이다. 그러니 연예인에 대한 청소년들의 열정을 마냥 비판만 할 것이 아니라, 그 열정을 삶에 대한 긍정적인 방향으로 발산될 수 있도록 사회적인 관심과 배려가 필요하다.

노래로 남은 두 명의 화랑, 기파랑과 죽지랑

　자신이 좋아하는 인물에 대해 어떤 식으로든 관심을 드러내고
싶어 하는 것은 인지상정(人之常情)이다. 우리의 옛 노래 가운데에
도 자신이 존경하는 인물을 형상화한 작품들이 여러 편 남아 있다.
대표적인 예로 승려인 충담사가 '기파랑'이라는 인물을 예찬하면
서 부른 향가 〈찬기파랑가(讚耆婆郎歌)〉를 들 수 있다. 일반적으로
작품과 관련이 있는 배경 설화가 남아 있는 여느 향가들과 달리,
〈찬기파랑가〉는 특별한 기록이 전하지 않는다. 충담사의 〈안민가
(安民歌)〉에 관한 기록을 보면 신라의 경덕왕도 〈찬기파랑가〉를 잘
알고 있었고, 그 당시 이 작품이 "그 뜻이 매우 높다(其意甚高)"고
평가되었다는 언급만 있을 따름이다.

열치매	(구름을) 활짝 열어젖히매
나토얀 ᄃ리	나타난 달이
힌구룸 조초 ᄠᅥ가ᄂ 안디하	흰 구름 따라 가는 것 아니냐?
새파른 나리 여히	새파란 냇가에
기랑(耆郎)이 즈ᅀᅵ 이슈라	기파랑의 얼굴이 비쳐 있구나
일로 나리ㅅ 지벽히	지금부터 냇가 조약돌에
낭(郎)이 디니다샤온	기파랑이 지니시던
ᄆᅀᆞ미 ᄀᆞ홀 좇ᄂ아져	마음의 끝을 따르련다
아으 잣ㅅ가지 노파	아아, 잣나무 가지 높아
서리 몯 누올 화판(花判)이여	서리조차 모를 화랑이여

(충담사 〈찬기파랑가〉, 양주동 해독)

'기파랑을 예찬하는 노래'라는 의미를 지닌 10구체 향가 〈찬기파랑가〉는 월명사의 〈제망매가(祭亡妹歌)〉와 함께 시상(詩想)을 형상화하는 기교라든가 시어를 부려 쓴 솜씨가 매우 뛰어난 작품으로 평가된다. 그런데 '기파랑'이란 이름은 《삼국유사》나 《삼국사기》 같은 역사서에서는 찾아볼 수 없다.

이와 관련해서 '기파랑'이 그 당시에 활동했던 화랑*이었을 거라는 견해가 지배적이다. 이 작품은 충담사가 자신이 존경해 마지않는 기파랑의 높은 인격을 자연물에 빗대어 찬양한 서정적인 노래이다. 2행의 '달'은 화자가 바라보는 광명을 밝히는 존재로, 시적 대상인 기파랑의 고매한 자태를 비유하고 있다. 또 '시내'는 기파랑의 고결한 인품을, '조약돌'은 원만하면서도 강직한 성격을 드러낸다. 그리고 낙구(落句, 10구체 향가의 9~10행. 결구(結句))에서, 한겨울의 추위에도 시들지 않는 '잣나무' 역시 기파랑의 고결한 인품을 상징하며, 곧게 뻗은 가지는 그의 강직한 성품을 상징한다. 이때 '서리'는 고난이나 역경 같은 세속의 유혹을 뜻한다.

특히 구름을 헤치며 나타난 달은 지상에서 '새파란 냇물 속에 비친 기파랑의 모습'과 겹쳐지면서, 멈추지 않고 흐르는 구원(久遠, 영원하고 무궁함)의 상징이라는 함축적 의미를 갖게 된다. 물론 어디에 초점을 맞춰 해석하느냐에 따라서 1행의 의미를 이와 다르게 파악할 수 있다. 그러나 달이 시적 대상인 기파랑을 비유하고 있다는 점은 대체로 일치한다. 화자는 그러한 기파랑이 지니고 있는 마음의 끝을 좇아 자기 삶의 지표로 삼으려 하고 있다. 그가 기파랑의 올곧은 정신세계를 '잣나무 가지'에 비유하여 예찬하는 마지막 부분에서, 충담사가 기파랑이라는 존재에 대해 얼마나 깊은 애정을 품고 있는지 짐작되고도 남는다.

8구체 향가인 〈모죽지랑가(慕竹旨郎歌)〉 역시 특정 인물에 대한 감정을 노래하고 있는 작품이다. 《삼국유사》에는 이 작품의 창작 배경에 대한 구체적인 기록이 전하고 있으며, 시적 대상인 '죽지랑'**은 김유신과 더불어 화랑으로 활약했던 역사적인 인물이다.

간 봄 그리매	지나간 봄을 그리워함에
모둔 것사 우리 시름	모든 것이 서러워 시름하는구나
아름 나토샤온	아름다움 나타내신
즈싀 살쯤 디니져	얼굴이 주름살을 지니려 하는구나
눈 돌칠 스이예	눈 깜짝할 사이에
맛보읍디 지소리	만나 뵈올 기회를 지으리이다
郎이여 그릴 ᄆᆞᅀᆞᄆᆡ 녀올 길	죽지랑이여, 그리운 마음의 가는 길에
다봊 ᄆᆞᄉᆞᆯ히 잘 밤 이시리	다북쑥 우거진 마을에 잘 밤인들 있으리이까

(득오 〈모죽지랑가〉, 양주동 해독)

기록에 따르면, 〈모죽지랑가〉의 작자인 '득오(得烏)'는 죽지랑이 거느리던 화랑도(花郎徒)에 속한 낭도(郎徒) 가운데 한 명이었다. 죽지랑은 날마다 부지런히 훈련하던 득오의 모습이 열흘 동안 보이지 않자, 이상하게 여겨 그의 어미를 불러 물어보았다. 그랬더니 모량부의 관리인 '익선(益宣)'의 명에 의해 부산성(富山城, 지금의 경주 터널 근처 오봉산에 있는 성)의 창고지기로 차출되어 떠났다고 했다.

이에 죽지랑은 낭도들을 이끌고 득오를 찾아가서 위로했다. 죽지랑
은 부역(負役) 중인 득오를 위해 휴가를 달라고 청했으나, 익선은 들
어주지 않았다. 그러자 평소에 죽지랑의 인품을 사모하던 '간진(侃
珍)'이란 사람이 이 말을 전해 듣고, 익선에게 뇌물을 주어 득오의
휴가를 얻어 냈다. 이 일의 전모가 밝혀진 뒤, 조정에서는 익선의
잘못을 징계하려 했다. 그러나 그가 도망을 가는 바람에, 그의 아
들이 아버지 대신 죽임을 당했다는 게 《삼국유사》에 전하는 주
된 내용이다.

〈모죽지랑가〉는 일개 낭도에 지나지 않는 자신을 위해 마음을
써 준 죽지랑에 대한 고마움을 전하기 위해 부른 노래이다. 대부분
의 학자들은 이 작품이 죽지랑의 사후(死後)에 지어졌을 거라 추측
한다. 그래서인지 비관적이고 감상적인 분위기가 작품 전체에 흐르

경주 계림에 있는 향가비 (찬기파랑가)

고 있다. 문학 작품에서 '봄'은 화려했던 시절을 비유하는 표현으로 사용되곤 하는데, 〈모죽지랑가〉도 화자가 '지나간 봄을 그리워하며' 죽지랑을 회상하는 장면에서 시작한다.

특히 '해가 갈수록 시들어가는'(김완진 해석) 또는 '덧없이 주름살이 늘어나는' 얼굴은 이미 늙어 쇠락한(쇠약하여 말라서 떨어진) 죽지랑의 모습을 표현한 것이라 할 수 있다. 작품 후반부에는 시적 대상과 다시 만나기를 바라는 화자의 열망이 드러나 있다. 그러나 죽지랑이 이미 죽은 뒤라면 화자의 이러한 바람은 실로 무방한(희망이나 가망이 없는) 것이라 할 수 있다. 그리하여 8행에 이르면, 화자는 '다북쑥 우거진 마을'('구렁'으로 해석하기도 하며, '무덤'을 상징한다고 보기도 함)에서 밤잠을 이루지 못하면서 비탄에 잠긴다. 〈모죽지랑가〉는 화려했던 시절을 뒤로한 채 역사의 뒤안길로 사라져 간 인물의 쓸쓸한 형상을 떠올리게 한다.

기녀의 이름이라 값싸다 할 것이냐

앞에서 특정 인물을 노래한 향가 두 편을 살펴보았다. 노래로 불리지 않는 한시(漢詩)를 제외하면, 고전시가에서 제목이나 내용에 특정 인물의 이름을 넣어 형상화한 작품은 생각보다 많지 않다. 그 중 특정 인물의 이름이 등장하는 시조 작품은 그 이름에 담긴 의미를 중의적으로 해석해야 할 경우가 많다. 이러한 경향은 사대부와 기녀들이 술자리에서 주고받은 수작시(酬酌詩)나 기녀 자신의 이름을 빗대어 지은 작품에서 주로 찾아볼 수 있다.

> 청산리(靑山裡) 벽계수(碧溪水) l 야 수이 감을 즈랑 마라
>
> 일도창해(一到滄海)ᄒ면 다시 오기 어려오니
>
> 명월(明月)이 만공산(滿空山)ᄒ니 쉬어 간 들 엇더리

청산에 흐르는 푸른 시냇물아, 빨리 흘러가는 것을 자랑하지 마라/ 한번 넓은 바다에 이르면 다시 돌아오기 어려우니/ 밝은 달이 텅 빈 산을 가득 비추고 있으니 쉬어 간들 어떻겠는가

(황진이)

박연폭포(朴淵瀑布)·서경덕과 더불어 '송도삼절(松都三絶 개성의 빼어난 세 가지)'이라 칭했던 기녀 황진이●●●의 시조다. 야사(野史 민간에서 사사로이 전하는 역사)에 따르면, '종친(宗親, 왕실의 친족)으로서 한갓 기녀의 유혹쯤은 문제없다'며 큰소리치던 벽계수(碧溪守)의 이야기를 듣고 유혹하기 위해 이 작품을 지었다 한다. 벽계수는 말을 타고 지나면서 황진이가 부르는 이 노래를 듣고, 깜짝 놀라 말에서 떨어졌다고 한다. 학식과 권세를 가진 조선 시대 부인 벽계수를 흔들었던 이 일로 인해 황진이는 유명세를 탔다.

이 작품은 청산 속을 흐르는 '푸른 시냇물'(벽계수)과 그 산을 가득 채우는 '밝은 달'(명월)의 대비를 통해, 삶의 여유와 더불어 풍류적인 면모를 유감없이 드러내고 있다. 모름지기 쉼 없이 흐르는 것이 물의 속성이다. 그런 만큼 어디든지 쉽게 갈 수 있다는 사실을 자랑스럽게 여길 법도 하다. 그러나 한번 흘러간 물은 결코 다시 되돌아올 수 없다. 바다에 다다르고 나면, 자신의 본 모습을 잃고서 거

대한 바다의 일부가 될 따름이다. 이에 비해 달은 매일 밤 다시 떠서 온 산을 밝게 비출 뿐만 아니라, 언제나 자신의 위치를 굳건하게 지킨다. 산을 거쳐 흘러간 물은 그저 스쳐가는 대상일 뿐이지만, 온 세상을 두루 환히 비추는 달은 언제나 그 자리에 떠 있으면서 산과 더불어 공존하는 존재이다.

초장의 '벽계수'는 '푸른 시냇물'이란 사전적 의미를 지니고 있는 동시에, '벽계수'라는 실존 인물을 가리킨다. 이는 수사법 가운데 중의법에 해당한다. 종장에 나오는 '명월' 역시 '밝은 달'을 뜻하는 동시에, 황진이 자신의 기명(妓名)인 '명월'을 아울러 지칭하는 시어이다. 특히 화자 자신을 변함없이 자리를 굳건히 지키며 산을 비추는 달에 비유하고, 상대방을 한번 흘러가면 되돌아오지 못하는 물에 비유한 표현 기교는 주목할 만하다. 이는 물이 흘러 넓은 바다에 이르고 나면 되돌아오지 못하듯이, 인생 역시 덧없기 짝이 없는 것이므로 자신과 함께 풍류를 즐기자는 권유에 다름 아니다. 상대방을 농락하기 위해 부른 이 재기발랄한 시조를 듣고서, 천하의 풍류남아인 벽계수가 깜짝 놀라 말에서 떨어지는 모습이 눈에 선하게 그려질 듯하다.

다음 시조 역시 기녀인 송이(松伊, 생몰년 미상)의 작품이다. 시조에 나오는 '솔'은 자신의 이름인 '송이'('松伊'에서 '松'은 소나무를 뜻하며, 여기에 해당하는 우리말이 '솔'임)를 가리킨다. 전체적인 내용으로 짐작하건대, 작자는 아마도 자신을 기녀라고 업신여기는 이에 대해서 대꾸한 작품으로 보인다.

솔이 솔이라 ᄒ니 무슨 솔만 너기는다

천심(千尋) 절벽(絶壁)에 낙락장송(落落長松) 너 긔로다

길 아릐 초동(樵童)의 졉낫시야 걸어 볼 쭐 잇시랴.

소나무를 소나무라 하니 어떤 소나무로만 여기는가?/ 천 길 높은 절벽 위에 솟은 큰 소나무, 그것이 바로 나 자신이로다/ 길 아래로 지나가는 나무꾼 아이의 풀 베는 작은 낫 따위야 함부로 걸어 볼 도리가 있겠느냐?

(송이)

화자는 사람들이 자신의 기명(妓名)인 '솔이'를 하찮게 여기지만, 자신은 천 길이나 되는 절벽 위에 우뚝 솟은 '낙락장송(落落長松)'이라고 당당하게 말한다. 초장과 중장의 내용으로 보아, 이 작품의 작자인 송이는 스스로에 대한 긍지가 대단했던 인물이었을 것이다. 그녀는 자신이 비록 그 당시 사회에서 천민 취급을 받았던 기녀 신분이기는 해도, 손님의 인품을 가리지 않고 아무에게나 술잔을 따르지는 않는다는 자부심을 갖고 있다.

이는 종장에서 구체적으로 표현된다. 화자는 자신이 길을 지나가는 나무꾼 아이들의 자그마한 낫을 가지고는 닿을 수도 없는 고고한 존재임을 강조한다. 나무꾼 아이의 작은 낫으로는 기껏해야 소 먹일 풀을 벤다든지, 낮은 곳에 있는 나뭇가지를 꺾는 일밖에는 할 수 없을 것이다. 그러니 천 길('길'은 어른의 키 정도 되는 길이를 나타냄)이나 되는 까마득히 높은 절벽에 뿌리박고 서 있는 '낙락장송'은 감히 벨 엄두조차 내지 못하는 게 당연하다. 따라서 이 작품의 종장에는, 교양이라곤 없는 저속한 '초동'에 비유되는 자들은 아무리 돈 많고 권세 있는 가문 출신이라 해도 화자 자신을 상대하

기는커녕 접근조차 할 수 없을 거라는 의미가 담겨 있다. 이처럼 두 작품은 작자 자신의 자긍심을 강하게 표출하고 있다.

● 화랑도와 낭도

화랑도의 기원은 씨족 사회의 청소년 집단이며, 처음에 여성을 '원화(源花)'로 두어 무리를 다스리게 한 것은 모계 사회의 풍습으로 추정된다. 지도자인 화랑은 진골 귀족 출신이고, 그를 따르는 낭도는 다른 귀족과 평민들로 구성된다.

●● 〈모죽지랑가〉 관련 기록과 죽지랑

《삼국유사》〈기이편〉 '효성대왕' 조에는 다음과 같은 기록이 있다.

"제32대 효소왕(孝昭王) 때에 죽지랑이 거느리는 낭도 가운데 급간(級干, 신라의 관등 제9위) 득오라는 이가 있어, 화랑도의 명부에 올라 있었다. 그는 날마다 충실하게 출근했는데, 한번은 열흘 동안 나타나지 않았다. 죽지랑은 득오의 어머니를 불러 아들이 어디에 가 있는가를 물어보았다. 그 어머니가 말하기를 '당전(幢典, 신라의 군 직명으로 부대장에 해당)인 모량부의 아간(阿干, 신라의 관등 제6위) 익선(益宣)이 내 아들을 부산성(富山城)의 창고지기로 임명했으므로, 급히 달려가느라 낭에게 하직을 고할 틈이 없었노라.'고 했다.

이 말을 듣고 죽지랑은 당신의 아들이 만약 사사로운 일로 갔다면 찾아볼 필요가 없겠으나 공적인 일로 갔다니 마땅히 찾아가 대접해야 한다고 말하고는, 떡 한 함지와 술 한 항아리를 노복(奴僕)들에게 들려 득오를 찾아 나섰다. 낭도 137명도 역시 의장을 갖추고 그를 시종했다. 죽지랑 일행은 부산성에 도착하여 문지기에게 득오가 지금 어디에 있는지 물었다. 문지기는 득오가 지금 익선의 밭에서 관례에 따라 노역에 종사하고 있다고 알려주었다. 죽지랑은 그리로 가서 득오를 만나 가져온 술과 떡으로 그를 먹였다. 그리고는 익선더러 득오에게 휴가를 주어 자기와 함께 돌아갈 수 있도록 해달라고 청했다. 익선은 죽지랑의 소청을 굳이 허락해주지 않았다.

그때 간진(侃珍)이란 사리(使吏, 수송 임무를 맡은 관리)가 추화군 능절(能節)의 벼 30석을 거두어 성 안으로 수송해가다가 이 일을 알았다. 간진은 죽지랑의 선비를 중히 여기는 품격을 내심 찬미하는 한편, 익선의 사람됨이 어둡고 막힌 것을 더럽게 여겼다. 이에 그는 가지고 가던 30석의 벼를 익선에게 주면서, 곁들여 죽지랑의 청을 도왔다. 그래도 익선은 허락하지 않았다. 간진은 다시 사지(舍知, 신라의 관등 13위) 진절(珍節)의 말과 안장을 주었다. 그제야 익선은 허락했다.

조정의 화주(花主, 화랑단을 관장하던 관리)가 이 사실을 듣고 사자를 보내어 익선을 잡아다 그 추악함을 씻어주려 하였다. 익선이 달아나 종적을 감춰버리자 그 맏아들을 잡아갔다. 때는 바야흐로 11월 극심하게 추운 날인데, 그 아들을 성 안의 못에서 목욕을 시켰더니 얼어 죽고 말았다. 왕이 익선의 일을 듣고서 명령을 내려 모량리 사람으로서 관직에 종사하는 자들을 모두 몰아내어, 다시 관공서에 몸을 붙이지 못하게 하였다. 아울러 승려가 되는 것도 금하였고, 만약 승려가 된다 해도 절에는 어울려 들어가지 못하게 했다. (중략)

처음에 득오가 죽지랑을 사모하여 읊은 노래가 있다. (…모죽지랑가…)"

《삼국유사》에 따르면, 진덕 여왕 때 삭주(지금의 춘천) 도독사가 된 술종공은 마침 삼국에 전쟁이 있어 기병 3,000명의 호위를 받으며 부임지로 가고 있었다. 경북 영주와 충북 단양 사이의 죽지령(지금의 죽령)에 다다른 그는 산길을 평평하게 다지고 있는 거사(居士)를 보았다. 두 사람은 서로의 늠름한 풍모에 호감을 느꼈다. 부임한 지 한 달 뒤, 술종공과 부인은 그 거사가 방으로 들어오는 꿈을 꿨다고 한다. 어딘지 괴이해서 이튿날 사람을 시켜 알아보니, 거사는 공이 꿈을 꾸던 날에 세상을 떠났다도 했다. 거사가 자기 가문에 환생할 거라 믿은 공은 그의 시신을 죽령 위의 북쪽 봉우리에 장사지내고, 돌미륵을 만들어 무덤 앞에 세워 주었다. 그런데 정말로 꿈을 꾼 날부터 부인에게 태기가 있어 아들을 낳았는데, 그가 바로 죽지랑이다. 뒷날 김유신과 함께 삼국을 통일한 죽지랑은 '진덕, 태종, 문무, 신문' 이렇게 네 임금에 걸쳐 재상을 지내며 나라를 안정시켰다고 한다.

●●● 황진이

황진이는 조선 중종 때, 개성에서 황 진사의 서녀(庶女)로 태어났다고 한다. 미모와 학문적·예술적 재능을 겸비해 어려서부터 소문이 자자했다. 그러나 15세 무렵 동네 총각이 자기 때문에 상사병으로 죽자, 봉건적 유교 윤리의 굴레에서 벗어나 자유롭게 살려고 기생의 길을 택했다. 일화에 따르면, 10년간 수도(修道)에 정진하여 '생불(生佛)'이라 불렸던 지족 선사를 유혹하여 파계(破戒)시킨 그녀는 대학자 화담 서경덕을 유혹하는 데 실패하자 그와 사제(師弟) 관계를 맺기도 했다. 그 당시 사람들은 그녀를 서경덕, 박연폭포와 함께 '송도삼절(松都三絶)'로 꼽았다. 그런가 하면 황진이는 자신의 명성을 듣고 찾아온 서울 젊은이에게 '금강산 유람'을 제안한 적도 있다. 그녀는 삼베 치마 차림에 망태를 쓰고 길을 나섰는데, 젊은이와 화답시를 지으며 경치를 즐겼다. 황진이는 젊은이와 헤어진 뒤, 여비가 떨어지자 민가나 절간에서 밥을 얻어먹어 가면서도 금강산의 명소들을 다 둘러본 다음에야 돌아왔다고 한다.

부부의 인연을
생각하며

"니가 보고 싶어 널 만나게 됐고 / 니가 좋아 널 사랑한다. / 죽고 싶을 정도로 슬픈 일이 생겨도 변함없이 사랑하게 해 주오. / 우리 둘의 만남에 끝은 있겠지만 / 그날까지 너를 아끼며 / 아까운 시간들을 바보처럼 보내며 / 우린 그렇게 살지 않겠다." 김종환이 부른 '부부의 날' 공식 가요인 〈둘이 하나 되어〉의 노랫말이다. 2007년 법정 기념일로 제정된 부부의 날은 매년 5월 21일로, 노래 제목처럼 '가정의 달인 5월에 둘(2)이 하나(1)가 된다' 는 취지가 담겨 있다. 곰곰이 생각해 보면 부부는 촌수조차 없을 만큼 누구보다 가까운 사이지만, 마음이 멀어지면 남보다 못한 사이가 될 수도 있다. '가깝고도 먼' 부부의 관계를 노래한 옛 노래를 살펴보며, 옛사람들의 삶의 단면을 엿보기로 하자.

죽어도 함께 하고자

1998년 경북 안동에서 무덤을 이장(移葬)할 때, 사별(死別)한 남편에게 쓴 여인의 편지가 발견되어 화제가 되었다. '원이 아버지에게' 로 시작하는 이 편지*는 무덤의 주인공인 이응태(1556~1586)의 부인이 쓴 것으로, 머리카락과 삼 줄기를 정성껏 엮어서 만든 미투리(삼·모시 등으로 삼은 신)가 관 속에서 함께 나왔다. 한글로 쓴 편지에는 젊은 나이에 병으로 세상을 떠난 남편을 꿈속에서나마 만나고 싶어 하는 여인의 애절한 사모의 마음이 담겨 있었다.

"당신 언제나 나에게 '둘이 머리 희어지도록 살다가 함께 죽자'고 하셨지요. 그런데 어찌 나를 두고 당신 먼저 가십니까? 나와 어린 아이는 누구의 말을 듣고 어떻게 살라고 다 버리고 당신 먼저 가십니까?" 살아생전 다 채우지 못한 부부의 인연을 끝내 잊지 않겠다는 '원이 엄마'의 사연은 그로부터 수백 년이 흐른 오늘날에도 많은 사람에게 깊은 감동을 주었다. 안동시에서는 이 부부의 아름다운 사랑을 기리기 위해, 인근 공원에 편지의 내용을 새긴 기념비를 만들어 세웠다. 편지 내용에 감동한 어느 작가는 이 이야기를 소재로 소설을 쓰기도 했다.

흔히 금슬(琴瑟)이 좋은 부부를 일컬어 '천생연분(天生緣分)'이라 일컫는다. 이는 하늘이 정해준 인연이란 뜻으로, 한평생을 서로 사랑하며 살아가는 부부의 모습을 표현한 말이다. 미루어 짐작컨대 평생을 함께 하기로 약속한 남편을 잃은 '원이 엄마'의 심정은 참으로 비통하고 안타까웠을 것이다. 그래서 그녀는 편지를 써서 꿈속에서라도 나타나 자기에게 대답해주기를 간절히 원했으리라. 관 속에서 발견된 머리카락과 삼 줄기로 엮은 미투리는 아마도 남편의 병이 나으면 신을 수 있기를 기원하며, 그녀가 손수 만든 것일 가능성이 높다.

하지만 남다른 사연을 간직한 신발의 주인공인 남편이 끝내 세상을 떠나자, 그녀는 애통한 심경을 적은 편지와 함께 그것을 관에

넣었을 것이다. 그리하여 몇 백 년의 세월이 흐른 뒤에 우연한 계기로 세상 빛을 보게 된 그녀의 편지는 우리네 현대인들에게 진정한 사랑의 의미를 다시 한 번 되새기게끔 하고 있다. 부부로 살다가 배우자가 먼저 세상을 떠나 영원히 이별해야만 하는 당사자의 심정은 너무도 애달플 수밖에 없다. 꼭 사별(死別)이 아니더라도, 사랑하는 사람과의 헤어짐은 기다리는 이의 그리움을 동반하기 마련이다.

행상 떠난 남편 기다리다 망부석 되었나

《고려사》 '악지(樂志)'의 기록에 따르면, 백제의 노래인 〈정읍사(井邑詞)〉는 고려 시대에도 불리다가 조선 시대 문헌에 정착되어 오늘날까지 전한다. 행상 나간 남편을 기다리던 아내가 부른 이 노래는, 한 여인이 오랫동안 돌아오지 않는 남편을 기다리다가 돌이 되었다는 망부석(望夫石) 설화*와도 관련이 있다.

들하 노피곰 도두샤   달님아, 높이 돋아 올라서
어긔야 머리곰 비취오시라   멀리멀리 비춰주시라
어긔야 어강됴리
아으 다롱디리

全져재 녀러신고요   전주시장에 가 계신가
어긔야 즌 딕를 드딕욜셰라   진 곳을 디디실까 (걱정입니다)

어긔야 어강됴리

어느이다 노코시라   어느 곳에든지 놓고 쉬시라
어긔야 내 가논딕 졈그롤셰라   당신(혹은 내가) 가는 곳이 저물까
어긔야 어강됴리
아으 다롱디리

(백제 가요 〈정읍사〉)

　《악학궤범》에 실린 〈정읍사〉는 백제 가요 가운데 가사가 전해
지는 유일한 작품이다. 《고려사》에 실린 배경 설화에 따르면, 이
작품은 백제 시대 행상인의 아내가 남편을 기다리며 부른 노래로
이해된다. 전승되는 과정에서 일부 변개되었을 가능성이 없지는 않
으나, 이 작품이 《고려사》에서 거론된 〈정읍〉으로 보는 것이 일반

정읍사공원에 있는 망부상(望夫像)

적이다. 전주의 속현인 정읍에 사는 사람이 행상을 나가 오래도록 돌아오지 않으니, 그 처가 산 위에 있는 돌에 올라가서 바라보았다. 전하기는 고개에 오르면 남편을 바라보는 돌이 있었다고 한다.

이 당시에 행상을 하는 사람은 곳곳을 돌아다니며 장사를 했기 때문에, 일단 한번 떠나면 오랜 기간 동안 집으로 돌아올 수 없었다. 일부 구절들에 대한 해석이 학자마다 조금씩 달라서 완전히 일치하지는 않지만, 전체적으로 이 작품은 행상을 떠난 남편의 무사안녕을 비는 여인의 심정을 담은 것으로 받아들여진다. 전체 11행으로 되어 있으나, 음악적인 필요에 의해 첨가되었다고 여겨지는 '어긔야 어강됴리 / 아으 다롱디리' 등의 여음구를 제외하면, 2행의 구절이 3번 반복되는 구조라 할 수 있다. 또한 각 단락마다 둘째 행의 첫 부분에 놓인 '어긔야'라는 구절도 여음으로 첨가된 것이다.

첫째 단락은 화자가 아직 돌아오지 못한 남편의 무사함을 달에게 비는 것으로 시작된다. 밤이 이슥하도록 돌아오지 않는 사람을 기다리는 여인의 초조하고 간절한 마음은 달이 높이 돋아 멀리 비추기를 바라는 것으로 표현되었다. 둘째 단락의 '져재'는 원래 '저자(시장)'를 가리킨다. 그런데 이 앞에 악곡의 요소 이름으로 '후강전(後腔全)'이란 표기가 있어 문제가 된다. 고려 가요 〈처용가〉를 보면 '후강'(後腔, 옛 노래의 뒷부분을 가리키는 말로, 앞부분은 전강(前腔)이라 함)은 있어도 '후강전'이라는 표기는 없다. '져재' 앞에 있어야 할 '전(全)'자를 실수로 후강 바로 뒤에 썼다고 볼 수도 있다는 뜻이다. 이 경우 '全져재'는 '전주 시장' 또는 '온(모든) 시장'으로도 해석된다.

'즌 딕'의 의미에 관해서도 다양한 의견이 제기되었는데, 《고려사》의 기록을 근거로 '진흙탕의 수렁'으로 해석하는 견해가 보편적으로 받아들여진다. 이 표현에는 행상을 하는 남편이 어느 저자에 있는지, 그리고 혹시 '즌 ᄃᆡ'에 빠져 해를 입지나 않았는지 염려하는 여인의 안타까운 심정이 투영되어 있다. 끝으로 마지막 단락에도 행여나 어려운 처지에 빠진다면 지니고 있는 물건들을 어느 곳에나 두고서, 남편이 무사하게 돌아오기만을 바라는 마음이 깃들어 있다. 이처럼 이 작품에는 행상을 떠나 오랫동안 돌아오지 않는 남편을 기다리는 여인의 절실한 심정이 잘 나타나 있다.

마음이 먼저 내게 와 알리는 게야

이와 유사한 정서를 지닌 작품으로 이제현(李齊賢)이 소악부(小樂府)로 한역한 〈거사련(居士戀)〉을 들 수 있다. '소악부'는 민간에서 불리던 노래를 한시로 번역한 것을 일컫는다. 한글이 없던 고려시대에는 우리 시가를 구전으로 전하거나, 혹은 한문으로 번역하여 남겨둘 수밖에 없었다. 그런 의미에서 '소악부'는 고려시대의 시가문학을 살피는데 아주 유용한 자료이다. 비록 그 당시에 불리던 노래의 가사가 온전히 전하지 않지만, 한역시의 형태로나마 내용을 확인할 수 있기 때문이다.

鵲兒籬際噪花枝(작아리제조화지) 까치는 울타리 옆 꽃가지에서 울고
喜子床頭引網絲(희자상두인망사) 거미는 침대 머리에서 줄을 늘이누나

余美歸來應未遠(여미귀래응미원) 우리 님 머잖아 오시려나

精神早已報人知(정신조이보인지) 마음이 먼저 내게 와 알리는 게야

(소악부 〈거사련〉)

이 작품에 관한 기록 역시 《고려사》의 '악지'에 전하고 있는데, 부역(賦役 국가나 공공 단체가 공익사업을 위해 국민에게 무보수로 책임을 지우는 노역)을 떠난 남편이 돌아오기를 기원하면서 부른 노래라 한다. 옛날에는 많은 노동력이 필요한 경우 민중들에게 보수 없는 노동인 '부역'을 시켰는데, 주로 성곽을 쌓거나 관아를 짓고 도로를 고치는 따위의 대규모 토목 공사에 동원하였다. 그래서 부역을 떠난 사람들은 그 공사가 끝나기 전까지 집으로 돌아갈 수 없었다. 일손이 부족한 농촌에서 언제 돌아올지 모르는 남편을 기다리는 일은 고역일 수밖에 없었다. 그리하여 때를 잃지 않도록 농사일에 매달려야 하는 삶의 고단함과 더불어, 사랑하는 이와의 헤어짐에서 비롯된 그리움이 시간이 갈수록 가슴속에 사무쳤을 것이다. 이 작품은 부역을 떠나 오랫동안 돌아오지 못하는 남편을 기다리는 여인의 재회에 대한 희망 섞인 심정을 잘 표현하고 있다.

기약 없는 기다림에 마음이 먼저 상처받기 쉽다. 그래서 애써 마음에 희망의 씨앗을 심고 스스로를 위로하며 노래한다. 옛 사람들은 까치가 울고 거미가 집안에 들면 반가운 사람이 찾아온다고 믿었다. 처음 두 행은 이런 속설을 바탕으로, 좋은 소식을 상징하는 까치가 울고 거미가 집안에 드는 모습을 그려낸다. 3행에서 화자는

그 대상을 '우리 님'으로 해석하여, 기다리던 임이 머잖아 올 것이라는 희망을 품는다. 마지막 4행에서는 임을 기다리는 화자의 간절한 소망이 전해져, 그러한 징조가 나타났다고 자위하는 내용이다. 임이 오실 것이라 상징하는 것을 마음속에 그리고, 다시 그 것을 사실로 믿고 싶을 만큼 임에 대한 간절함이 느껴진다.

부부가 유별하니 금슬이 좋아야

유교를 지배 이념으로 받아들인 조선 시대에 이르면, 사회를 지탱해 나가는 덕목의 하나로 '오륜(五倫)'을 내세운다. 임금과 신하, 어버이와 자식, 벗 간의 믿음, 어른과 아이의 덕목, 그리고 부부간의 구별을 강조하였다. 그리하여 당대의 지배 계급인 사대부들은 이것을 소재로 시조를 창작했다. 이러한 작품들을 '오륜가(五倫歌)' 혹은 '훈민가(訓民歌)'라 일컫는다. 대개 이들 '훈민시조'들은 백성들이나 집안의 후손들을 훈계하기 위한 수단으로 이용되었다. '부부유별(夫婦有別)'은 오륜의 한 덕목으로, 남편과 아내가 부부로 살아가면서 서로 본분을 지키며 살아야 한다는 의미이다.

부부(夫婦)라 히온 거시 놈으로 되어이셔

여고슬금(如鼓瑟琴)ᄒ면 긔 아니 즐거오냐

그러코 공경(恭敬)곳 아니면 즉동금수(卽同禽獸) ᄒ리라

부부라 하는 것이 본래 남들끼리의 만남이라서/ 금슬이 화목하면 그 아니 즐거

우랴/ 그렇기에 공경하지 않는다면 짐승이나 다름없어라

(김상용 〈오륜가〉 중)

조선 중기의 문신인 김상용(金尙容, 1561~1637)이 지은 것으로, 전체 5수로 구성된 〈오륜가〉 중에서 '부부지론(夫婦之論)'을 노래하였다. 초장의 내용처럼 부부는 본디 서로 남으로 태어난 존재들이다. 그러나 부부의 연을 맺게 되면, 세상 그 누구보다도 더 가까운 사이가 된다. 중장의 '여고슬금(如鼓瑟琴)'에서 슬(瑟)과 금(琴)은 모두 현악기로, 언제나 함께 연주되기 때문에 부부 사이의 두터운 정을 나타낼 때 흔히 사용되는 표현이다. 즉 남편과 아내가 각각 슬과 금을 켜는데 그 음악이 서로 잘 어울린다는 의미이니, 화자의 말대로 부부 사이의 금슬이 좋다면 아주 즐겁게 살 수 있는 것이다. 그러나 부부가 서로 공경하지 않는다면, 그들의 삶은 금수(禽獸)와 다름이 없다는 것을 강조하면서 종장을 마무리한다.

그런데 제아무리 금슬이 좋은 부부라도 살면서 다투고 갈등을 하는 경우가 있게 마련이다. 하지만 이 작품의 화자는 부부란 모름지기 서로 화목해야 한다는 당위적인 진술만을 강요한다. 이처럼 작자가 주장하는 내용을 독자들에게 일방적으로 전달하는 화법이 '훈민시조'의 가장 큰 특징이다. 그래서 같은 시대의 허난설헌이 여성의 입장에서 부른 〈규원가〉와는 전혀 다른 느낌을 받을 수밖에 없다.

여승이여, 이 내 말을 들어 보소

훈민 시조를 제외하면 부부 관계를 다룬 평시조는 그리 많지 않을 뿐 아니라, 이런 소재의 사설시조는 더더욱 드물다. 게다가 제재가 동일하다 하더라도, 사설시조의 주제 의식은 평시조의 그것과 확연하게 다르다. 이는 아마도 사설시조에 표현된 의식이 사대부 작가들의 작품에 나타난 면모와 뚜렷한 차이를 보이기 때문일 것이다. 다소 희화적(戲畵的, 익살맞고 우스꽝스러운)인 인상을 주는 다음 시조는 속세를 떠난 여승에게 구애(求愛)하는 화자의 모습을 담고 있어 흥미롭다.

삭발위승(削髮爲僧) 앗가온 각씨(閣氏) 이 닉 말을 들어보소
어둑 적막(寂寞) 불당(佛堂) 안희 염불(念佛)만 외오다가 ᄌᆞ네 인생(人生) 죽은 후(後)ㅣ면 홍독기로 탁을 괴와 책롱(冊籠)에 입관(入棺) ᄒᆞ야 더운 불에 찬 직 되면 공산(空山) 구즌 비에 우지지는 귀(鬼)ㅅ 것시 너 안인가
진실(眞實)로 마음을 둘으혐연 자손만당(子孫滿堂)ᄒᆞ여 헌 멀이에 니 쇠듯이 닷는 놈 긔는 놈에 부귀영화(富貴榮華)로 백년동락(百年同樂) 엇더리

머리 깎고 중이 된 아까운 아가씨 이 내 말을 들어보소/ 어둡고 고요한 불당 안에서 염불만 외우다가 자네 인생 죽은 후면, 홍두깨로 턱을 괴고 책롱에 입관하여 더운 불에 화장하여 재가 되면, 빈산 궂은비에 우는 잡귀가 너 아닌가/ 진실로 마음을 돌이키면 자식과 손자가 가득하여, 흰머리에 이 꾀듯이 뛰는 놈 기는 놈에, 부귀영화로 평생을 함께 즐긴들 어떠하리

(김수장)

조선 후기 여항 문학(閭巷文學, 조선 선조 이후에 중인·서얼·서리·평민 출신 문인들이 이룬 문학)의 대표자인 김수장의 작품이다. 이 시조는 불교로 대변되는 관념적 삶을 부정하고, 생동하는 현실을 전면에 내세우고 있다. 화자로서는 머리를 깎고 승려가 된 '각시'의 현실이 안타까울 따름이다. 중장에서는 화자가 생각하는 승려들의 삶이 제시되는데, 오로지 세속적 관점으로만 바라보고 있다. 세속적 가치를 떠나 종교적 발원(發願, 절대자에게 소원을 빎)으로 귀의(歸依, 종교적 절대자나 진리를 깊이 믿고 의지하는 일)한 승려의 입장은 전혀 고려되지 않는다. 그래서 화자는 '어둑 적막 불당 안히 염불만 외오다가', 죽으면 한줌의 재가 되어 '귀(鬼)ㅅ 것'이 될 뿐이라 말한다. 이에 반해 종장은 '부귀영화'로 요약되는 세속적 삶을 묘사하고 있다.

　　가상의 설정이긴 해도 후손들이 태어나 노니는 모습을 "헌 머리에 니 쐬듯이 닷는 놈 긔는 놈"으로 묘사하는 부분은 사설시조의 전형적인 표현이다. 화자는 여승에게 노골적으로 세속적 가치의 중요성을 강조한다. 그러면서 자신과 결혼하여 '백년동락' 한다면 이 모든 것을 누릴 수 있다고 호언장담한다. 적어도 이 작품의 화자에게 종교적 가치는 자신의 삶에 아무런 영향을 끼치지 않는다. 물론 그 세속적인 삶의 중심에는 남녀의 결혼 생활이 전제되어 있다.

● **원이 엄마의 편지**
　　1998년 4월에 안동 정산동 택지지구 개발 과정에서 이응태(1556~1586)의 무덤에서 발견된 400여년 전의 편지로 그 내용은 다음과 같다.

"원이 아버지께!
당신 언제나 나에게 '둘이 머리 희어지도록 살다가 함께 죽자'고 하셨지요. 그런
데 어찌 나를 두고 당신 먼저 가십니까? 나와 어린 아이는 누구의 말을 듣고 어떻게 살
라고 다 버리고 당신 먼저 가십니까? 당신 나에게 어떻게 마음을 가져왔고, 나는 당신에
게 어떻게 마음을 가져왔나요? 함께 누우면 언제나 나는 당신에게 말하곤 했지요. '여
보, 다른 사람들도 우리처럼 서로 어여뻐 여기고 사랑할까요? 남들도 정말 우리 같을까
요?' 어찌 그런 일들 생각하지도 않고, 나를 버리고 먼저 가시는 가요. 당신을 여의고는
아무리 해도 나는 살수 없어요. 빨리 당신에게 가고 싶어요. 나를 데려가 주세요. 당신을
향한 마음을 이승에서 잊을 수 없고, 서러운 뜻 한이 없습니다. 내 마음 어디에 두고, 자
식 데리고 당신을 그리워하며 살 수 있을까 생각합니다. 이내 편지 보시고 내 꿈에 와서
자세히 말해 주세요. 당신 말을 자세히 듣고 싶어서 이렇게 글을 써서 넣어 드립니다. 자
세히 보시고 나에게 말해 주세요. 당신 내 뱃속의 자식 낳으면 보고 말할 것 있다 하고 그
렇게 가시니, 뱃속의 자식 낳으면 누구를 아버지라 하라시는 거지요? 아무리 한들 내 마
음 같겠습니까? 이런 슬픈 일이 또 있겠습니까? 당신은 한갓 그 곳에 가 계실 뿐이지만,
아무리 한들 내 마음 같이 서럽겠습니까? 한도 없고 끝도 없어 다 못 쓰고 대강만 적습니
다. 이 편지 자세히 보시고 내 꿈에 와서 당신 모습 자세히 보여 주시고 또 말해 주세요.
나는 꿈에는 당신을 볼 수 있다고 믿고 있습니다. 몰래 와서 보여 주세요. 하고 싶은 말,
끝이 없어 이만 적습니다. 병술(1586년) 유월 초하룻날 아내가." (이상 현대역으로 표기)

●● 망부석 설화
절개 굳은 아내가 집을 떠나 멀리 있는 남편을 고개나 산마루에서 기다리다 죽어 돌이
되었다는 설화를 일컫는다. 대표적인 설화로는 신라 때 박제상의 부인이 치술령(鵄述嶺)
에서 남편을 기다리다 망부석이 되었다는 것을 들 수 있다. 박제상은 일본에 볼모로 잡
혀간 왕의 동생을 구하러 가면서 집에도 들르지 않고 길을 떠나 왕의 동생은 구해 보냈
지만, 자신은 왜왕의 협박과 회유에 넘어가지 않고 신라의 신하임을 고집하다가 죽었다.
남편을 기다리던 그의 부인은 죽어 돌이 되었으며 나중에는 치술령의 산신으로 섬김을
받기도 했다.
비슷한 설화로 경상북도 포항 지방의 〈망부산 솔개재전설〉이 있다. 신라 경애왕 때
소정승(蘇政丞)이 일본에 사신으로 가서 돌아오지 않자 부인은 산에 올라가 남편을 기다
리다 죽었다. 그 뒤 그 산을 '망부산'이라 하고 '망부사'(望夫祠)라는 사당도 지었다고

한다. 이와 함께 〈장자못설화〉는 악덕한 장자(長者)가 신에게 벌을 받아 집터가 못이 되었다는 내용에 바탕을 두고 있다. 이 이야기에서 착한 며느리는 이 징벌에서 제외되지만, 뒤에서 무슨 소리가 나더라도 절대 뒤를 돌아봐서는 안된다는 신의 금기를 어겨 돌이 된다. 이 전설은 전국적으로 널리 알려져 있다.

전설 속의 인간이 돌로 변하는 것은 인간과 자연이 동질적(同質的)인 것으로 생각되는 신화적 차원에서 가능한 이야기이다. 박제상과 소정승의 부인, 그리고 장자의 며느리는 죽어 돌이 되지만, 신성시되고 신앙화되는 차원으로 승화하면서 영원한 생명을 얻고 있다.

망부석 설화와 연관이 있는 고대 가요로는 신라 가요 〈치술령곡〉과 백제 가요 〈선운산가〉를 더 들 수 있다.

열정적인 욕망을
노래하다

고려 가요에는 흔히 '남녀상열지사(男女相悅之詞)'라는 수식어가 덧붙곤 한다. '남녀상열지사'란 '남녀의 애정을 주제로 한 노래'라는 뜻으로, 조선 시대 유학자들은 많은 고려 가요를 이 같은 죄명으로 블랙리스트에 올렸다. 그리고 그중 대부분을 '노랫말이 저속한 것은 문헌에 싣지 않는다(사리부재(詞俚不載)]'는 원칙에 따라 이 세상에서 영원히 없애 버렸다. '남녀상열지사'중에 간신히 살아남은 〈만전춘〉, 〈쌍화점〉과 조선 후기 사설시조 두 편을 읽으며, 민중의 진솔한 사랑 이야기를 만나보자.

하늘이 부여한 본능을 어길 수 없다

"남녀의 정욕(情慾)은 하늘이 부여해 준 것이요, 윤리의 분별은 성인의 가르침이다. 차라리 성인의 가르침을 어길지언정 하늘이 부여한 본성을 어길 수는 없다."

고전소설 〈홍길동전〉의 저자로 잘 알려진 허균(許筠, 1569~1618)의 말이다. 그 내용이 예교(禮敎)의 규범을 엄격하게 따졌던 조선시대 지식인의 생각으로는 파격적이라 하지 않을 수 없다. 이를 통해 유가(儒家)의 이념에 억눌려 살았던 완고한 중세의 지식인이 아니라, 당대의 통념에 맞서 당당하게 살고자 했던 자유인으로서의 허균의 면모를 발견하게 된다. 허균은 〈홍길동전〉에서 적서 차별의 문제를 다루고, '호민론(豪民論)'·'유재론(遺才論)'•등의 글에서 당시의 신분제도가 지닌 불합리한 면모를 통렬하게 비판하였다. 물론 인간의 본성이 삼강오륜(三綱五倫)과 같은 성리학적 이념보다 앞선다는 그의 주장은 당대에는 용납되기 어려웠다. 허균은 명문 집안 출신으로 뛰어난 글 솜씨를 지니고 있어 출세의 길이 보장되어 있었다. 그러나 당시 제도적으로 벼슬길에 제약을 받았던 서얼(庶孽, 본부인이 아닌 첩이 낳은 아들과 그 자손)들과 어울리는 등 자유분방한 삶을 누리다가, 끝내 '칠서지변'에 연루되어 역모 혐의로 처형되면서 비극적으로 생을 마감하였다.

'하늘이 부여한 본성을 어길 수 없다'는 허균의 생각은 어쩌면 예술가로서의 그의 기질을 잘 보여주는 것이라 하겠다. 사회적 제약에 맞서 표현의 자유를 누리고자 하는 욕구는 오늘날의 예술가들에게도 적용된다. 독재정권 치하에서 권력자들은 사회 비판적인 내용의 작품을 창작한 예술가들에게 가혹한 탄압을 일삼았고, 필화(筆禍 발표한 글이 법률적으로나 사회적으로 문제를 일으켜 제재를 받는 일)로 인해 옥고를 치른 작가들도 적지 않았다. 또한 남녀 사이의 성적(性的)인 문제를 다룬 작품이 미풍양속을 해치고 사회에 악영향을 끼친다는 이유로 작가에게 법적인 제재를 가하기도 하였다. 하지만 많은 작가들이 그러한 억압에 맞서 싸웠기에, 표현의 자유는 조금씩 그 범위를 넓혀갈 수 있었다. 무엇보다 중요한 것은 예술이 작품 그 자체로 독자들에게 평가되어야지, 특정 이념이나 목적에 의해 억압되거나 사법적 제재의 수단이 되어서는 안 된다는 사실이다.

조선의 금지곡, 〈만전춘별사〉·〈쌍화점〉

성리학(性理學)을 지배 이념으로 받아들인 당시의 지배 권력은 '문장이란 성리학의 도를 실현하는 수단'(재도지기 載道之器)으로 여겼다. 그리하여 인간의 본성을 적나라하게 표출하는 작품을 비판적으로 바라보았다. 조선 전기의 대표적 학자였던 이황(李滉)이 경기체가나 고려가요 등에 대해 평가한 언급이 대표적이라 할 수 있다. 그러한 분위기 속에서 〈만전춘별사(滿殿春別詞)〉나 〈쌍화점(雙花店)〉 등의 고려가요 작품들은 '남녀상열지사(男女相悅之詞)'라 하여 배격의 대상이 되기도 했다. 그러나 허균의 관점에서 보자면, 이들이야말로 '인간의 본성'을 노래한 작품인 것이다.

어름 우희 댓닙자리 보와 님과 나와 어러 주글만뎡
얼음 위에 댓잎 자리 만들어 임과 내가 얼어 죽을망정

어름 우희 댓닙자리 보와 님과 나와 어러 주글만뎡
얼음 위에 댓잎 자리 만들어 임과 내가 얼어 죽을망정

정(情)둔 오늜밤 더듸 새오시라 더듸 새오시라
정 나눈 오늘 밤 더디 새시라 더디 새시라

경경고침(耿耿孤枕) 상(上)애 어느 즈미 오리오
뒤척뒤척 외로운 침상에 어찌 잠이 오리오

서창(西窓)을 여러ᄒ니 도화(桃花)ㅣ 발(發)ᄒ두다
서창을 열어보니 복숭아꽃이 피어나는구나

도화(桃花)ᄂ 시름 업서 소춘풍(笑春風)ᄒᄂ다 소춘풍ᄒᄂ다
복숭아꽃은 근심이 없어 봄바람에 웃는구나, 봄바람에 웃는구나

넉시라도 님을 ᄒᄃ 녀닛 경(景) 너기다니
넋이라도 임과 함께 지내는 모습 그리더니

넉시라도 님을 ᄒᄃ 녀닛 경(景) 너기다니
넋이라도 임과 함께 지내는 모습 그리더니

벼기더시니 뉘러시니잇가 뉘러시니잇가
우기시던 사람이 누구입니까, 누구입니까

올하 올하 아련 비올하
오리야 오리야 어린 비오리야

여흘란 어듸 두고 소해 자라 온다
여울일랑 어디 두고 연못에 자러 오느냐

소콧 얼면 여흘도 됴ᄒ니 여흘도 됴ᄒ니
연못이 얼면 여울도 좋거니, 여울도 좋거니

남산(南山)애 자리 보와 옥산(玉山)을 벼여 누어
남산에 잠자리를 보아 옥산을 베고 누워

금수산(錦繡山) 니블 안해 사향(麝香)각시를 아나 누어
금수산 이불 안에 사향각시를 안고 누워

남산(南山)애 자리 보와 옥산(玉山)을 벼여 누어
남산에 잠자리를 보아 옥산을 베고 누워

금수산(錦繡山) 니블 안해 사향(麝香)각시를 아나 누어
금수산 이불 안에 사향 각시를 안고 누워

약(藥)든 가슴을 맛초ᅌᆞᆸ사이다 맛초ᅌᆞᆸ사이다
사향이 든 가슴을 맞추십니다 맞추십시다

아소 님하 원대평생(遠代平生)애 여힐ᄉᆞᆯ 모ᄅᆞᆸ새
아! 임이여 평생토록 이별 할 줄 모르고 지냅시다

(고려가요 〈만전춘별사〉)

전체 6연으로 구성된 이 작품은 내용상 이질적인 여러 노래들이 합성되어 이뤄진 것으로 보기도 한다. 특히 '넋이라도'로 시작되는 3연은 〈정과정〉에 보이는 구절들로 구성되어 있으며, 마지막 '아소 님하~'의 6연은 궁중 음악으로 채택되는 과정에서 삽입된 것으로 보인다. 1연은 가정법을 사용하여 임과의 열정적인 사랑을 노래하고 있는데, 실제로 찬찬히 읽어보면 고려가요 가운데 가히 절창(絶唱)이라 평가할 수 있다. 얼음 위에 댓잎으로 이부자리를 할 정도로 열악한 환경에 처해 있다가 끝내 얼어 죽을지언정, 임과 같이 지내는 밤이 더디게 새기를 바라는 화자의 절실한 심정이 잘 드러나 있다. 특히 음악적 필요에 의한 것이겠지만, 화자의 심경을 반복적으로 표현하는 것에서 그 간절함이 더 생생하게 드러난다.

하지만 열정적으로 사랑을 나눈 하룻밤이 지나면, 임은 화자로부터 떠나야만 하는 존재다. 2연에서는 임이 떠난 뒤 홀로 지내는 화자의 처지를 춘풍에 흔들리는 도화(桃花)와 대비시켜 형상화하였고, 3연에서는 떠나간 임에 대한 원망을 토해내고 있다. 4연에서 '오리'·'여울'·'연못(소)' 등에 대한 해석이 다소 엇갈리기는 하지만, 대체로 다른 남자(오리)의 유혹에도 흔들리지 않는 화자의 심적 태도를 비유적으로 표현한 내용으로 이해된다. 5연 역시 비유적 표현으로, 화자가 임과 다시 만나 잠자리를 하고 싶다는 바람으로 읽어낼 수 있다. 이처럼 〈만전춘별사〉는 남녀 사이의 애정을 적나라하게 그려내고 있으며, 직설적인 표현을 사용하여 인간의 진솔한 감정을 드러내고 있다고 평가되는 작품이다.

모두 4연으로 짜여진 〈쌍화점〉은 장소와 등장인물만 바뀔 뿐,

동일한 구조가 반복되는 형태의 노래이다. 《고려사》의 기록에 따르면, 이 작품은 충렬왕을 위하여 연희(演戲, 말과 동작으로 여러 사람 앞에서 재주를 부림)되기도 했다고 한다.

쌍화점(雙花店)에 쌍화(雙花) 사라 가고신던
　　만두가게에 만두 사러 갔더니
회회(回回)아비 내 손모글 주여이다
　　회회아비(몽고인) 내 손목을 쥐더이다
이 말슴미 이 점(店) 밧긔 나명들명
　　이 말쌈이 이 가게 밖에 나며들면
다로리거디러 죠고맛감 삿기광대 네 마리라 호리라
　　다로러거디러 조그마한 어릿광대 너의 말이라 하리라
더러둥셩 다리러디러 다리러디러 다로러거디러 다로러

긔 자리예 나도 자라 가리라
　　그 자리에 나도 자러 가겠다
위 위 다로러거디러 다로러
　　위 위 다로러 거디로 다로러
긔 잔 딕 ᄀ티 덦거츠니 업다
　　그가 잔 곳같이 거칠고 치저분한 곳이 없다

(고려가요 〈쌍화점〉 1연)

작품의 제목이자 1연의 배경이 되는 '쌍화점'은 바로 만두 가게를 가리킨다. 작품은 두 사람의 대화로 진행되며, 중간에 악기의 구음(口音)이라 여겨지는 후렴구들이 삽입되어 있다. 2행의 '회회아비'는 서역 출신의 몽골인을 지칭하는 표현으로, 만두가게의 주인이라 볼 수 있다. 여성인 화자는 만두를 사러 만두 가게에 갔다가 회회아비에게 손목을 잡혔는데, 만약 그 소문이 다른 사람들에게 퍼진다면 그 모습을 지켜본 '새끼 광대'가 퍼뜨린 것으로 생각하겠다고 말한다. 이어지는 후렴구 다음에 다른 여성 화자가 등장하여, 그 말을 듣고 '나도 자러 가리라'고 하였다. 이 표현으로 미루어 2행의 내용은 회회아비가 단순히 손목만을 쥐었다는 뜻이 아니라, 그가 화자와 잠자리를 함께 했다는 의미가 내포되어 있다. 마지막 행은 처음 화자의 언술인데, 자신이 겪은 바에 의하면 그 잠자리처럼 지저분한 곳이 없다고 답변하는 것으로 끝난다.

뒤에 이은 2연에서는 절인 '삼장사의 사주'와 '새끼 상좌'가 등장하고, 3연('우물 용'과 '두레박')과 4연('술집 아비'와 '바가지')에서도 대상만 바뀔 뿐 동일한 구조로 이뤄져 있다. 〈쌍화점〉은 이처럼 성적(性的)인 문제를 직접적으로 다룬 작품으로, 당시의 퇴폐적이고 문란한 성윤리를 노골적으로 그린 노래로 평가되고 있다.

성의 소재를 열다

남녀 사이의 성적인 문제를 다룬 작품들은 조선시대에 접어들면서 성리학적 관념에 의해 비판을 받다가, 조선 후기 사설시조 작품들에서 폭넓게 나타난다. 애정이나 성적인 문제를 다룬 사설시조의 등장은 그 당시의 변화된 시대상과 문학관을 반영한 것으로 이해할 수 있다.

반(半) 여든에 첫 계집을 하니 어렷두렷 우벅주벅 주글번 살번 하다가

와당탕 드리드라 이리져리ㅎ니 노도령(老都令)의 ᄆᆞᆷ 흥글항글

진실(眞實)로 이 자미(滋味) 아돗던들 걸 적부터 홀랏다

마흔에 첫 계집과 (잠자리를) 하니 어렷두렷 우벅주벅 죽을 뻔 살 뻔하다가/ 와
당탕 들이달아 이리저리하니 늙은 도령의 마음 흥글항글/ 진실로 이 재미 알았던들
길 적부터 하렸다

(작자 미상)

이 작품은 '반 여든' 즉 40살이 되어 여자와 처음 잠자리를 가진 '노도령'의 심정을 해학적으로 그리고 있다. 특히 초장의 '어렷두렷 우벅주벅 주글번 살번' 등이나 중장의 '와당탕 드리드라 이리져리ㅎ니'와 같은 다채로운 표현들은, 어수룩한 노도령의 행동과 심정을 저절로 머릿속에 떠올릴 수 있게 한다. 더욱이 자신의 늦된 경험에 만족하여 토해낸 종장의 발언 역시 독자들로 하여금 슬며시 웃음 짓게 만드는 효과를 던져준다. 이처럼 성적인 면모를 직설적으로 표출하는 작품이 적지 않게 향유되었다는 사실은, 중세 사회의 억압적 이념에 대한 반발이라는 의미로 이해할 수 있다. 즉 성리학에 기반한 지배 이념에 의해 억눌리고 감춰야만 했던 인간의 감성이 비로소 표출되면서, 이런 작품들이 문학의 새로운 영역을 확보하게 되었다는 해석이 가능하다.

니르랴 보쟈 니르랴 보쟈 내 아니 니르랴 네 남진ᄃᆞ려

거즛거스로 물 짓는 쳬ᄒᆞ고 통으란 ᄂᆞ리와 우물젼에 노코 쏘아리 버서 통조지에 걸고 건넌집 쟈근 김서방(金書房)을 눈기야 불러내여 두 손목 덤셕 쥐고 슈근슈근 말ᄒᆞ다가 삼밧트로 드러가셔 무스 일 ᄒᆞ던지

준 삼은 쓰러지고 굴근 삼대 믿만 나마 우즑우즑ㅎ더라 ㅎ고 내 아니 니
르랴 네 남진ᄃ려

져 아희 입이 보도라와 거즛말 마라스라 우리는 ᄆ을 지어미라 실삼
죠곰 키더니라

이르나 보자, 이르나 보자. 내가 아니 이르랴 네 남편에게/ 거짓으로 물 긷는 체
하고 두레박 통은 내려 우물 앞에 놓고 똬리는 벗어서 물지게에 걸고 건넛집 작
은 김 서방을 눈짓으로 불러내어 두 손목 덥석 쥐고 수군수군 말하다가 삼밭으
로 들어가서 무슨 일을 하는지 작은 삼은 쓰러지고 굵은 삼대는 끝만 남아 우죽
우죽 하더라 하고 내가 아니 이르랴. 네 남편에게/ 저 아이 입이 부드러워 거짓
말 말아라, 우리는 이 마을 아낙네로 실삼 조금 캤더니라

(작자 미상)

두 아낙네의 대화로 이뤄진 이 작품은 부도덕한 행위를 한 여인
에 대한 비난과 그에 대한 변명을 실감나게 나타나고 있다. 초장과
중장은 '이웃집 작은 김서방'과의 비행을 목격한 어느 여인의 진
술인데, 특히 중장에서 상대 여인의 행동이 매우 구체적이고 사실
적으로 묘사된다. '남편에게 이르겠다'는 여인의 말을, 비행의 당
사자인 다른 여인이 '거짓말'로 치부하고 삼밭에서 실삼을 조금
캤을 뿐이라는 변명으로 마무리하고 있다. 이 작품의 내용이나 구
조는 마치 고려가요 〈쌍화점〉과 흡사하며, 중장의 구체적인 표현으
로 인해 독자들은 이미 작품 속에서 벌어진 상황을 충분히 짐작할
수 있다. 그리하여 비행의 현장을 들킨 여인의 변명은 독자들에게
고소(苦笑)를 불러일으킬 뿐이다.

이밖에도 사설시조에는 노골적이고 직설적으로 성적인 문제를

다룬 작품들이 적지 않게 존재한다. 무엇보다 중요한 점은 이러한 주제가 조선 후기에 이르면 다양한 문학 작품으로 형상화되기 시작한다는 사실이다. 인간의 본원적 욕구에 대한 관심과 이의 문학적 형상화는 당시 빠르게 변화해가던 세태와 봉건 이념이 점차 무너져가는 현상을 반영한 것으로 해석할 수 있다.

● '호민론' 과 '유재론'

허균의 논설 중 호민론의 내용은 다음과 같다.

"천하에 두려워할 만한 자는 오직 백성뿐이다. 백성은 물·불·범·표범보다도 더 두렵다. 그런데도 윗자리에 있는 자들은 백성들을 제멋대로 업신여기며 모질게 부려 먹는다. 도대체 어찌 그러한가. 무릇 이루어진 일이나 함께 기뻐하면서 늘 보이는 것에 얽매인 자, 시키는 대로 법을 받들고 윗사람에게 부림을 받는 자는 항민(恒民)이다. 이들 항민은 두려워할 만한 존재가 아니다. 모질게 착취당하며 살이 발겨지고 뼈가 뒤틀리며, 집에 들어온 것과 논밭에서 난 것을 다 가져다 끝없는 요구에 바치면서도 걱정하고 탄식하되 중얼중얼 윗사람을 원망하거나 하는 자는 원민(怨民)이다. 이들 원민도 반드시 두려운 존재는 아니다. 자기 모습을 푸줏간에 감추고 남모르게 딴마음을 품고서 세상 돌아가는 것을 엿보다가, 때를 만나면 자기의 소원을 풀어보려는 자가 호민(豪民)이다. 이들 호민이야말로 두려운 존재이다.

호민은 나라의 틈을 엿보다가 일이 이루어질 만한 때를 노려서, 팔뚝을 걷어붙이고 밭이랑 위에서 한 차례 크게 소리를 외친다. 그러면 저 원민들이 소리만 듣고도 모여드는데, 함께 의논하지 않았어도 그들과 같은 소리를 외친다. 항민들도 또한 살 길을 찾아 어쩔 수 없이 호미 자루와 창 자루를 들고 따라와서 무도한 놈들을 죽인다. 진나라가 망한 것은 진승과 오광 때문이고, 한나라가 어지러워진 것도 황건적 때문이다. 당나라 때에도 왕선지와 황소(黃巢)가 기회를 탔었는데, 끝내는 이 때문에 나라가 망했다. 이 모두 백성을 모질게 착취해서 제 배만 불렸기 때문이니, 호민들이 그 틈을 탄 것이다.

하늘이 사목(司牧)을 세운 까닭은 백성을 기르려고 했기 때문이지, 한 사람으로 하여금 위에 앉아서 방자하게 흘겨보며 골짜기 같은 욕심이나 채우려고 한 것은 아니었다. 그런즉 그러한 짓을 저지른 진, 한 이래의 나라들이 화를 입은 것은 마땅한 일이었지 불행한 일은 아니었다. 고려 때에는 백성들로부터 받아들이는 것에 한도가 있었고, 자연의 이익을 백성들과 함께 누렸다. 장사꾼에게는 그 길을 열어 주고 쟁이들에게도 혜택을 주었다. 또 수입을 헤아려 지출하였기 때문에 나라에 쌓아 놓은 것이 있었다. 갑자기 큰 전쟁이나 국상이 있더라도 따로 백성들로부터 거두는 적은 없었다. 다만 말기에 와서는 삼공(三空: 흉년이 들면 사당에는 제사를 못 지내고, 서당에 향생이 없으며, 뜰에는 개가 없다)을 염려하였다.

우리 조선은 그렇지 못하다. 얼마 안 되는 백성을 거느리고도 신을 섬기는 일이나 윗사람을 받드는 예절은 중국과 같다. 백성들이 세금을 다섯 몫쯤 내면 관청에 돌아가는 것은 겨우 한 몫이고, 그 나머지는 간사한 자들에게 어지럽게 흩어진다. 또한, 나라에 쌓아 놓은 것이 없어서 무슨 일이 일어나면 한 해에도 두 번이라도 세금을 거둬들인다. 고을의 사또들은 이를 빙자하여 키로 물건을 가려내면서 가혹하게 거둬들이기에 끝이 없다. 그러므로 백성들의 시름과 원망이 고려 때보다도 더 심하다.

그런데도 윗사람들은 태평스럽게 두려워할 줄 모르고, "우리나라에는 호민이 없다." 라고 말한다. 불행히도 견훤이나 궁예 같은 사람이 나와서 몽둥이를 휘두르면, 근심과 원망에 가득 찬 민중들이 따라가지 않는다고 어찌 보장하겠는가? 기주, 양주의 육합의 반쯤은 발을 꼬고 앉아서 기다리게 될 것이다. 백성을 다스리는 자가 이런 두려운 형상을 환히 알아서 느슨한 활시위를 바로잡고 어지러운 수레바퀴를 고친다면, 그래도 나라는 유지할 수는 있을 것이다."

'호민론'은 백성을 항민(恒民)·원민(怨民)·호민(豪民)으로 나누어 설명하고 있다. 이들 가운데 참으로 두려운 것은 호민으로, 호민은 자기가 받는 부당한 대우와 사회의 부조리에 도전하는 무리들을 뜻한다. 남모르게 딴 마음을 품고 틈을 노리다가 때가 되면 일어나는 사람들을 가리킨다. 호민이 반기를 들면 원민이 모여들고, 항민도 살길을 찾아 따라 일어서게 된다. 그런데 그 당시 조선의 백성들은 무거운 세금으로 고통을 겪고 있었다. 사정이 이런데도 윗사람들은 태평스럽게 호민을 두려워할 줄 모르니 국가가 위태롭다는 것이 이 글의 요지이다.

한편 '유재론'에서 '유재(遺才)'는 '인재를 버린다'는 뜻으로, 이 글에서 허균은 바람직한 인재 등용의 자세에 대해 이야기하고 있다. 우리나라처럼 좁은 땅에서는 인재 자체가 적은데, 그것조차 신분 제도에 의해 제한하고, 과거와 세족여부로 제한하며 인재가 적다고 한탄한다. 태어난 인재를 버리는 것은 하늘을 거스르는 것과 같다고 주장하였다.

4부

한 마음은 충성을,
한 마음은 자연을
부르는 노래

오늘 이에 산화(散花) 블어

샏쌀봄 고자 너는

고둔 ᄆᄋ미 명(命)ㅅ 브리읍디

미륵좌주(彌勒座主) 뫼셔롸

칼을 벼리어
나라를 구하고자

"저 타오르는 해와 같이 나라 위해 큰 칼 들고 계신 장군/ 그 마음 그 큰 칼 아니라도 믿을 수 있었지/ 이 여리고 어린 가슴에 장군의 한숨을 깨우쳐 주소서/ 내 지난 조국의 과거가 또 미래를 위한 애국심은/ 우리 모두 갖고 있지. 마음 깊이 갖고 있지/ 장군처럼 커다랗게 그런 맘은 못 되어도/ 아주 작은 촛불처럼 숨겨 놓은 태양처럼/ 아무 말도 하지 않고도 이 땅 사랑하지." 이문세가 부른 〈장군의 동상〉이다. 이 노래는 칼로 나라를 구했던 옛 영웅들과는 달리, 무력으로 독재를 일삼던 군부 세력을 은근히 비판하고 있다. 이 노랫말처럼 '참된 애국'이란 거창한 구호와 번드르한 이념이 아니라 조국과 민족에 대한 애정을 간직하고 각자의 자리에서 최선을 다하는 자세일지도 모른다. 무인의 호방한 기상과 애국 충정을 노래한 옛 시가들을 통해, 우리 조상들의 나라 사랑하는 마음을 엿보기로 하자.

국경 넘는 위기 막고자

전 세계의 곳곳에서 벌어지고 있는 소식을 실시간으로 확인할 수 있는 시대에 살고 있지만, 사람들은 다른 나라에서 일어난 일들은 단지 하나의 '사건'으로 무심히 받아들이는 경우가 많다. 물론 관심의 정도는 자신에게 영향을 미치는 정도에 따라 달라지기도 한다. 지구상을 떠들썩하게 했던, 남미에서부터 시작된 '신종 인플루엔자' 발병과 관련된 소동은 개별 국가의 경계를 뛰어넘어 많은 사람들을 놀라게 하기도 했다. 각종 질병이나 황사 등의 환경 훼손으로부터 초래된 재앙은 모든 사람들에게 직접적인 영향을 끼친다.

세계화된 시대에 살고 있는 지금은 국가 사이의 전쟁만큼이나, 환경오염으로 초래된 각종 재해들이 사람들의 삶을 좌우하는 요인이 되었다. 옛날에는 외세의 침략에 대비하여 군사적 방어에 치중하면 되었지만, 이제는 그것만으로는 안심할 수 없는 지경에 이른 것이다. 그러나 인접한 국가 사이에 발생하는 영토 분쟁이나, 종교 혹은 외교적 문제를 바라보는 서로 다른 시각에서 발생하는 전쟁은 여전히 사람들의 삶을 위협하는 가장 큰 요인임에 분명하다. 대륙과 해양의 중간에 위치한 반도라는 지리적인 요인으로 말미암아, 우리 민족은 예로부터 외세의 침입에 수없이 시달려 왔다. 외세의 침략에 의해 나라에 위기가 닥칠 때마다, 우리 선조들은 곧바로 전장에 나아가 적과 맞서 싸우는 것을 당연하게 여겼다. 그런 까닭에 우리 문학사를 살펴보면, 전장에서 혹은 변방을 지키면서 외세에 당당히 맞서겠다는 굳은 각오를 노래한 작품들이 적지 않다.

칭찬인가, 조롱인가

고구려 장수 을지문덕의 〈여수장우중문시(與隋將于仲文詩)〉는 우리 문학사에서 현재 전하는 한시 중 가장 오래된 작품으로, 전장에 임한 장수의 당당한 풍모를 보여주고 있다. 중국을 통일한 수(隋)나라의 30만 대군은 612년(영양왕 23)에 고구려의 평양성까지 침략했다. 그러자 을지문덕은 이 시를 적장인 우중문(于仲文)에게 보내어 상대를 안심시키고, 나아가 모조리 격퇴시켰다.

神策究天文(신책구천문)　　신묘한 책략은 천문을 궁구했고
妙算窮地理(묘산궁지리)　　오묘한 계획은 지리를 다했노라
戰勝功旣高(전승공기고)　　전쟁에 이겨서 그 공 이미 높으니
知足願云止(지족원운지)　　만족함을 알아서 그치기를 바라노라

(을지문덕, 〈여수장우중문시〉)

이 작품은 상대편 장수의 능력과 전술을 칭찬하는 척하면서, '그래도 내가 너보다 한 수 위'라는 작자의 자부심을 드러내고 있다. '기(起)-승(承)-전(轉)-결(結)'의 구조를 지닌 오언 고시(古詩)●인데, 기구(起句)와 승구(承句)는 대구(對句)의 형태로 되어 있다. 전쟁에 맞선 상대의 전술을 '신묘한 책략(神策)'과 '오묘한 계획(妙算)'으로 추어주었으니, 아마도 이 시를 받아본 우중문은 한편으로 기고만장했을 법하다. 당시 을지문덕은 하루에 7번을 싸워 거짓으로 패하면서, 수나라 군사들을 평양성 북쪽의 살수까지 유인했다. 전구(轉句)에서 "전쟁에 이겨서 그 공이 '이미(旣)' 높으니"란 표현에는, 상대가 이길 기회는 더 이상 없을 것이라는 의미를 함축하고 있다. 그렇기에 마지막 결구(結句)에서 지금까지의 전승(戰勝)으로 만

족하고 싸움을 그치기를 바란다고 한 것이다. 이 역시 만약 싸움을 그치지 않는다면 그냥 두지 않겠다는 당찬 포부와 자신감이 짙게 배어있다.

끝내 우중문은 자신의 능력을 과신한 나머지 방심하다가, 을지문덕이 이끄는 고구려 군사들에 의해 대패를 당하게 되었다. 고려시대의 문인인 이규보(李奎報)는 그의 저작인 《백운소설(白雲小說)》에서 이 시를 인용하고, "글 지은 법이 기이하고 고고하며, 화려하게 아로새기거나 꾸미는 버릇이 없으니, 어찌 후세의 졸렬한 문체로써 미칠 수 있겠는가"라고 극찬했다. 이 작품에는 문무를 겸비한 을지문덕의 뛰어난 능력이 잘 드러나 있다. 말로는 항상 국민을 위한다고 하지만, 실제로는 국민들의 언로(言路)를 차단하고 또 환경오염을 초래할 대운하에 집착하는 따위의 정책들에 힘을 쏟는 오늘날의 위정자들이 본받아야할 기개라고 생각된다.

무인의 기개, 한 글자로 역모가 되니

조선시대의 장수인 남이(南怡, 1441~1468)의 한시 '북정시작(北征時作)'에도 호방한 무인의 풍모가 잘 드러나 있다. 하지만 역설적으로 그는 이 작품으로 인해 후에 정치적 반대자들에 의해 역모(逆謀)에 몰려 처형을 당하는 신세가 된다.

白頭山石磨刀盡(백두산석마도진)　　백두산의 돌은 칼을 가는데 다 닳아 버렸고

豆滿江水飮馬無(두만강수음마무)　두만강의 물은 말이 마셔 말라 버렸구나
男兒二十未平國(남아이십미평국)　사나이 스무 살에 나라를 평정하지 못한다면
後世誰稱大丈夫(후세수칭대장부)　후세에 어느 누가 대장부라 일컬으리

(남이, 〈북정시작(北征時作)〉)

이 작품의 작자인 남이는 조선 전기에 활동했던 무인으로, 조선
의 3대 임금인 태종의 외증손자이기도 하다. 그는 1467년(세조 13년)
이시애의 난(함경북도 길주(吉州)의 수령으로 남부 출신을 임명하자, 그 지
방의 토착 지주 이시애가 불만을 품고 일으킨 난) 토벌에 참여한 데 이어
북방 여진족까지 정벌한 공으로 일등공신이 되었고, 27살의 젊은
나이에 병조판서(兵曹判書 오늘날의 국방부 장관에 해당하는 정2품 벼슬)
의 직위에 올랐다.

이 시는 남이가 북방으로의 원정(北征)에 올랐을 때 지은 7언 절
구이다. 앞의 두 구에서 칼을 가는 것은 전시를 대비한 무인의 자세
를 잘 보여주고 있는데, 자신이 탄 말의 물을 먹이느라고 두만강의
물이 다 말라버렸다고 하였다. 백두산과 두만강을 소재로 다소 과
장된 표현을 사용하고 있으나, 전체적으로 무인의 호방한 기개가
잘 드러난 작품이다. 외세의 침략과 반란을 꾀하는 자들을 평정하
는 것이야말로, 대장부가 마땅히 할 일이라는 말로 시상을 마무리
하였다.

젊은 나이에 병조판서가 되었던 그를 시기하는 무리들이 적지
않았다. 야사(野史)에 따르면 예종(1450~1469)이 즉위한 1468년에 남
이는 대궐에서 숙직을 서다가 혜성이 떨어지는 것을 보고, "묵은 것

이 가고 새것이 온다."고 말했다 한다. 이 말을 엿들은 정치적 라이벌 유자광(柳子光)은 남이가 역모를 꾀했다고 모함을 하면서, 이 시를 변조해 그 증거로 삼았다. 제3구를 '남아이십미득국(男兒二十未得國)'으로 고쳐, 남이가 20세 때부터 '나라를 얻(得國)'으려는 역심(逆心)을 품었다고 주장한 것이다. 끝내 변조된 시로 인해서 그는 28세의 젊은 나이로 처형을 당하였으니, 아이러니하게도 나라를 생각하는 무인의 굳센 기개를 읊은 작품으로 인해 반역자로 몰려 처형당하고 말았다. 지금도 상대의 진의를 왜곡해서 정치적 이득을 얻고자 하는 무리들이 적지 않으니, 이처럼 많은 이들의 지탄을 받는 소인배들의 행태가 쉽게 없어지지 않는 것이 안타까울 따름이다.

배 위 에 올 라 한 탄 하 노 라

조선 땅 전체를 전쟁의 소용돌이로 몰아넣었던 임진왜란(1592년)은 7년여의 지루한 싸움 끝에 막을 내리게 된다. 그 기간 동안 조선의 민중들이 겪었던 고통은 이루 다 헤아릴 수 없으며, 많은 사람들이 일본으로 끌려가고 다양한 문화재들이 약탈당했다. 박인로(朴仁老, 1561~1642)는 이때의 심경을 가사로 만들어 불렀다. 무관으로 활동하였으나, 선비로 살고자 했던 그는 임진왜란 중에 의병장 휘하에서 무공을 세웠다. 후에 무과에 급제하기도 했는데, 〈선상탄(船上嘆)〉은 임란이 끝난 후인 1605년(선조 38) 부산진의 통주사(統舟師, 수군을 통괄하는 관리)로 부임했을 때의 작품이다.

늙고 병(病)든 몸을 주사(舟師)로 보너실시
　　늙고 병든 몸을 수군으로 보내셔서

을사(乙巳) 삼하(三夏)애 진동영(鎭東營) 느려오니
　　을사년(선조 38년) 여름에 부산진에 내려오니

관방중지(關防重地)예 병이 깁다 안자실랴
　　국경의 요새지에서 병이 깊다고 앉아만 있겠는가?

일장검(一長劍) 비기 츠고 병선(兵船)에 구테 올나
　　한 자루 긴 칼을 비스듬히 차고 병선에 감히 올라

여기진목(勵氣瞋目)하야 대마도(對馬島)을 구어보니
　　기운을 떨치고 눈을 부릅떠 대마도를 굽어보니

부람 조친 황운(黃雲)은 원근(遠近)에 사혀 잇고
　　바람을 따라 이동하는 누런 구름은 멀고 가까운 곳에 쌓여 있고

아득흔 창파(滄波)는 긴 하늘과 흔빗칠쇠.
　　아득한 푸른 물결은 긴 하늘과 같은 빛이로구나

(중략)

시시(時時)로 멀이 드러 북신(北辰)을 부라보며
　　때때로 머리를 들어 임금님 계신 곳을 바라보며

상시(傷時) 노루(老淚)룰 천일방(天一方)의 디이느다
　　때를 근심하는 늙은이의 눈물을 하늘 모퉁이에 떨어뜨립니다

오동방(吾東方) 문물(文物)이 한당송(漢唐宋)에 디랴마는
　　우리나라의 문물이 한, 당, 송에 뒤지랴마는

국운(國運)이 불행(不幸)ᄒ야 해추흉모(海醜兇謀)애 만고수(萬古愁)을 안고 이셔
　　나라의 운수가 불행하여 왜적들의 흉악한 꾀에 빠져 오랜 세월 씻을 수 없는 부끄러움이 있어

백분(百分)에 흔 가지도 못 시셔 부려거든
　　백분의 일이라도 못 씻어 버렸거든

이 몸이 무상(無狀)흔들 신자(臣子)ㅣ 되야 이셔다가
　　이 몸이 변변치 못하지만 신하가 되어 있다가

궁달(窮達)이 길이 달라 못 뫼웁고 늘거신들
　　신하와 임금의 신분이 달라 못 뵙고 늙었지만

우국단심(憂國丹心)이야 어느 각(刻)애 이즐넌고
　　나라 걱정과 임금을 향한 충성의 마음이야 어느 때라고 잊을텐가?

(하략)

　　　　　　　　　　　　　　　　　　　(박인로, 〈선상탄〉 일부)

　　박인로가 통주사로 부임한 을사(乙巳)년은, 그의 나이 45세 때이
다. 〈선상탄〉이라는 제목에서 알 수 있듯이, 이 작품은 전쟁이 끝난
후 피폐해진 변방의 상황을 지켜보는 심경을 수군의 병선(兵船) 위
에서 탄식하는 내용을 담고 있다. '관방중지(關方重地)'는 변방의
요지를 의미하는데, 당시 부산진은 왜군의 침략에 맞서는 가장 중
요한 관문의 역할을 했던 곳이다. 화자는 사나운 기세로 눈을 부릅
뜨고 왜국의 영토인 대마도를 굽어본다. 전쟁이 끝난 지 얼마 되지
않아 대마도의 왜적들은 조선의 영토를 끊임없이 엿보고 있었다.
언제 올지 모를 도발을 생각하며 바라보는 그의 시선은 조금도 긴장
을 늦출 수 없었다. '바람 조친 황운'은 일촉즉발의 변방의 상황을 비
유한 시어로, 송순의 〈면앙정가〉에서 잘 익은 곡식을 가리키는 '황
운'●●과는 의미상 차이를 보인다. 파도치는 바다의 푸른 빛깔과 하늘
빛은 '아득'하고 '길'게 이어져 그 끝에 있을지 모를 위기 상황에서 눈
을 뗄 수 없음을 상징한다.
　　이어지는 '중략' 부분에서 화자는 배를 처음 만든 헌원씨(軒轅
氏, 중국 고대 전설상의 제왕. 최초로 곡물 재배를 가르치고 문자 · 음악 · 도량
형 등을 정했다고 함)와 불사약(不死藥)을 구하기 위해 서불(徐市)●●●
을 보내 지금의 일본을 있게 한 진시황에 대한 원망을 토로한다. 불
노장생 약을 구하기 위해서 동해바다 봉래섬에 가고자 했던 서불은

우리 땅 곳곳을 다니다가 끝내 약을 구하지 못했다. 그래서 곤경에 처하게 된 그는 다시 한 번 진시황을 속이고, 배와 황금 등의 재물을 가지고 일본으로 건너가 버렸다고 한다. 그 후 임진왜란 때 배를 타고 외구들이 침략해 들어오니, 그 배를 만든 사람과 배의 기술이 넘어가게 만든 진시황의 탐욕을 환란의 원인으로 탓하는 것이다. 화자는 배가 생업과 풍류의 수단이었던 과거와 달리, 지금은 대검(大劍)과 장창(長槍)이 갑판에 즐비하다면서 '배'에 대한 양면적인 생각을 드러낸다. 이어서 신하된 몸으로 한시도 '우국단심(憂國丹心)'을 잊지 않겠다는 각오를 다짐한다. '하략' 부분에서는 자신이 비록 늙고 병들었지만, 일본이 속히 항복하기를 바라고 있다. 또한 그들의 침략은 절대 용납하지 않겠다는 의지를 드러내면서 작품을 마무리 짓고 있다.

〈선상탄〉은 한문 투의 어구와 중국 고사(古事)의 빈번한 인용으로 자세히 읽지 않으면 해석이 결코 쉽지 않은 것이 특징이다. 또한 상상·감상 등을 덧붙이지 아니하고, 있는 그대로 설명하는 서술이 많아 문학성이 떨어진다고 평가되기도 한다. 그러나 구태의연한 미사여구를 버리고 소박한 언어와 사실적인 묘사가 돋보이는 이 작품은 사대부 가사들의 추상적인 한계를 벗어났으며, 민족의 수난을 온몸으로 겪은 하급 무인의 애국 충정(愛國忠情)이 구구절절 배어 있어 문학사적 의의를 찾을 수 있다.

● 오언 고시(五言古詩)

당나라 이후에 '고시(고체시)'는 근체시〔율시(律詩)와 절구(絶句)〕와 달리 한시의 규칙을 지키지 않은 시를 뜻하는 말로 쓰였다. 한시는 '기-승-전-결' 각 2행씩 총 8행이고, 1·2·4·6·8행 끝에 중성·종성이 비슷한 글자가 오는 '각운(脚韻)'을 지니고 있어야 '율시'라 불렸다. 1구가 5자씩이면 '오언 율시(五言律詩)'이고, 7자씩이면 '칠언 율시(七言律詩)'이며, 같은 조건에 구가 4개인 것이 '오언 절구(五言絶句)'와 '칠언 절구(七言絶句)'다. '오언 고시'는 각운을 지키지 않아도 되고 구가 4개·8개가 아니어도 된다는 점에서 '오언 절구'나 '오언 율시'와 다르다.

●● 《면앙정가》 '황운'

"즌 서리 쌔딘 후의 산 빗치 錦繡(금수)로다. 黃雲(황운)은 또 엇디 萬頃(만경)에 퍼져 디오. 漁笛(어적)도 흥을 계워 둘 룰 쪼롸 브니는다."를 풀이하면 이렇다. '된서리 걷힌 후에 산 빛이 수놓은 비단 물결 같구나. 누렇게 익은 곡식은 또 어찌 넓은 들에 퍼져 있는고? 고기잡이를 하며 부는 피리도 흥을 이기지 못하여 달을 따라 부는 것인가?'

●●● 서불과 일본

《사기》에 따르면, 서불(서복)은 진시황의 명으로 불초로를 구하려고 동남(童男)과 동녀(童女) 3,000명을 데리고 바다 끝 신산(神山)으로 배를 타고 떠났다. 그러나 이후의 행적이 모호하여, 서불이 서귀포에 들렀다거나 일본을 세웠다는 등 추측이 분분하다. 일본의 와카야마현〔和歌山縣〕에는 그가 약용 식물을 발견하고 그곳에 정착했다는 전설이 전해진다. 서불 일행 중에 기술자들이 있었고 오곡 씨앗을 지녔다는 기록이 남아 있어, 서복을 한중(韓中) 교류의 원점으로 보거나 일본에 도작(稻作) 문화를 전파한 주인공으로 간주하기도 한다.

강호에
봄이 드니

3월이 되면, 바야흐로 봄이 시작된다. '봄'의 어원에 대해서는 여러 가지 설이 있는데, 가장 일반적인 견해는 '보다'에서 파생되어 '모든 것을 새로운 시선으로 바라보는 계절'을 의미한다는 것이다. 또 '볕'을 뜻하는 '볻'에 명사화 접미사 '-옴'이 붙어서 '햇살이 따사로워지는 계절'이란 의미가 되었다고 보기도 하고, '불'의 고어인 '블'에서 유래되어 '따뜻함의 계절'을 의미한다는 주장도 있다. 여기에 '뛰어오를 약(躍)'자를 '뛰놀다'라는 뜻의 '봄놀다'로 옮긴 《두시언해》의 해석까지 참고하면, 봄은 '따뜻해져서 사물들이 뛰고 움직이기 시작함에 따라 세상이 새로워 보이는 계절'이라 정의할 수 있다. 역동적인 속성을 지닌 '봄'을 노래한 고전 시가를 통해, 자연과의 동화를 꿈꾼 옛사람의 멋과 풍류를 느껴보자.

봄이 되면 마음도 여유로워

"우수·경칩이면 대동강 물도 풀린다."고 했다. 24절기 중의 하나인 우수(雨水)는 눈이 비로 바뀌면서 얼었던 땅이 녹고, 따뜻한 봄비가 내리기 시작하는 시기가 되었음을 알려준다. 간혹 봄바람을 시샘하는 꽃샘추위가 닥치지만 그도 잠시뿐, 훈훈하게 불어오는 바람과 따스한 햇살은 비로소 봄이 되었음을 실감나게 한다. 우수를 지나 겨울잠을 자던 개구리가 깨어난다는 '경칩(驚蟄)'과 함께 시작되는 달이 바로 3월이다. 이즈음에는 겨우내 앙상하던 나뭇가지에 파릇한 싹이 돋아나고, 사람들의 옷차림도 한결 가벼워진다. 살랑 살랑 부는 것은 봄바람만이 아니다. 꽃향기와 따듯한 날씨가 마음에도 바람을 불어온다. 왠지 누군가를 만나고 싶고, 만물이 새록새록 느껴지고 새로운 일을 꾸며보고 싶어진다.

3월 초, 입학식이 시작되면서 여러 학교들은 새롭게 학기를 시작한다. 학생들도 한 학년씩 올라가고, 낯선 친구들과 새로운 교실에서의 생활이 시작된다. 입시의 중압감에서 쉽게 벗어날 수 없는 고등학생들도 봄을 맞이하는 이 시간만큼은 다소 설레는 마음을 느낄 것이다. 약간의 여유를 가지고 자신을 뒤돌아보며 금년 한해를 어떻게 살아갈 것인지를 설계할 수도 있을 것이다.

자연에 묻혀 노래하니

오늘날의 우리들의 생각이 그렇듯이, 옛 사람들에게도 봄은 새로운 생명의 탄생을 알리는 계절이다. 따라서 봄을 노래하는 작품들은 대체로 그 분위기가 밝고 경쾌하다. 조선 전기의 문인인 정극인(丁克仁, 1401~1481)이 지은 〈상춘곡(賞春曲)〉은 봄을 맞은 자연 속에서 화자가 느끼는 정취를 노래하고 있다. '상춘(賞春)'은 봄의 경치를 보고 즐기는 것을 일컫는다.

홍진(紅塵)에 뭇친 분네 이 내 생애(生涯) 엇더흔고
  세상에 묻혀 사는 분들이여 이 내 생활이 어떠한가,

녯 사룸 풍류(風流)룰 미출가 못 미출가
  옛 사람들의 풍류에 (내가) 미칠까 못 미칠까?

천지간(天地間) 남자(男子) 몸이 날만흔 이 하건마는
  세상에 남자로 태어난 몸으로써 나만한 사람이 많건마는

산림(山林)에 뭇쳐 이셔 지락(至樂)을 모룰 것가.
  (왜 그들은) 자연에 묻혀 사는 지극한 즐거움을 모르는 것인가?

수간모옥(數間茅屋)을 벽계수(碧溪水) 앏픠 두고
  몇 간쯤 되는 띠집을 맑은 시냇물 앞에 지어 놓고,

송죽(松竹) 울울리(鬱鬱裏)예 풍월주인(風月主人) 되어셰라.
  소나무와 대나무가 우거진 속에 (자연을 즐기는) 풍월주인이 되었구나.

엇그제 겨을 지나 새봄이 도라오니
  엊그제 겨울 지나 새 봄이 돌아오니,

도화행화(桃花杏花)는 석양리(夕楊裏)예 퓌여있고
  복사꽃 살구꽃이 석양 속에 피어있고,

녹양방초(綠楊芳草)는 세우중(細雨中)에 프르도다.
  푸른 버들과 향기로운 풀은 가랑비 속에 푸르도다.

칼로 몰아낸가 붓으로 그려낸가
  칼로 재단해 내었는가? 붓으로 그려 내었는가?

조화신공(造化神功)이 물물(物物)마다 헌스룹다.
  조물주의 신기한 재주가 사물마다 야단스럽구나!

수풀에 우는 새는 춘기(春氣)룰 뭇내 계워 소리마다 교태로다.
  숲속에 우는 새는 봄기운을 끝내 이기지 못해 소리마다 아양을 떠는구나.

물아일체(物我一體)어니 흥(興)이이 다룰소냐
  자연과 내가 한 몸이거니 흥이야 다르겠는가?

시비(柴扉)예 거러 보고 정자(亭子)에 안자보니,
  사립문 주변을 걸어 보고 정자에 앉아 보기도 하니

소요음영(逍遙吟詠)ᄒᆞ야 산일(山日)이 적적(寂寂)흔디,
  이리저리 거닐며 시를 읊조려 산 속의 하루가 적적한데

한중진미(閑中眞味)를 알 니 업시 호재로다.
한가로운 가운데 참된 즐거움을 아는 이 없이 나 혼자로다.

(중략)

공명(功名)도 날 씌우고 부귀(富貴)도 날 씌우니
공명도 날 꺼려하고 부귀도 나를 꺼려하니,

청풍명월외(淸風明月外)예 엇던 벗이 잇스올고.
아름다운 자연 위에 어떤 벗이 있으리오.

단표누항(簞瓢陋巷)에 훗튼 혜음 아니 ᄒᆞ닉.
비록 누추한 곳에서 가난한 생활을 하여도 잡스러운 생각은 아니 하네.

아모타 백년행락(百年行樂)이 이만흔들 엇지ᄒᆞ리.
아무튼 인생 백년을 즐겁게 사는 것이 이만하면 족하지 않겠는가?

(정극인의 〈상춘곡〉 일부)

　　초창기 가사로 평가되는 〈상춘곡〉은 속세를 떠나 자연을 벗 삼
아 살면서 여유롭게 봄을 완상(즐겨 구경)하는 화자의 낙천적인 세
계관을 드러낸다. '홍진(紅塵)'의 원래 의미는 '붉게 일어나는 먼지'로,
'홍진에 묻힌 분네'는 온갖 이해관계에 얽매어 살아가는 속세의 사람
들을 가리킨다. 화자는 산림에 묻혀 사는 자신의 생활이야말로 선현
(先賢)의 삶의 방식을 따른 것이기에, 하고많은 남자 중에 자연 속에서
'지극한 즐거움(至樂)'을 누리는 '풍월주인'(맑은 바람과 밝은 달, 곧 아름
다운 자연을 즐기는 사람)은 자기밖에 없다고 자부한다.

　　비록 '몇 칸밖에 되지 않는 띠로 엮은 집(數間茅屋)'에서 누추하
게 살고 있지만, 집 앞에는 '푸른 시냇물(碧溪水)'이 흐르고, 소나무
와 대나무가 울창하게 자란다. 더욱이 겨울이 지나고 봄이 되자, 주
변에는 복숭아꽃과 살구꽃이 석양을 배경으로 흐드러지게 피어 있

다. 푸릇푸릇 돋아나기 시작한 버들잎과 온갖 풀들은 봄비를 맞아 그 빛깔이 더욱 선명하다. 마치 칼로 다듬고 붓으로 그려 낸 듯, 봄철의 자연 풍경은 '조물주의 신이한 힘(造化神功)'으로 빚었다 할 만하다. 여기에 숲 속에서 우는 새 소리조차 봄기운을 이기지 못하여 내는 교태스러운 소리로 들린다. 화자 역시 자연의 조화로움에 동화되었으니, 그 경지는 가히 '물아일체(物我一體)'라 할 만하다. 봄의 자연 풍광에서 화자가 느끼는 '한가로움 속의 진정한 맛(閑中眞味)'은 속세 사람들은 결코 느낄 수 없는 혼자만의 흥취라 하겠다.

그런데 이 흥취는 걱정 없이 살아가는 화자의 인식이 빚어낸 낙관적인 세계상이자 지극히 주관적인 것이다. 배경이 되는 곳은 자신의 의식 속에서 만들어낸 '관념적인 공간'이기 때문이다. 따라서 작품은 철저히 화자가 처한 '산림'이 속세(紅塵)와 어떻게 다른지에 초점이 맞춰져 있다. 〈상춘곡〉은 흔히 '강호시가(江湖詩歌)'로 분류된다. 일명 강호가도(江湖歌道)라고도 하는, 강호시가는 조선 시대의 지식인들이 자연을 벗 삼아 지내면서 지어낸 시가 작품들을 일컫는다. 강호시가에 속하는 작품들은 강호, 곧 자연에서의 삶이 속세의 그것보다 우월함을 전제하고 있다. 〈상춘곡〉은 '가사'라는 형식적 특수성에 힘입어, 봄의 정취를 비교적 짧은 형식인 '시조'에 비해 구체적으로 묘사하고 있다.

생략된 부분에는 자연을 벗 삼아 지내는 화자의 여유로운 생활 모습이 상세하게 서술되어 있다. 이웃과 소동을 등장시켜, 이웃에게는 '산책[踏靑(답청)]은 오늘 하고, 물놀이[浴沂(욕기)]는 내일 하며, 아침에는 산나물을 캐고[茱山(채산)] 저녁에는 고기를 낚자[釣水(조

수)].'고 권유한다. '소동(小童)'은 "얼운은 막대 집고 아히는 술을 메고"처럼 동행하는 존재이다. 또한 소동(小童)에게 심부름을 시켜 "굿 괴여 닉은 술을 갈건(葛巾)베로 만든 두건으로 밧타 노코, 곳나모 가지 것거, 수 노코 먹으리라."●며 풍류를 즐기겠다는 포부를 드러내기도 한다.

그러나 이 인물들은 화자의 흥취를 돕기 위한 보조적인 존재에 지나지 않으며, 자연 속에서 즐기는 모든 풍류의 중심에는 화자가 굳건하게 자리 잡고 있다. 자연 속에서 노니는 화자의 모습을 "공명도 날 씌우고(꺼리고) 부귀도 날 씌우니/ 청풍명월 외에 엇던 벗이 잇"겠느냐고 반문하면서, 비록 '누추한 삶(簞瓢陋巷)'을 살더라도 허튼 생각을 하지 않겠다고 다짐한다. 흔히 사람의 한평생을 백년이라 일컫는데, 결국 화자는 풍류를 즐기면서 자연 속에서 일평생을 지내는 것이야말로 최상의 가치를 지닌 삶이라고 말하고 있다. 가사의 마지막 구는 그 형식이 시조의 종장●●과 흡사한데, 이 작품을 통해서

정읍에 있는 무성서원. 호남의 대표 서원으로 정극인 등의 제사를 지낸다.

도 그것을 분명히 확인할 수 있다.

흥이 나거나 할 일이 많거나

아래의 시조들은 모두 봄을 소재로 하고 있다. 맹사성(孟思誠, 1360~1438)의 〈강호사시가(江湖四時歌)〉는 '강호시조'로, 풍성한 자연의 혜택 속에 살고 있는 화자의 여유로운 생활상이 〈상춘곡〉에 비견될 만하다. 이에 반해 뒤에 인용한 작자 미상의 작품은 봄을 맞는 농가(農家)의 바쁜 생활을 그려내고 있다.

　　강호(江湖)에 봄이 드니 미친 흥(興)이 절로 난다

　　탁료(濁醪) 계변(溪邊)에 금린어(錦鱗魚)ㅣ 안쥐로다

　　이 몸이 한가(閑暇)히옴도 역군은(亦君恩)이샷다

자연에 봄이 오니 참을 수 없는 흥이 저절로 나는구나/ 막걸리를 마시며 노는 시냇가에 쏘가리가 안주구나/ 이 몸이 이렇게 한가하게 지내는 것도 또한 임금의 은혜시도다

　　　　　　　　　　　　　　　　　(맹사성의 〈강호사시가〉 중 '봄')

　　강호(江湖)에 봄이 드니 이 몸이 일이 하다

　　나는 그믈 깁고 아히는 밧츨 가니

　　뒷 뫼헤 엄기는 약(藥)을 언제 키랴 ᄒᆞᄂᆞ니

자연에 봄이 오니 이 몸이 해야 할 일이 많구나/ 나는 그물을 깁고 아이는 밭을

가니/ 뒷산에 싹이 길게 자란 약초는 언제 캐려 하느냐

(작자 미상)

〈강호사시가〉는 모두 4수●●●로 이루어진 연시조인데, 이 작품
은 그 중 첫 번째 작품인 '봄'을 노래한 것이다. 강호자연에서의 생
활을 봄·여름·가을·겨울의 네 계절로 나누어 배치하였는데, 각각
의 작품이 "강호에 OO이 드니"로 시작하여 "……도 역군은(亦君恩)
이샷다"로 종결된다. 봄을 맞이하니 화자에게 미친 듯한 흥이 절
로 일어난다. 그리하여 시냇가에 앉아 '막걸리(濁醪)'에 '쏘가리(錦
鱗魚)'를 안주삼아 마신다. 금린어(錦鱗魚)는 비늘이 비단처럼 곱다
고 하여 이름이 붙어진, 맑은 민물에서 사는 쏘가리를 가리킨다. 화
자는 이렇듯 한가롭게 지내는 것이 모두 '임금의 은혜(亦君恩)'라

아산에 있는 맹사성 고택. 들어가는 입구에 〈강호사시가〉 시비가 있다.

하였다. 화창한 봄철의 분위기와 한가로운 생활이 어우러진 가운데, 어느 누구라도 부러워할 만한 화자의 넉넉한 삶의 모습이 잘 드러나 있다.

새싹이 움트는 봄이 되면, 겨우내 쉬었던 농사일을 시작해야 하는 농가에서는 일손이 달리고 눈코 뜰 새 없이 바빠진다. 따라서 두 번째 작품의 배경으로 '강호'를 언급하고 있지만, '강호시조'에서의 그것과는 성격이 뚜렷이 다르다. 〈강호사시가〉의 공간이 관념적인 성격이 강하다면, 이 작품의 배경은 보다 현실적인 공간이다. 예로부터 농민들은 농사를 짓는 틈틈이 배를 타고 강에서 고기를 낚기도 하였다. 이 시조에서도 화자는 물고기를 낚을 수 있도록 해진 그물을 기워야 하고, 아이는 밭을 갈아 각종 채소와 곡식을 심을 수 있도록 준비해야 한다. 바쁜 와중에도 약초를 캐야 하지만, 일손이 달려 뒷산에 '싹이 자란(엄기는)' 약초를 캘 시간조차 없다. 바쁜 농가의 일상을 잘 포착하여 형상화한 작품이다. 이 작품은 수록된 문헌에 따라 작자를 황희(黃喜, 1363~1452) 또는 김굉필(金宏弼, 1454~1504)로 보기도 하나, 현재 전하는 최초의 가집인 〈청구영언〉에는 작자 미상으로 되어 있어 여기에서는 이를 따랐다.

이처럼 두 작품 모두 봄이라는 동일한 소재를 취하고 있지만, 그 초점이 어디에 두어져 있느냐에 따라 주제의 지향이 다르게 나타난다. 이처럼 세계를 바라보는 작가의 태도 곧 세계관이 서로 다르면, 동일한 소재를 다루더라도 작품에 내포된 상징적 의미와 주제는 달라질 수밖에 없다.

● "又 괴여 닉은 술을 갈건(葛巾)으로 밧타 노코, 곳나모 가지 것거, 수 노코 먹으리라."

〈상춘곡〉의 중략 부분에서 '베로 만든 두건으로 술을 걸러 마시겠다.'는 표현은 속세에 대한 미련을 남김없이 털어 버린다는 도연명의 '갈건녹주(葛巾綠酒)'를 본받겠다는 뜻이다. 도연명과 이백의 작품에서 보듯, 술은 선비가 속세를 벗어나 자연을 즐기기 위한 수단으로 간주되었다. 또 '마신 술잔의 숫자에 맞춰 꽃나무 가지를 꺾어 놓겠다.'는 표현은 취흥을 돋우기 위한 행위인데, 정철의 〈장진주사(將進酒辭)〉에도 같은 표현이 나온다.

●● 가사의 종결 구조

〈상춘곡〉의 결구(結句), 곧 "아모타, 백년행락(百年行樂)이 이만흔들 엇지흐리."라는 가사의 마지막 구(句)가 형식상 시조의 종장과 흡사하다는 점을 분명히 보여 준다. 시조의 종장과 마찬가지로 가사의 결구 역시 감탄사로 시작하며, 4음보로 이루어져 있다. 이때 작품 내용을 수렴하고 압축하여 제시하는 감탄사는 '향가의 낙구(落句)에서 그 뿌리를 찾을 수 있고, 고려 가요에서도 나타난다.'는 점에서 우리 시가의 고유한 특질이라 할 수 있다.

●●● 〈강호사시가〉의 나머지 3수

강호(江湖)에 여름이 드니 초당(草堂)에 일이 없다
유신(有信)한 강파(江波)는 보내는 이 바람이로다
이 몸이 서늘해옴도 역군은(亦君恩)이샷다. (여름)

강호(江湖)에 가을이 드니 고기마다 살쪄 잇다
소정(小艇)에 그물 실어 흘리 띄여 던져두고
이 몸이 소일(消日)해옴도 역군은(亦君恩)이샷다. (가을)

강호(江湖)에 겨울이 드니 눈 깊이 자히 남다
삿갓 빗기 쓰고 누역으로 옷을 삼아
이 몸이 춥지 아니해옴도 역군은(亦君恩)이샷다. (겨울)

또한 임금의
은혜로다

로또 1등 당첨금 244억을 두고 속앓이 하는 솔직한 대통령, 따뜻한 카리스마를 갖춘 꽃미남 싱글 대통령, 당찬 포부를 지닌 우리나라 첫 여성 대통령. 영화 〈굿모닝 프레지던트〉는 이 세 사람이 펼치는 청와대 비하인드 스토리를 다루고 있다. 이 같은 모습은 강대국에 굴욕적인 외교로 일관하고, 대기업과 결탁하여 비리를 자행하는가 하면, 서민층의 눈물은 외면한 채 상류층의 이익만 대변해 왔던 현실 속의 대통령 이미지와는 거리가 멀다. 여기서 과거 우리 사회의 군주들의 모습은 과연 권위적이기만 했을까 하는 의문이 든다. 향가와 악장, 시조 작품을 통해, 그 당시의 군주들은 지식인과 민중에게 어떤 존재였는지 생각해 보자.

폭군과 어진 임금의 차이

임금을 정점으로 삼는 신분제의 질서가 지배하는 시대에는, 일반 백성들에게 왕이란 존재는 절대적인 권위를 지니고 있었다. 국가와 임금은 동일한 의미로 여겨졌고, 비록 부덕한 존재일지라도 왕에게 절대적인 충성을 바치는 것이 백성들의 마땅한 도리라고 인식되었다. 조정에서는 임금이 그릇된 결정을 내리더라도, 신하된 자로써 그것에 따를 수밖에 없었다. 정책을 시행하는 과정에서 임금에게 의견을 전달하는 통로가 마련되어 있었지만, 무엇이든지 최종적인 결정은 고스란히 왕의 몫이었다. 그렇기에 이미 결정된 왕의 뜻을 거스르는 행위는 가장 무거운 죄목인 반역죄로 다스렸다.

동양의 고전인 《시경(詩經)》에는 왕의 권위를 상징하는, "넓은 하늘 밑에 왕의 땅이 아닌 곳이 없고, 온 나라 안의 백성들은 왕의 신하가 아닌 자가 없다.(普天之下, 莫非王土, 率土之民, 莫非王臣 보천지하 막비왕토 솔토지민 막비왕신)"라는 구절이 있다. 자신이 지배하는 세계에 대한 임금의 절대 권력을 잘 표현한 말이다. 그러나 어진 군주로 평가받았던 역대 임금들은 정책을 시행하는 과정에서 보다 나은 의견을 수렴하기 위해 힘을 쏟았다. 시대에 따라서는 왕에게 간언 (諫言)하는 관리를 두는 대간제도(臺諫制度)를 시행하였는데, 이러한 직분을 맡은 관리들을 언관(言官) 또는 간관(諫官)이라 칭했다. 이들은 직언(直言)을 통해 왕의 행위나 정책이 올바르게 시행되도록 하는 임무를 지니고 있었다. 그렇기에 군주 앞에서도 목숨을 걸고 소신 있는 발언을 할 수 있는 강직한 성품, 어떠한 유혹에도 흔들리지 않는 청렴함이야말로 언관의 필수 자질이었다. 이들은 언제든지 왕에게 백성들의 의견을 수렴하여 잘 전달해야 했는데, 이러한 언로 (言路)가 막히면 민심은 권력자에게서 등을 돌린게 된다.

군주는 그야말로 '무소불위(無所不爲)'의 막강한 권력을 지니고 있었다. 그렇기는 해도 정치를 행하는 과정에서는 '권력을 어떻게 사용하는가' 하는 점이 더 중요한 법이다. 권력의 달콤함에 도취

되어 그릇된 정치를 행하던 군주를 역사에서는 폭군(暴君)으로 지칭하였다. 국민들의 올바른 비판에 귀를 막고 자신만의 판단을 밀어붙이는 권력자들이 그 순간에는 승리한 것처럼 보인다. 그러나 세월이 흐른 뒤에는 결국 그러한 행위에 대해 역사의 심판이 내려졌다. 동서고금을 막론하고 백성의 뜻[民心]을 두려워하지 않았던 군주는 하나같이 비참한 최후를 맞았다. 왜 선현(先賢)들이 "민심은 천심"이라 했는지, 오늘날의 위정자들도 잘 헤아려 보아야 할 것이다.

도솔가를 통해 위기를 넘다

　강력한 왕권을 가지고 신하를 비롯한 모든 백성들의 생사여탈권을 가진 절대적인 존재였음에도 왕은 경원의 대상이기도, 흠모의 대상이기도 하였다. 아버지와 같은 존재이기도 하고, 때로는 친구처럼 사랑받는 존재가 되기도 했다. 경우에 따라서는 사랑하는 임처럼 그리워하는 대상이 되었고, 달리 백성들에게 도움을 주는 존재로 그려지기도 했다. 10구체 향가인 〈안민가(安民歌)〉는 어떤 정치 행위보다 백성들이 편안하게 잘 살도록 하는 것이 위정자들의 가장 중요한 덕목임을 간파하고 있는 작품이다. 내용에 만족한 왕이 왕사(王師)의 직위를 내렸지만, 충담사는 사양하고 벼슬을 맡지 않았다.

　비슷한 시기에 지어진 월명사(月明師)의 〈도솔가(兜率歌)〉*는,

하늘에 두 개의 태양이 나타나서 열흘간 사라지지 않자, 이 변괴를 해결해 달라는 경덕왕의 명령에 의해 지어진 4구체 향가이다.

오늘 이에 산화(散花) 블어   오늘 이에 산화가를 부르니
샏쏠본 고자 너는   뿌려진 꽃아 너는
고ᄃᆞᆫ ᄆᆞᅀᆞᄆᆡ 명(命)ㅅ 브리ᅌᅳ디   곧은 마음의 명을 부리옵기에
미륵좌주(彌勒座主) 뫼셔롸   미륵좌주를 뫼셔라

(월명사의 〈도솔가〉, 양주동 해독)

비정상적인 자연 현상이 일어나면 백성들의 마음이 동요하고 왕을 비판하는 목소리가 커지곤 하였다. 이는 왕권이 흔들릴 정도의 국가적 위기에 해당한다고 여겼기에, 임금은 문제를 해결하기 위해 적극적으로 나서야 했다. 학자에 따라서는, 중세시대의 해는 국왕을 상징하기에, 두 개의 해가 나타났다는 것은 곧 왕권을 위협하는 세력이 나타난 것으로 해석하기도 한다. 일관(日官, 길일을 잡는 사람)의 말에 따라 인연이 있는 승려가 '산화공덕(散花功德, 부처님이 지나가는 길에 꽃을 뿌려 그 발길을 영화롭게 한다는 축복의 의미를 지닌 불교 의식)'의 의식을 행하면 재앙이 물러날 것이라 고하자, 왕은 조원전에 제단을 깨끗이 모시고 청양루에 행차하여 인연 있는 스님을 기다렸다. 때마침 월명사가 천백사의 남쪽 길로 지나가므로, 왕이 그에게 불교 의식을 행하것을 청했다. 이에 월명사는 "저는 '국선(國仙, 화랑)'의 무리에 속한 까닭에 향가만 알 뿐, 범패(梵唄, 석가여래의 공덕을 찬미하는 노래로, 절에서 재(齋)를 올릴 때에 부름)에는 익숙하지 못

합니다." 라고 하였다. 왕이 향가로 대신해도 좋다고 하자 월명사는 주술적인 내용의 〈도솔가〉를 지어 의식을 행했고, 얼마 뒤 변괴가 사라졌다고 한다.

〈도솔가〉는 국가적 위기 상황을 맞아 '국선(國仙)'으로 표현된 화랑 세력을 끌어들여 난국을 타개해 나가는 경덕왕의 의도를 반영하고 있다. 당시 신라 사회는 상·하층이 모두 유토피아를 갈망하는 불교의 '미륵 사상'●●을 신봉하였는데, 이 작품에서도 그러한 사상적 면모를 엿볼 수 있다. 경덕왕 시대에는 왕권 강화를 위한 개혁 정책을 시행하면서, 이에 반발하는 진골 귀족 출신들과의 갈등이 심했다. 단지 조언을 하는 역할에 그친 〈안민가〉의 충담사와 달리, 월명사는 직접 왕을 위한 의식을 집행하여 적극적인 협력자로서의 면모를 보여준다.

악장, 임금을 칭송하다

어느 왕조나 공식적인 행사에 사용하던 음악이 있게 마련인데, 그 때 사용되던 노래 가사들을 악장(樂章)이라 한다. 우리 문학사에서 악장은 대체로 조선이 창건되던 무렵, 건국의 정당성을 주장하고 그 주체 세력들의 위업을 예찬하는 내용으로 되어 있다. 《악장가사》에 수록되어 전하는 〈감군은(感君恩)〉은 우리말 노래의 형식을 띠고 있는 악장이다.

ᄉᆞ히(四海) 바닷 기픠ᄂᆞᆫ 닫줄로 자히리어니와
　　사해 바다의 깊이는 닻줄로 재려니와

님의 덕틱(德澤) 기픠ᄂᆞᆫ 어ᄂᆡ 줄로 자히리잇고
　　임이 베풀어 주신 은혜의 깊이는 어떤 줄로 재겠습니까

향복무강(享福無疆)ᄒᆞ샤 만셰(萬歲)ᄅᆞᆯ 누리쇼셔
　　끝없이 많은 복과 영원한 삶을 누리소서

향복무강(享福無疆)ᄒᆞ샤 만셰(萬歲)ᄅᆞᆯ 누리쇼셔

일간명월(一竿明月)이 역군은(亦君恩)이샷다
　　밝은 달빛 아래에서 (낚시를 즐기는 것) 역시 임금님의 은혜이시다

태산(泰山)이 높다컨마ᄅᆞᆫ 하ᄅᆞᆯ해 몬 밋거니와
　　태산이 높다고 하건마는 하늘에 미치지 못하거니와

님의 놉ᄑᆞ샨 은(恩)과 넉(德)과ᄂᆞᆫ 하늘 ᄀᆞ티 노ᄑᆞ샷다
　　임의 높으신 은덕은 하늘같이 높으시도다

향복무강(享福無疆)ᄒᆞ샤 만셰(萬歲)ᄅᆞᆯ 누리쇼셔

향복무강(享福無疆)ᄒᆞ샤 만셰(萬歲)ᄅᆞᆯ 누리쇼셔

일간명월(一竿明月)이 역군은(亦君恩)이샷다

ᄉᆞ히(四海) 넙다흔 바다흔 쥬즙(舟楫)이면 건너리어니와
　　사해 넓은 바다는 노가 있으면 건널 수 있거니와

님의 너브샨 은틱(恩澤)을 ᄎᆞ싱(此生)애 갑소오릿가
　　임의 넓으신 은혜는 이승에서 갚을 수 있겠습니까

향복무강(享福無疆)ᄒᆞ샤 만셰(萬歲)ᄅᆞᆯ 누리쇼셔

향복무강(享福無疆)ᄒᆞ샤 만셰(萬歲)ᄅᆞᆯ 누리쇼셔

일간명월(一竿明月)이 역군은(亦君恩)이샷다

일편단심(一片丹心)ᄲᅮᆫ을 하늘하 아ᄅᆞ쇼셔
　　변치 않는 참된 마음뿐임을 하늘이시여 알아주소서

백골미분(白骨糜粉)인들 단심(丹心)이ᄯᅡᆫ 가시리잇가
　　뼈가 가루가 된다고 한들 단심이야 변하겠습니까

향복무강(享福無疆)ᄒᆞ샤 만셰(萬歲)ᄅᆞᆯ 누리쇼셔

향복무강(享福無疆)ᄒᆞ샤 만셰(萬歲)ᄅᆞᆯ 누리쇼셔

일간명월(一竿明月)이 역군은(亦君恩)이샷다

(악장 〈감군은〉)

작자와 창작 연대를 정확히 확인할 수 없지만, 전체 4연으로 이뤄진 이 작품은 조선 초기부터 궁중 의식에서 악장으로 사용되었다. '임금의 은혜에 감사하는 노래'라는 뜻의 제목처럼, 각 연의 후렴은 임금이 '향복무강'과 '만세'를 누리도록 축수(祝壽)하고 있다. 특히 마지막 구절의 '역군은이샷다'라는 표현은 맹사성의 〈강호사시가〉를 비롯한 많은 시조들에도 수용되어 나타난다. 아무리 깊은 바다라도 그 깊이를 자로 잴 수 있지만, 임금의 덕택(德澤)은 어떤 줄로도 잴 수 없다고 하였다. 세상에서 가장 높다는 태산도 하늘 아래에 있지만, 군주의 은덕을 생각하면 그 높이를 하늘과 견줄 수 있다고도 하였다. 이처럼 이 작품에서는 임금의 은덕에 대한 감사의 뜻을 각 연에서 거듭 되풀이하면서 강조한다.

이러한 태도가 오늘날 우리들의 눈에는 군주에 대한 지나친 아부로 비칠 수도 있다. 하지만 그 당시 사람들에게는 이러한 관념이 오히려 보편적이었다. 〈감군은〉의 화자는 임금의 은덕을 이번 생에서는 다 갚을 수 없다고 표현하면서, '일편단심'이라는 말로 군주를 생각하는 자신의 마음이 진실함을 재차 강조하고 있다. 더욱이 이 작품은 악장이라는 갈래로 궁중에서 행해지는 의식에서 불렸기에, 조정 대신들은 이 노래를 들으면서 그 내용을 깊이 음미했을 법하다. 어쨌든 이 노래를 통해서 왕에 대한 중세 사람들의 관념을 확인할 수 있다는 것은 분명하다.

봄 미나리 맛을 임금에게 보여드리고자

임금에 대한 애틋한 마음을 표현한 작품들은 시조에도 적지 않다. 조선시대의 지식인들에게 왕은 국가와 동일한 위상을 지닌 존재였다 그렇기에 그들로서는 임금에 대한 변함없는 마음을 드러내는 것이 지극히 당연한 일이었다.

> 나온댜 금일(今日)이야 즐거온댜 오늘이야
>
> 고왕금래(古往今來)예 유(類) 업슨 금일(今日)이여
>
> 매일(每日)의 오늘 굿트면 므슴 셩이 가싀리

나온다 오늘이여, 즐겁구나 오늘이여/ 예로부터 오늘에 이르기까지 어느 날과도 비교할 수 없는 오늘이여/ 매일이 오늘 같으면 무슨 걱정이 있겠느냐

(김구)

> 겨월날 드스흔 볏츨 님 계신 듸 비최고쟈
>
> 봄 미나리 슬진 마슬 님의게 드리고쟈
>
> 님이야 무어시 업스리마는 내 못 니저 흐노라

겨울날의 따뜻한 햇볕을 임 계신 곳에 비추고 싶구나/ 봄 미나리의 살진 맛을 임에게 전해 드리고 싶어라/ 임이야 무엇이 없으랴마는 나는 잊지 못하고 있노라

(작자 미상)

앞의 작품은 조선 전기의 문인이었던 김구(金絿, 1488~1534)의《자암집(自庵集)》에 수록되어 전한다. 그가 옥당(玉堂, 홍문관의 별칭)에서 숙직하고 있을 때, 중종(中宗)이 갑자기 찾아와 군신간의 예를 버리고

친구로 대함이 마땅하다 하며 허물없이 즐거운 시간을 보냈다. 아마도 그 자리에선 허심탄회하게 학문과 세상 살아가는 이야기들에 대해서 격의 없는 대화가 오갔을 것이다. 그러한 왕의 배려에 신하로서 감격해서, 이 작품을 지어 그 때의 느낌을 떠올렸던 것이다.

내용을 보면 작자의 감회가 고스란히 느껴진다. 임금과 함께 했던 '오늘'의 시간을 떠올리며, 작품의 전편에 걸쳐 토해내는 감정은 그대로 감탄형의 표현에서 그대로 드러난다. 조정에 몸담고 있으면서 감당해야할 다양한 역할이 있을 터인데, 뜻밖에도 임금과 함께 흉금을 터놓고 얘기할 수 있는 자리를 갖는 것이 쉬운 일이 아니었을 것이다. 자신의 업무가 주는 버거움을 잠시나마 벗어 던지고, 하늘과 같은 임금과 마주하니 온갖 시름은 물론 다가올 미래의 고충도 없어질 듯싶다. 뜻밖에 우연히 그러한 자리를 갖고 보니, 날마다 오늘만 같으면 좋겠다는 생각을 품는 것은 너무도 당연하다고 하겠다.

뒤의 작품의 작자와 창작 연대는 미상이나, 평범한 백성의 입장에서 바치는 진실한 연군의 정서가 잘 드러나고 있다. 추운 겨울철 따스한 햇볕은 얼린 마음을 풀어주고 온갖 시름도 잠시 나마 녹여준다. 비록 그것이 누구에게나 비치는 것임에도 그 고마운 햇살이 임금에게도 비추기를 바란다. 또 봄날 맛보는 미나리는 그 풍성한 물기로 말미암아 생동하는 자연을 맛보게 하니, 그 맛을 사랑하는 사람과 나누고 싶어지게 한다. 누구나 받는 햇볕이고, 누구나 먹을 수 있는 미나리이건만 작은 것일지라도 임에게 주고 싶은 절실한 마음이다. 절대적 존재인 임금은 모든 게 풍족하겠지만, 그래도 언제나 군주를 먼저 생각하는 백성들의 마음을 알아달라는 의미도 담겨있다. 이 작품은 작은 것도 나누고 싶은 순박한 마음을 담은 인간의 아름다움을 드러내고 있다. 무엇보다 순수한 우리말을 자연스럽게 구사하여 읽는 이로 하여금 친근한 맛을 느끼게 하는 것이 이 작품의 매력이다.

● 〈도솔가〉 관련 기록

〈도솔가〉는 〈산화공덕가〉라고도 하는데, 《삼국유사》에 다음과 같은 관련 기록이 있다. "경덕왕 즉위 19년(760) 4월 초하룻날 두 개의 태양이 나란히 나타나 열흘 동안 없어지지 않았다. 일관(日官)이 진언하기를 인연 있는 승려가 산화공덕(散花功德, 꽃을 뿌려 부처님께 공양하여 공덕을 닦는 것)의 예를 올리면, 그 재앙이 물러갈 것이라고 했다. 이에 왕은 조원전(朝元殿)에다 정결히 단을 설치하고, 청양루(靑陽樓)에 행차하여 인연 있는 중을 기다렸다.

그때 월명사란 이가 들의 남쪽 길을 가고 있었는데, 왕은 사람을 시켜 불러오게 했다. 그리고 단을 열고 기도문을 짓도록 명했다. 월명사는 왕의 명을 사양하며 말했다.

'승은 단지 국선(國仙)의 무리에 속해 있으므로 그저 향가나 알뿐 범성(梵聲, 불교의 찬불가인 범패)에는 익숙하지 못합니다.'

'그대가 이미 인연 있는 승려로 뽑혔으니, 비록 향가를 쓰더라도 좋소.'

월명사는 이에 〈도솔가〉를 지어 바쳤다. (… 도솔가 …)

지금 세속에 이것을 가리켜 〈산화가〉라고 하나 잘못이다. 마땅히 〈도솔가〉라고 해야 할 것이다. 〈산화가〉는 따로 있으나, 글이 번다하여 여기에 싣지 않는다. 〈도솔가〉를 지어 부른 뒤 태양의 변괴가 곧 사라졌다. 왕은 월명사를 가상히 여겨 좋은 차 한 봉지와 수정으로 만든 108염주를 하사했다."

●● 미륵 사상

석가모니불이 세상을 떠난 지 56억 7,000만 년 되는 해에 욕계육천(欲界六天)의 넷째 하늘인 도솔천(兜率天)에서 내려와 중생을 구제한다고 믿는 신앙. 신라 사회에서 지도자인 화랑은 도솔천에서 내려온 미륵으로 여겨졌다. 이렇듯 신라의 지배층은 정치권력의 신성화와 민중 교화를 위해 미륵 사상을 이용하는 한편, 민중은 미륵 사상을 통해 유토피아에 대한 희망을 얻을 수 있었다.

자연과 더불어
사는 삶

최근 들어 귀농에 대한 사회적 관심이 급증하고 있다. 1990년대 후반에 닥친 IMF 외환위기 직후에는 생계형 귀농이 늘어났고, 2000년대에는 은퇴자의 귀농 열풍이 불었다. 그러더니 요즘은 3040 세대의 귀농이 부쩍 증가했다. 농림수산식품부 자료에 따르면, 최근 수년간 50대 귀농 인구가 18.9퍼센트, 60대 이상이 9.8퍼센트를 기록한 반면, 40대는 28.3퍼센트, 30대는 무려 36.4퍼센트에 이르렀다. 어쩌면 '흙과 더불어 생명력을 일구는 삶'은 동서고금을 막론하고 인류가 줄곧 꿈꾸어 온 가장 이상적인 삶인지도 모른다. 자연 속에서의 삶을 노래한 고전시가는 이상향을 간직한 자연의 모습을 보여준다.

조 화 로 운 삶 을 위 하 여

"자연으로 돌아가라!"

프랑스의 사상가인 루소(Rousseau, 1712~1778)가 인위적인 문명 사회의 타락을 비판하면서 자연으로 돌아갈 것을 역설하면서 했던 말이다. 실제로 그는 40대에 화려한 생활이 보장된 파리를 떠나 여생을 독립과 가난 속에서 살아갈 것을 결심하고, 조그마한 시골에서

'은자의 집'을 뜻하는 에르미타주(ermitage)라 명명한 집에서 은거 생활을 하였다. '자연으로 돌아가라.'는 말은 각종 사회적 제약에 의해 억압되고 허례허식에 덮여 가려진 본래의 순수한 인간성을 회복하라는 선언이자, 루소 자신에게는 삶의 방식에 대한 가장 중요한 실천의 지침이었다. 이처럼 물질문명의 혜택을 거부하고 자연에서의 삶을 택한 경우는 《조화로운 삶》의 저자인 스코트 니어링과 헬렌 니어링 부부에게서도 찾아볼 수 있다. 이들 역시 물질이 지배하는 자본주의 경제로부터 독립하여 자연 속에서 자기를 잃지 않고, 또한 사회를 생각하며 조화롭게 살겠다고 다짐했다.

최근 환경 문제에 대한 관심이 높아지면서 '개발'과 '보존'이라는 상반되는 가치가 충돌하는 경우를 심심치 않게 볼 수 있다. 개발론자들은 자연을 개발하면 물질로 환산할 수 있는 부가 가치를 얻는다고 강조한다. 반면에 환경주의자들은 '자연은 우리가 후손들에게서 빌려 쓰고 있는 것'이므로 눈앞의 이익을 위해 자연을 훼손하지 말고 더 멀리 내다보는 편이 현명하다고 맞선다.

사람들의 삶의 조건을 개선시키기 위해 개발하는 행위가 불가피한 측면도 있지만, 무분별한 개발을 피하고, 친환경적인 방식을 택해서 자연의 훼손을 최소화하려는 노력이 필요하다. 자연환경을 바꾸는 일은 많은 시간과 노력을 들여 준비해야 한다. 생태계는 한 번 훼손되면 엄청난 시간과 비용을 들여도 원상태로 되돌리기 어렵기 때문이다. '4대 강 사업'에 반대하는 여론이 거셌던 것도 무분별한 개발이 불러올 후유증에 대한 염려 때문이었다.

아무것도 하지 않고 자연과 더불어 살아가는 것, 곧 무위자연

(無爲自然)의 태도로 살 수만은 없는 일이니 자연에 대한 인간의 침해와 훼손은 무조건 피하자고만 할 일은 아니다. 다만 자연을 가공해야만 가치가 생기는 양 하는 것은 자연을 활용하는 것이 아니라, 자연을 죽이는 일이다. 등산을 하면서, 걷다가 쉬는 도중 등산로가 난 길을 가만히 더듬어 보는 경우가 있다. 구불구불한 등산로는 그저 제멋대로 생겨난 것처럼 보이지만, 사실은 산의 형세를 따라 자연스럽게 이어져 있다. 그리고 사람들이 쉬어갈 수 있도록 만든 정자와 같은 건축물도 주변의 자연 환경과 조화를 이루며 서있는 것을 볼 수 있다. 옛날부터 존재해 오던 모든 길은 그렇게 자연을 거스르지 않고 형성되었고, 인간이 살아가는 건축물 역시 자연과의 조화를 무엇보다 중요하게 고려했다. 자연 속에서 생활하는 즐거움을 노래한 고전시가에서도 이러한 모습을 쉽게 찾아볼 수 있다.

이태백이 부럽지 않아

조선 전기에 활동했던 송순(宋純, 1493~1582)의 〈면앙정가(俛仰亭歌)〉는 무등산을 배경으로 정자를 짓고, 그 속에서 유유자적하며 생활했던 작자의 면모를 반영하고 있는 작품이다.

무등산(无等山) 흔 활기 뫼히 동다히로 버더 이셔
무등산의 한 활개인 산이 동쪽으로 뻗어 있어

멀리 쎄쳐와 제월봉(霽月峰)이 되어거늘
멀리 떨쳐 와 제월봉이 되었거늘

무변 대야(無邊大野)의 므슴 짐쟉 ᄒᆞ노라
  끝이 없는 넓은 들에 무슨 짐작을 하는가

일곱 구비 ᄒᆞᆫ듸 움쳐 믄득믄득 버러ᄂᆞᆫ듯
  일곱 굽이가 한데 움츠러져 문득문득 벌리어 있는 듯

가온대 구비ᄂᆞᆫ 굼긔든 늘근 뇽이
  가운데 굽이는 구멍에 든 늙은 용이

선줌을 ᄀᆞᆺ 끽야 머리ᄅᆞᆯ 안쳐시니
  선잠을 갓 깨어 머리를 앉혔으니

너ᄅ바회 우희 송듁(松竹)을 헤혀고 정자(亭子)ᄅᆞᆯ 안쳐시니
  너럭바위 소나무 대나무를 헤치고 정자를 앉혔으니

구름탄 청학이 천리(千里)를 가리라 두 ᄂᆞ리 버렷ᄂᆞᆫ듯
  구름 탄 청학이 천리를 가겠다고 두 날개를 벌리어 있는 듯

(중략)

ᄒᆡᆫ구름 브흰 연하(煙霞) 프로니ᄂᆞᆫ 산람(山嵐)이라
  흰 구름과 뿌연 안개와 노을, 푸른 것은 산 아지랑이구나

천암(千巖) 만학(萬壑)을 제 집으로 사마 두고
  수많은 바위와 골짜기를 제 집으로 삼아 두고

나명셩 들명셩 일히도 구ᄂᆞ지고.
  나며 들며 아양도 부리는구나

오르거니 ᄂᆞ리거니 장공(長空)의 ᄯᅥ나거니
  오르기도 하며 내리기도 하며 넓고 먼 하늘에 떠가기도 하고

광야(廣野)로 거너거니 프르락 블그락 여트락 지트락
  넓은 들판으로 건너가기도 하며, 푸르락 붉으락, 옅으락 짙으락

사양(斜陽)과 섯거디어 세우(細雨)조ᄎᆞ ᄲᅡ리ᄂᆞᆫ다
  석양에 지는 해와 섞여 가랑비마저 뿌리는구나

(중략)

건곤(乾坤)도 가음열샤 간 대마다 경이로다
  하늘과 땅도 풍성하구나 간 곳마다 아름다운 풍경이로다

인간(人間)을 ᄯᅥ나와도 내 몸이 겨를 업다
  인간 세상을 떠나와도 내 몸이 한가로울 겨를이 없다

니것도 보려 ᄒᆞ고 져것도 드르려코
  이것도 보려 하고, 저것도 들으려 하고

ᄇᆞ름도 혀려 ᄒᆞ고 ᄃᆞᆯ도 마즈려코
  바람도 쐬려 하고, 달도 맞으려고 하니

봄으란 언제 줍고 고기란 언제 낙고
　　밤은 언제 줍고 고기는 언제 낚으며

시비(柴扉)란 뉘 다드며 딘 곳츠란 뉘 쓸려뇨
　　사립문은 누가 닫으며 떨어진 꽃일랑 누가 쓸 것인가?

아춤이 낫브거니 나조히라 슬흘소냐
　　아침나절 시간이 부족한데 저녁이라고 싫을쏘냐?

오놀리 부족(不足)커니 내일(來日)리라 유여(有餘)ᄒᆞ랴
　　오늘도 (자연을 감상할) 시간이 부족한데 내일이라고 넉넉하랴?

이 뫼히 안ᄌ 보고 져 뫼히 거러 보니
　　이 산에 앉아 보고 저 산에 걸어 보니

번로(煩勞)혼 ᄆᆞᆷ의 ᄇᆞ릴 일이 아조 업다
　　번거로운 마음이면서도 아름다운 자연은 버릴 것이 전혀 없다

쉴 사이 업거든 길히나 젼ᄒᆞ리야
　　쉴 사이가 없는데 (구경하러 올) 길이나마 전할 틈이 있으랴

다만 혼 청려장(靑黎杖)이 다 므듸어 가노믜라
　　다만 하나의 푸른 명아주 지팡이가 다 못 쓰게 되어 가는구나

술리 닉엇거니 벗지라 업슬소냐
　　술이 익었거니 벗이 없을 것인가

블닉며 ᄐᆞ이며 혀이며 이아며
　　노래를 부르게 하며, 악기를 타게 하며, 악기를 끌어당기게 하며, 흔들며

온가지 소리로 취흥(醉興)을 빗야거니
　　온갖 아름다운 소리로 취흥을 재촉하니

근심이라 이시며 시름이라 브터시랴
　　근심이라 있으며 시름이라 붙었으랴

누으락 안즈락 구부락 져츠락
　　누웠다가 앉았다가 구부렸다가 젖혔다가

을프락 ᄑᆞ람ᄒᆞ락 노혜로 소긔니
　　시를 읊었다가 휘파람을 불었다가 하며 마음 놓고 노니

천지(天地)도 넙고 넙고 일월(日月)도 혼가ᄒᆞ다
　　천지도 넓고 넓으며 세월도 한가하구나

희황(羲皇)을 모롤러니 이 젹이야 긔로고야
　　복희씨의 태평성대를 모르고 지내더니, 이때야말로 그것이로구나

신선(神仙)이 엇더턴지 이 몸이야 긔로고야
　　신선이 어떻던가. 이 몸이야말로 그것이로구나

강산풍월(江山風月) 거늘리고 내 백년(百年)을 다 누리면
　　자연을 거느리고 (자연 속에 묻혀) 내 평생을 다 누리면

악양루샹(岳陽樓上)의 이태백(李太白)이 사라오다
　　악양루 위에 이태백이 살아온다 한들

호탕정회(浩蕩情懷)야 이에서 더홀소냐
　　넓고 끝없는 정다운 회포야말로 이보다 더할 것인가

이 몸이 이렁 굼도 역군은(亦君恩)이샷다
　　이 몸이 이렇게 지내는 것도 임금의 은혜로다

　　　　　　　　　　　　　　　　　　　　　　(송순 〈면앙정가〉 중)

　　조선 전기 가사의 대표작인 송순의 〈면앙정가〉는 정자가 위
치한 곳의 자연 경관을 묘사한 전반부와 그 속에서 유유자적하
며 노니는 화자의 모습을 그린 후반부로 나뉜다. 작품은 면앙정
의 위치를 설명하면서, 멀리 무등산으로부터 정자 주변의 자연 형
세를 묘사하는 것으로 시작한다. 면앙정이 무등산의 기상을 받

담양에 있는 면앙정

고 있다는 것을 드러내고 있으며, 자연과 조화롭게 어우러진 거처에서 심성을 수양하기에는 더없이 적절한 곳이라 할만하다. 마치 활갯짓 하는 형상으로 그려진 무등산의 지세가 동쪽으로 뻗어나 제월봉이 자리를 잡고 있다. 그 앞에는 '무변 대야(無邊大野)'라 표현될 정도의 넓은 들이 위치해 있고, 제월봉에서부터 다시 굽이굽이 산세가 이어진다. 마치 구멍에 들었던 늙은 용이 선잠을 갓 깨어나 머리를 얹힌 곳에 해당하는 승지(勝地), 곧 소나무와 대나무가 울창한 주변의 너럭바위 위에 면앙정이 서 있다. 이 무등산 자락의 제월봉 주변은 구멍에 들었던 늙은 용이 선잠에서 갓 깨어나 머리를 얹힌 곳에 해당하며, 거기에 자리한 면앙정은 천 리를 가려고 두 날개를 벌린 '구름을 탄 푸른 학'에 비유된다.

이어진 '중략' 부분에서는 정자 앞을 흐르는 물에 대한 묘사가 이어진다. 이어서 물 위를 나는 기러기들의 모습, 그림처럼 펼쳐진 주변 산들의 풍경이 제시된다. 밤낮으로 흐르는 물은 시간의 영속성을 연상시키고, 어지럽게 서 있는 듯하면서도 멋지게 어우러진 산들은 자연의 절묘한 조화를 보여 준다. 산과 강을 넘나드는 안개에서도 주변 환경과 조화를 이루는 자연의 속성을 엿볼 수 있다. 이렇듯 주변의 뛰어난 경치를 묘사한 이후, 시간의 흐름에 따라 변화하는 자연의 모습을 봄·여름·가을·겨울의 사시에 맞춰 형상화하였다. 푸른 나무와 새들의 지저귐을 통해 생기 넘치는 봄이 느껴진다. 시원하고 한가하게 지내는 여름의 모습, 단풍이 든 가을의 풍경, 초목이 다 지고 난 겨울 풍경이 소개된다.

끝 부분에서는 자연의 아름다움을 즐기며 바쁘게 생활하는 화자의 모습이 그려진다. '인간을 떠나와도 내 몸이 겨를 없다'는 표현이 암시하듯, 자연의 아름다움을 향유하며 바쁘게 생활하는 화자의 모습이 제시된다. 그는 지팡이가 다 닳아서 무뎌질 정도로 자연을 탐닉하는가 하면, 벗과 함께 술 마시는 일도 잊지 않는다. 또한 절경 속에서 벗과 더불어 한가롭게 노닐 수 있기에 신선도 부럽지 않으며, 시선(詩仙)이라 불리며 풍류의 대명사로 알려진 이태백조차 '호탕정회'가 자신보다 더하지는 못했을 것이라 장담한다. 그는 '이렇듯 만족스럽게 살고 있는 자신의 처지는 곧 임금의 덕분(亦君恩)'이라는 감사의 말도 잊지 않는다. 이처럼 조선 전기의 사대부 시가들은 대체로 '자연 속에서의 삶'을 '충(忠)'이라는 유교 관념, 또는 다른 문학 작품의 구절이나 중국 고사(古事)에서 연상되는 관념적 세계와 연결 짓는다. 그렇지만 자연을 거스르지 않고 조화를 이루며 살아가려 하였다.

민속 성악곡인 잡가로 자연을 노래하다

다음으로는 '경기 십이 잡가'• 중의 하나인 〈유산가(遊山歌)〉를 살펴보자. 잡가(雜歌)란 조선 후기의 시정(市井 인가(人家)가 모여 있는 곳)에서 전문적인 소리꾼이 부르던 유흥적인 성격의 노래를 일컫는다. 내용이 통속적이며 음악의 선율도 화려한 것이 특징이다. 다양한 노래들을 받아들여 문학적인 측면에서 잡박한(여러 가지가 마구 뒤섞여 질서가 없는) 성격을 띠고 있는 까닭에 '잡가'라는 명칭이 붙었다. 잡가는 민속적인 성악곡이라 할 수 있다.

화란츈셩(花欄春城)하고 만화방창(萬化方暢)이라
봄이 오자 성 안에 꽃이 만발하고, 만물이 바야흐로 피어나네

썩 죠타 벗님네야 산쳔경긔(山川景槪)를 구경을 가셰
때가 좋구나, 친구들아 산천 경치를 구경 가세

쥭쟝망혜(竹杖芒鞋) 단표즈(單瓢子)로 천리 강산을 드러를 가니
대나무 지팡이에 짚신 신고 표주박을 들고 천리 강산 들어가니

만산홍록(滿山紅綠)드른 일년일도(一年一度) 다시 퓌여
온 산에 꽃들은 일 년에 한 번 다시 피어

츈싴(春色)을 자랑노라 싴싴이 불것는듸
봄빛을 자랑하느라 색색이 붉었는데

창송취쥭(蒼松翠竹)은 챵챵울울(蒼蒼鬱鬱)ᄒ고
푸른 소나무와 대나무는 울창하고

긔화요초(琪花瑤草) 란만즁(爛漫中)의
아름다운 꽃과 풀은 화려한 가운데,

쏫 속에 잠든 나뷔 즈취 업시 나라 든다
꽃 속에서 잠든 나비는 자취 없이 날아 들었구나

유샹잉비(柳上鶯飛)는 편편금(片片金)이오
버드나무 위의 꾀꼬리는 금빛으로 아름답고

화간졉무(花間蝶舞)는 분분셜(紛紛雪)이라
꽃 사이에서 춤추는 나비들은 날리는 눈송이 같구나

삼츈가졀(三春佳節)이 조홀시고
아름다운 이 봄이 참으로 좋구나

도화만발 졈졈홍(桃花滿發點點紅)이로구나
복숭아꽃이 만발하여 점점이 붉어지고

어쥬츅슈 이삼츈(漁舟逐水 愛三春)이여든
고깃배를 띄워 놓고 봄 경치를 즐기던

무릉도원(武陵桃源)이 예 아니냐
무릉도원이 여기가 아니냐

양류셰지 스스록(楊柳細枝絲絲綠)ᄒ니
버드나무의 가는 가지는 수많은 실을 늘여 놓은 것같이 푸르니

황산곡리 당츈졀(黃山谷裏當春節)에

황산의 골짜기에 봄을 맞으니

연명 오류(淵明五柳)가 예 아니냐
도연명의 오류촌이 여기가 아니냐

(중략)

층암 절벽상(層岩絶壁上)에 폭포슈(瀑布水)은 쏼쏼
층층 바위 절벽 위에 폭포수는 콸콸

슈졍렴(水晶簾) 드리운 듯
수정으로 만든 발을 드리운 듯

이 골 물이 주루루룩 져 골 물이 쏼쏼
이 골짜기 물이 주루루룩, 저 골짜기의 물이 쏼쏼 흘러내리고

열에 열 골 물이 한딕 합수(合水)흐야
여러 골짜기의 물이 한 곳에 합쳐서

쳔방져 지방져 소코라지고 펑퍼져 넌출지고 방울져
천방지방으로 흩어지고 펑퍼짐하게 넝쿨처럼 방울져서

져 건너 병풍셕(屏風石)으로 으르렁 쏼쏼
건너편 병풍석으로 으르렁 콸콸

흐르는 물결이 은옥(銀玉)갓치 흐터지니
흐르는 물결이 옥같이 흩어지니

소부 허유(巢父許由) 문답흐든
마치 옛날 은자였던 소부와 허유가 문답하며 살던

긔산 영슈●●(箕山潁水)가 예 안니냐
별천지인 기산의 영수가 여기가 아니냐?

쥬각계금(奏穀啼禽)은 쳔고졀(千古節)이오
주걱주걱 우는 소쩍새 울음은 옛날과 다름없고

젹다졍조(積多鼎鳥)는 일년풍(一年豊)이라
솥이 적다 우는 소쩍새는 한 해의 풍년을 알리는구나

일츌낙됴(日出落照)가 눈압혜 버려나 경기무궁(景槪無窮)이 됴흘시고
일출과 낙조가 눈앞에 펼쳐지니 경치가 끝이 없이 좋구나

(잡가 〈유산가〉)

〈유산가〉는 꽃이 만발한 봄을 맞아 경치 좋은 산으로 놀러가자
는 내용이다. 지금도 불리고 있는 작품으로, CD나 각종 음원을 통

해서 노래를 직접 들어볼 수 있다. 화자는 소나무와 대나무, 꽃과 나비, 제비와 기러기, 산과 바위 같은 주변 풍경을 한시(漢詩)의 구절을 인용하거나 한자어를 써서 묘사하고 있다. 작품의 중간 부분에 우리말의 묘미를 살려서 자연의 아름다움을 묘사하고 있다. 눈여겨볼 것은 의성어와 의태어를 적절히 사용하여 자연의 경치에 취한 화자의 감흥을 생생하게 전달하고 있다는 점이다. 꽃이 피고 새가 울며, 계곡물이 녹아서 골골마다 쏟아져 내리는 광경이 화려한 선율 속에 노래로 표현되고 있다. 특히 우리말의 묘미를 살려, 폭포수가 흘러내리는 광경을 생동감 넘치게 그려 낸 대목이 인상적이라 하겠다.

　화자가 흥을 이기지 못해 '벗님네'와 더불어 봄나들이를 떠나는 도입부가 제시되는데, 작품의 내용이 봄의 감흥을 즐기는 방향으로 집중되어 있다. 결과적으로 〈유산가〉에서 자연에 대한 묘사는 향락적인 면모를 드러낸다. 그리하여 도연명이나 소부·허유와 같은 고사(故事) 속의 인물들도 단순히 자연의 아름다움을 드러내는 소재로서만 역할하고 있다. 이처럼 문학 작품 속의 자연은 작가의 관점에 따라 관념적인 상찬(賞讚, 기리어 칭찬함)의 대상으로도, 향락의 대상으로도 표현될 수 있다. 중요한 것은 고전 시가에서는 어떤 경우에도 자연이 그 본질을 거스르지 않고, 인간과 더불어 조화로운 모습으로 표현된다는 사실이다.

● 경기 십이 잡가

느린 장단으로 된 12곡의 경기 잡가를 말한다. 〈유산가〉를 비롯해 〈적벽가〉·〈제비가〉·〈소춘향가〉·〈선유가〉·〈집장가〉·〈형장가〉·〈평양가〉·〈십장가〉·〈출인가〉·〈방물가〉·〈달거리〉로 이루어져 있다.

●● '오류촌'과 '기산'·'영수'

벼슬을 사양한 도연명은 고향 집 옆에 버드나무 다섯 그루를 심어 놓고 자신을 '오류(五柳) 선생'이라 부르며 은자의 삶을 즐겼다. '오류촌'이란 이름은 여기서 비롯되었다. 허유와 소부는 고대 중국의 전설상의 인물로, 속세를 떠나 살았다. 하루는 허유가 기산의 영수에서 귀를 씻자, 소부가 그 까닭을 물었다. 허유는 '왕위를 넘겨주겠다는 요임금의 제안을 거절한 뒤, 더러워진 귀를 씻고 있다'고 했다. 이에 소부는 더러운 물을 소에게 먹일 수 없다며 자신의 소를 위쪽으로 끌고 갔고, 허유는 기산으로 들어가 숨어 버렸다. 청렴한 두 은자가 살았던 '기산 영수'는 뒷날 무릉도원처럼 '이상향'을 뜻하게 되었다.

꽃,
사랑·불변·변심·절개로 파어니다

제주 올레길과 지리산 둘레길에 이어, 10개의 구간으로 이루어진 강원도 바우길이 도보 여행 코스로 관심을 모으고 있다. 그중 정동진역에서 출발하여 바닷가와 숲길을 번갈아 걷는 9구간의 중간쯤에 자리한 '헌화로'가 눈에 띈다. 여기가 바로 소를 몰고 가던 노인이 수로 부인에게 절벽의 철쭉꽃을 따다 바쳤다는 〈헌화가〉의 배경이 되는 곳이다. 이렇듯 옛 노래에는 '꽃'이 심심치 않게 등장한다. 〈헌화가〉를 비롯하여 꽃이 등장하는 고전 시가들을 통해, 꽃이라는 소재가 어떻게 시가 속에서 그려지고 있는지 살펴 보도록 하자.

음악 따라 춤추듯 동백꽃 휘날리고

어느 해 봄, 우연히 산사(山寺)에서 열리는 음악회에 간 적이 있다. 동백으로 유명한 전남 강진의 백련사에서 해마다 열리는 다례제(茶禮祭 부처에게 차를 공양드리는 제) 행사의 일환으로 열린 음악회였다. 동백나무가 울창한 숲속에서 열리는 음악회를 지켜보면서, 지금까지 또렷하게 남아있는 광경 중 하나는 연주가 진행되는 동안에 수시로 떨어지는 동백꽃의 모습이다. 정작 음악에 대한 기억은 점점 희미한데, 머리 위로 선홍색 꽃잎이 툭툭 떨어지던 감흥은 좀처럼 잊히지 않는다. 그날의 일이 너무도 강렬한 인상을 남긴 탓인지, 시간이 흐른 지금도 함께 지켜봤던 이들과의 대화에서 종종 화젯거리로 등장하곤 한다. 아마도 오랫동안 쉽게 잊지 못할 경험으로 남을 것 같다.

낯선 곳에서 화사하게 핀 꽃을 보면, 발길을 멈추고 눈길을 주게 된다. 책상 위의 화병에 꽂아 둔 꽃이 분위기를 확 달라지게 할 때도 있다. 사람들이 철마다 새로 피어나는 꽃을 보려고 자연으로 향히는 것도 같은 이유에서다. 노란색이든 빨간색이든 화사한 색깔이든 무리지어 피어있든 꽃은 우리들에게 일상의 고단함을 넉넉하게 달래준다. 일반적으로 꽃은 아름다움의 대명사로 인식되고 있으며, 누군가에게 사랑을 고백하는 수단으로 사용되기도 한다. 그래서인지, 우리의 옛 시가에서는 꽃을 제재로 삼아 노래한 작품들을 어렵지 않게 찾을 수 있다.

꽃 을 꺾 어 바 치 오 리 다

아름다운 꽃처럼 노래에 이용되는 소재가 드물지 않은 만큼, 우리 시가에도 꽃을 다양하게 형상화해왔다. 4구체 향가 〈헌화가(獻花歌)〉*는 아름다운 이에게 꽃을 바치는 내용의 노래이다. 《삼국유사》의 기록에 의하면, 강릉태수로 부임하던 순정공의 부인 수로가 해변의 절벽 위에 핀 철쭉꽃을 보고 갖고 싶어 했다. 그러나 절벽이

강릉에 있는 헌화로

천 길이나 되는 낭떠러지였기에, 선뜻 나서는 사람이 없었다. 그때 마침 소를 끌고 지나가던 노인이 절벽에서 꽃을 꺾어 부인에게 바치며 이 노래를 불렀다고 한다.

딛배 바회 ᄀᆞ히	자줏빛 바위 가에
자부온 손 암쇼 노히시고	암소 잡은 (나의) 손을 놓게 하시고
나흘 안디 붓ᄒᆞ리샤ᄃᆞᆫ	나를 아니 부끄러워하신다면
곶흘 것가 받ᄌᆞ보리이다	꽃을 꺾어 바치오리다

(〈헌화가〉, 양주동 해독)

그동안의 연구들에서 '노인'의 정체를 무엇으로 보아야 할 것인지에 대한 다양한 의견이 제시되었다. 여기에서는 기록 그대로 '소를 끌고 가던 노인'으로 보고자 한다. 순정공을 따라 길을 나섰던 시종들에게 낯선 해변의 절벽은 위험하기 짝이 없었을 것이다. 그렇기에 자신들이 모시는 분의 부인인 수로의 부탁에도 불구하고, 절벽을 오르다 떨어져 크게 다칠 수도 있을 것이라는 생각 때문에 쉽게 응할 수 없었다. 한편으로는 철쭉을 보고 즐기면 될 것이지, 굳이 위험을 자초해가며 꽃을 꺾을 것이 무엇이냐고 불만을 품은 사람도 있었을 것이다. 그런 심사로 절벽은 사람이 다닐 수 없는 길이라고 변명하며, 수로 부인의 마음이 변하기를 바랐을 것이다. 그러나 수로 부인의 마음은 바뀌지 않은 듯하다.

　때마침 그곳을 지나던 노인이 절벽에 핀 철쭉을 꺾어 바친 후, 노래를 지어 불렀다. 그 고장의 토박이인 '노인'은 평소에도 익숙하게 오르내리던 지형이었으므로, 선뜻 절벽에 올라 꽃을 꺾어 올 수 있었다. 노인이 절벽에 오를 생각을 했던 것이 수로 부인의 미모 때문이라 생각하면, 그가 철쭉꽃을 바치면서 불렀다는 이 노래는 '사랑의 노래'라 할 수 있다. 노인의 입장에서 수로 부인은 평소에는 쉽게 접근할 수조차 없는 고귀한 존재이다. 그녀가 절벽에 핀 꽃을 간절히 원했지만, 주위 사람들은 아무도 나서지 않았다. 그리하여 '꽃'이 매개체가 되어 준 덕분에 그녀에게 가까이 다가갈 수 있었다.

바위에 접붙인 돌 연꽃이 필 때까지

　고려가요 〈정석가(鄭石歌)〉는 불가능한 상황을 설정하여, 그것이 이뤄진다면 임과 이별하겠다는 역설적 내용을 담고 있다. 전체 6

연으로 이뤄져 있는데, 1연의 내용이 나머지 연들에 비해 다소 이질적이다. 현재 전하는 고려가요는 민간에서 유행하던 노래가 궁중의 음악으로 채택되면서 다소의 변개 과정을 거쳤다고 논의된다. 이 작품 역시 민간에서 불리던 연가(戀歌)가 궁중 음악으로 채택되면서, 임금의 안녕을 비는 송도가(頌禱歌, 덕을 칭송하고 장수를 비는 노래)로 변이되었기 때문으로 보인다. 이 과정에서 다소 이질적인 성격을 지니는 첫 번째 연이 덧붙여졌을 것이라 추정된다. 그런가 하면 6연 역시 나머지 연과 다른 양상을 보인다. '구슬 노래'라고도 하는 이 연의 내용은 〈서경별곡〉 2연에서도 찾아볼 수 있다. 이는 서로 다른 성격의 노래들이 결합하여 〈정석가〉가 만들어졌다는 주장을 뒷받침하는 근거가 된다.

딩아 돌하 당금(當今)에 계샹이다
　　징이여 돌이여 (임금님이) 지금에 계십니다
딩아 돌하 당금(當今)에 계샹이다
　　징이여 돌이여 (임금님이) 지금에 계십니다
선왕성대(先王聖代)예 노니〇와지이다
　　태평성대에 노닐고 싶습니다

삭삭기 셰몰애 별헤 나〇
　　바삭바삭 소리가 나는 가는 모래로 된 벼랑에
삭삭기 셰몰애 별헤 나〇
　　바삭바삭 소리가 나는 가는 모래로 된 벼랑에
구은 밤 닷 되를 심고이다
　　구운 밤 다섯 되를 심습니다
그 바미 우미 도다 삭나거시아
　　그 밤이 움이 돋아 싹이 나야만
그 바미 우미 도다 삭나거시아

그 밤이 움이 돋아 싹이 나야만

유덕(有德)후신 님을 여히ᄋ와지이다
　　덕행이 있으신 우리 임을 이별하려고 합니다

옥(玉)으로 연(蓮)ㅅ고즐 사교이다
　　옥돌로 연꽃을 새깁니다

옥(玉)으로 연(蓮)ㅅ고즐 사교이다
　　옥돌로 연꽃을 새깁니다

바회 우희 접주(接柱)후요이다
　　(그것을) 바위 위에 갖다 붙입니다

그 고지 삼동(三同)이 퓌거시아
　　그 꽃이 세 묶음이 피어야만

그 고지 삼동(三同)이 퓌거시아
　　그 꽃이 세 묶음이 피어야만

유덕(有德)후신 님을 여히ᄋ와지이다
　　덕행이 있으신 우리 임을 이별하려고 합니다

　　　　　　(중략)

구스리 바회예 디신들
　　구슬이 바위에 떨어진들

구스리 바회예 디신들
　　구슬이 바위에 떨어진들

긴힛든 그츠리잇가
　　(그것을 꿴) 끈이야 끊어지겠습니까?

즈믄 히를 외오곰 녀신들
　　(마찬가지로 제가 임과 떨어져) 천 년을 산다 한들

즈믄 히를 외오곰 녀신들
　　(마찬가지로 제가 임과 떨어져) 천 년을 산다 한들

신(信)잇든 그츠리잇가
　　(임에 대한 제) 믿음이야 끊어지겠습니까

　　　　　　　　　　　　　　　　　(고려가요 〈정석가〉)

〈정석가〉의 1연은 태평성대를 구가하고 싶다는 화자의 의지를 드러낸다. 그리고 소재만 다를 뿐 동일한 구조로 되어 있는 2~5연에서는 현실적으로 불가능한 상황을 설정하여 임과의 이별을 부정하고 있다. '구운 밤'(2연)과 '옥으로 새긴 연꽃'(3연), '무쇠 철릭(무관이 입던 제복)'(4연), '무쇠로 만든 소'(5연) 등은 각각 일어날 수 없는 상황을 설정하기 위해 전제로 삼은 소재들이다. 구운 밤을 심어 싹이 날 리 만무하고, 옥으로 새긴 연꽃을 바위에 접붙여 새로운 꽃을 피우는 것도 불가능한 일이다. 무쇠로 재단하고 철사로 주름을 박은 제복이 쉽게 해질 리도 없다. 하지만 화자는 그처럼 불가능한 상황을 설정해서, 그것이 현실로 이뤄져야만 임과 헤어지겠다고 하였다. 결국 여기에는 사랑하는 임과 결코 헤어질 수 없다는 역설적 의미가 담겨 있는 것이다.

그렇다면 꽃의 의미와 관련해서 3연에 주목해 보자. 화자는 옥으로 새긴 연꽃을 바위에 접붙여 새롭게 세 송이가 피어야 임과 이별하겠다고 노래한다. 꽃이 피었다가 시들면 가지에서 떨어지는 것은 너무도 당연한데, 이 작품에 등장하는 '옥으로 새긴 연꽃'은 불변하는 가치를 지닌 소재로 제시된다. 새로운 꽃이 피기를 바라는 마음에서 등장시킨 소재이지만, 그 자체로 변치 않는 존재로서 꽃의 의미가 새롭게 만들어진 것이다. 이는 '피었다가 지는 유한한 존재'라는 꽃의 일반적인 의미와는 뚜렷한 대조를 보인다. 바로 이런 측면에서 꽃의 일반적 함의가 〈정석가〉에서는 전혀 다른 의미로 변주되어 나타난다. 여기에 6연의 '구슬노래'를 통해서, 비록 임과 떨어져 있더라도 그를 생각하는 화자의 믿음은 변치 않을 것이라는 다짐으로 끝맺는다. 밤·꽃·옷·소·구슬 등 각 연의 소재가 이질적인 내용의 결합으로 이뤄졌지만, 임에 대한 화자의 변치 않는 마음을 표출하는 일관된 태도를 엿볼 수 있다.

꽃은 무슨 일로 피면서 지고

꽃이 항상 긍정적인 의미만 지니는 것은 아니다. '화무십일홍(花無十日紅, 열흘 붉은 꽃이 없다)'이란 말도 있듯이, 한번 핀 꽃은 언젠가는 지기 마련이다. 그런 의미에서 이번에는 꽃의 유한성을 노래한 윤선도(尹善道, 1587~1671)의 〈오우가(五友歌)〉를 살펴보자. 이 작품에서는 불변하는 가치를 지닌 바위에 대비되는 존재로 꽃이 등장한다. 〈오우가〉는 지은이가 56세 때 전라도 해남 금쇄동(金鎖洞)에 은거할 무렵에 지은 〈산중신곡(山中新曲)〉 속에 들어 있는 6수로 구성된 연시조이다. 그중 제3수에서 '꽃'은 불변의 가치를 지닌 '바위'에 대비되는 존재로 그려진다.

> 고즌 무스 일로 퓌며셔 쉬이 디고
> 플은 어이ᄒᆞ야 프르ᄂᆞᆫ 듯 누르ᄂᆞ니
> 아마도 변티 아닐손 바회 뿐인가 ᄒᆞ노라

꽃은 무슨 일로 피면서 빨리 지고/ 풀은 어이하여 푸르다가 누르는가/ 아마도 변치 않는 것은 바위 뿐인가 하노라

(윤선도의 〈오우가〉 중 '석(石)')

이 작품은 〈오우가〉 가운데 돌을 노래한 것으로, 초장의 '꽃'은 중장의 '풀'과 더불어 쉽게 변하는 속성을 지닌 존재로 묘사된다. 아무리 아름다운 꽃이라도 시간이 지나면 떨어지는 것이 당연한 이치다. 중장의 풀 역시 항상 푸른 잎을 달고 있는 것이 아니라, 가을이 되면 누렇게 시들고 만다. 이에 비해 바위는 항상 제 자리를 지키며 변하지 않는다는 것이 종장의 내용이다. 아마도 윤선도는 쉽게 변하는 꽃과 풀을 통해서, 자신의 입장에 따라 말과 행동이 달라지는 지조 없는 인간들을 비판하려 했는지도 모른다. 그리하여 어떤 상황 속에서도 당당한 모습을 잃지 않고 묵묵히 서 있는 바위를

금쇄동에 남아 있는 연못의 자취. 바위와 대나무 등 자연의 향취가 묻어난다.

예찬했던 것이다. 〈오우가〉의 제4수에서도 '더우면 꽃 피고 추우면 잎이 지'는 여느 나무와 다르게, 눈서리가 치는 속에서도 푸른 모습을 잃지 않는 소나무의 굳은 절개를 기리고 있는 것도 같은

맥락에서 이해할 수 있다. 적어도 이 작품에서는 '꽃'은 아름다움의 대상이 아니라, 일단 피면 쉽게 지는 존재로 인식되고 있음을 알 수 있다.

눈 속에 피어난 매화, 너로구나

세상에는 많은 종류의 꽃이 있지만, 각각의 꽃에서 연상되는 이미지는 다르다. 예컨대 '매화'는 난초·국화·대나무와 더불어 군자(君子)를 상징한다. 그림의 소재로도 많이 활용되는 매화이지만, 매화를 시조의 소재를 삼는 경우도 많다. 19세기에 활동했던 작가인 안민영(安玟英, 1816~1885?)은 스승인 박효관이 키우던 매화를 소재로, '영매가(詠梅歌)'라고도 불리는 연시조 〈매화사(梅花詞)〉를 남겼다.

빙자옥질(氷姿玉質)이여 눈 속에 네로구나

가만이 향기(香氣) 노아 황혼월(黃昏月)을 기약(期約)ᄒ니

아마도 아치고절(雅致高節)은 너 뿐인가 ᄒ노라

빙자옥질이여, 눈 속에 피어난 매화! 너로구나/ 그윽한 향기를 풍기며 저녁달을
기다리니/ 아마도 맑은 운치와 높은 절개를 지닌 것은 오직 너뿐인가 하노라

(안민영의 〈매화사〉 중에서)

고종 때의 가객 안민영은 8수의 시조를 지어 매화의 고매함(아치고절)을 노래했다. 이 작품은 8수 중 네 번째로, 눈 속에 피어난 매

화를 보고 감탄하는 화자의 마음이 잘 드러나 있다. 이렇듯 겨울에 피기 때문에 매화는 '봄의 전령사'라 불린다. 초장에서는 눈 속에 핀 매화의 형상을 제시하였다. '얼음같이 맑고 깨끗한 살결과 구슬같이 아름다운 자질'이란 뜻의 '빙자옥질(氷姿玉質)'은 흔히 매화의 자태를 형용하는 표현이다. 은은하게 풍기는 매화의 향기는 아마도 황혼의 달을 기약하여, 한밤중에 더 짙어지는 모양이다. 아직 눈이 채 녹지 않은 계절에 피어난 매화가 황혼녘에 떠오를 달을 기다리며 은은한 향기를 풍기는 것을 보고, 화자는 저절로 '고아한 풍치와 높은 절개'(아치고절)를 떠올린다. 매화에 대한 보편적인 생각에 바탕을 두고 있기는 해도, 대상을 세밀히 관찰하여 탐미적인 인식을 드러내는 화자의 면모는 주목할 만하다.

● 〈헌화가〉의 관련 기록

《삼국유사》의 '기이' 편의 '수로부인' 조에 수록된 〈헌화가〉 관련 기록은 다음과 같다. "성덕왕(聖德王) 시절 순정공(純貞公)이 강릉 태수로 임명되어 그곳으로 부임해 가는 도중이었다. 바닷가에서 행차를 멈추고 점심자리를 벌였다. 그 곁에는 바다를 면해 병풍처럼 둘러친 석벽이 있어 높이가 천 길이나 되었는데, 그 위에는 철쭉꽃이 활짝 탐스럽게 피어 있었다. 공의 부인 수로가 그 꽃을 보고 종자들에게 물어 보았다.

'저 꽃을 꺾어다 줄 사람 누구 없는가?'

종자들은 그 석벽 위는 도저히 사람의 발자취가 이르지 못할 곳이라 하여 모두들 난색을 지으며, 수로 부인의 요구에 응하지 않았다. 그때 마침 한 노인이 암소를 끌고 그 곁을 지나다가 수로부인의 말을 듣고서, 천 길 석벽 위로 올라가 그 철쭉꽃을 꺾어 왔다. 그리고는 노래를 지어 읊으며 부인에게 꽃을 바쳤다.그 노인이 어떤 사람인지는 알 수 없다.(하략)"

달을 보며
마음을 전하다

"아아. 달의 탓이다. 보름달 때문에 사람들이 돌기 시작했다." 셰익스피어의 희곡 《오셀로》에 나오는 대사 가운데 하나다. 이처럼 서양 사람들은 보름달 하면 늑대 인간이나 미치광이를 먼저 떠올릴 만큼 공포의 상징으로 여긴다. 심지어 그리스나 북유럽 신화에서조차 음산하고 부정적인 이미지로 그려질 정도다. 하지만 우리나라를 비롯한 동양에서의 달은 풍요로움을 의미한다. 특히 보름달은 풍요와 복의 상징으로 여겨지면서 오랫동안 기원의 대상이 되어 왔다. 달을 소재로 한 여러 시가 작품을 통해, 우리 문학에서 표현되는 달의 모습은 살펴보도록 하자.

밤하늘의 별이 지도 역할을 하는 시대

많은 이들은 정해진 계획표에 따라 정신없이 바쁘게 살고 있지만, 늘 일에 치이고 시간에 쫓겨 자신을 돌아볼 시간조차 부족한 것이 현실이다. 그러나 아무리 바쁜 상황에 처해 있다하더라도, 잠시라도 마음의 여유를 가져보는 것이 필요하지 않을까? 잠시 문학이론가인 루카치(Georg Lukacs)의 말을 음미해 보자.

"별이 빛나는 창공을 보고, 갈 수가 있고 또 가야만 하는 길의 지도를 읽을 수 있던 시대는 얼마나 행복했던가? 그리고 별빛이 그 길을 훤히 밝혀주던 시대는 얼마나 행복했던가? 이런 시대에 있어서 모든 것은 새로우면서도 친숙하며, 또 모험으로 가득 차 있으면서도 결국은 자신의 소유로 되는 것이다. 그리고 세계는 무한히 광대하지만 마치 자기 집에 있는 것처럼 아늑한데, 왜냐하면 영혼 속에서 타오르는 불꽃은 별들이 발하고 있는 빛과 본질적으로 동일하기 때문이다."

-루카치 《소설의 이론》에서

필요한 모든 정보를 앉은 자리에서 컴퓨터로 검색하면 확인할 수 있고, 시험에 관련된 정보조차도 돈이 있으면 쉽게 얻을 수 있는 지금의 상황이 과연 사람들에게 진정한 자유를 주었을까? 행복이 반드시 경제력이나 성적과 비례하는 것은 아니다. 첨단 과학으로 이뤄진 현재의 문화생활을 마냥 거부할 수는 없지만, 그래도 자신의 삶을 주체적으로 꾸며나갈 수 있는 여지는 남겨둬야 하지 않을까? 이미 위성항법장치(GPS)가 지도를 대체하는 시대를 살고 있기에, '밤하늘의 별이 지도 역할을 하는 시대'를 그리워하는 루카치의 언급은 고리타분하게 들릴지도 모르겠다. 하지만 물질적인 풍요로움이 사람들에게 언제나 정신적인 만족까지 가져다주는 것은 아님을 명심할 필요가 있다.

달아, 너 가는 서쪽의 부처에게 말해다오

루카치는 별을 통해서 영혼의 자유로움을 노래했지만, 우리 선조는 어두운 밤을 밝혀주는 달에 많은 의미를 부여하곤 했다. 달은 누군가의 앞길을 비춰주는 등불이 되기도 하고, 혼자서 길을 가는 사람에게는 다정한 벗의 역할을 마다하지 않았다. 풍류를 즐기는 누군가에게는 흥취를 돋우는 대상이었으며, 어떤 이에게는 간절한 소망을 기원하는 대상이 되기도 했다.

둘하 이데	달님이시여, 이제
서방(西方)ᄭᆞ장 가샤리고	서방 정토까지 가셔서
무량수불(無量壽佛) 전(前)에	무량수불(아미타불) 앞에
닏곰다가 ᄉᆞᆲ고샤셔	일러 사뢰옵소서
다딤 기프샨 존(尊)어히 울워리	다짐 깊으신 부처님에게 우러러
두손 모도호ᄉᆞᆯ바	두 손을 모아
원왕생(願往生) 원왕생	왕생을 원하여 왕생을 원하여
그릴 사ᄅᆞᆷ 잇다 ᄉᆞᆲ고샤셔	그리워하는 사람이 있다고 사뢰옵소서
아으 이몸 기뎌 두고	아, 이 몸 남겨 두고
사십팔대원(四十八大願) 일고살까	마흔여덟 가지 큰 소원을 이루실까

(광덕 〈원왕생가〉, 양주동 해독)

이 작품은 10구체 향가인 〈원왕생가(願往生歌)〉*인데, 서방정토(서쪽으로 십만 억의 국토를 지나면 있는 아미타불의 세계. 불교에서 멀리 서쪽에 있다고 말하는 하나의 이상향(理想鄕)으로, 극락세계를 말한다.)로의 왕생을 기원하는 내용을 담고 있다. 무량수불은 '아미타불'의 다른 말로 극락으로 모든 중생을 인도하는 부처이다. 원왕생은 죽어서 극락에 태어남을 뜻하며, 사십팔대원은 아미타불이 부처가 되기 전인 법장보살 시절에 중생을 구제하기 위해 세웠던 48가지의 소원을 말한다.

《삼국유사》에 수록된 '광덕 엄장' 조의 기록에 따르면, 이 작품은 광덕이 즐겨 부르던 노래라 한다. 열심히 도를 닦으며 살아가던 광덕과 엄장은 우애가 깊은 친구인데, 먼저 극락에 가는 사람은 상대에게 꼭 알리자고 약속을 했다. 어느 날 저녁 무렵, 엄장의 암자 창밖에서 '먼저 서방으로 가니 그대도 곧 따라오라'는 광덕의 소리가 들렸다. 다음 날 광덕의 거처를 찾아 그의 아내와 함께 장례를 치르고, 엄장은 그녀와 같이 지내기로 하였다. 엄장이 함께 잠자리를 할 것을 요구하자, 광덕의 부인은 거절하였다. 그녀는 광덕은 자신과 같이 살면서 한 번도 동침하지 않고, 오직 불도만을 닦았다며 엄장을 매섭게 꾸짖었다. 이에 부끄러움을 느낀 엄장은 참회하고 부지런히 수도를 하여 마침내 서방정토로 갔는데, 그를 꾸짖었던 광덕의 부인은 관음보살의 화신(化身)이었다는 내용이다.

이 작품에서 '달'은 화자를 서방정토로 이끌어줄 수 있는 매개물로 역할을 한다. 화자는 평소에 무량수불 앞에서 서방정토에 갈 수 있기를 염원하고, 매일 밤 서쪽으로 향하는 달에게 자신의 심정을 의탁하여 간절히 기원하였다. 밤이 늦도록 간절히 기원을 하는 화자에게 어두운 세상을 밝게 비추는 달은 어느 순간 기원의 대상이 되었다. 화자가 부처님 앞에서 두 손을 모으고 간절히 비는 내용은 '원왕생(願往生)', 곧 '극락왕생(極樂往生, 죽어서 극락에 다시 태어남)을 원한다'는 것이다. 극락세계를 다스리는 아미타불의 사십팔대원(四十八大願) 가운데 하나가 '모든 중생을 극락으로 인도하겠다'는 '염불왕생원(念佛往生願)'이다. 따라서 9~10행의 내용은, 화자가 만일 왕생을 하지 못한다면, 과연 아미타불이 사십팔대원을 이뤘다고 할 수 있겠느냐는 반어(反語)라 할 수 있다. 왕생을 바라는 화자의 염원이 그만큼 절실하다는 의미로 해석할 수 있을 것이다.

보고도 말하지 않으니 진정한 벗이로다

윤선도의 시조 〈오우가(五友歌)〉에서 '달'은 화자의 '다섯 친구(五友)' 가운데 하나로 그려지고 있다. 〈오우가〉는 전체 6수로 이뤄진 연시조로, 각각의 작품은 서사(序詞)와 수(水)·석(石)·송(松)·죽(竹)·월(月)을 대상으로 노래하였다. 이 작품들은 각각의 대상이 지니는 성격을 요약적으로 제시하여, 그것을 인간의 보편적 덕목과 연결시켜 의미화하고 있는 것이 특징이다.

　　쟈근 거시 노피 떠셔 만물(萬物)을 다 비취니
　　밤듕의 광명(光明)이 너만ᄒ니 또 잇ᄂ냐
　　보고도 말 아니 ᄒ니 내 벋인가 ᄒ노라
작은 것이 높이 떠서 온 세상을 다 비추니/ 한밤중에 광명이 너보다 더한 것이
또 있겠느냐/ 보고도 말을 하지 않으니 나의 벗인가 하노라

이 작품에서 달은 곧 화자의 벗으로, 작자가 바라는 이상적인 인격을 지닌 존재로 의인화되어 있다. 해가 지면 세상은 어둠에 휩싸이지만, 달이 떠오르면 세상 만물이 온전하게 제 모습을 드러낸다. 지상에서 바라보는 달은 비록 작은 크기에 불과하지만, 하늘에 떠서 세상의 만물을 다 비출 수 있는 존재이다. 화자는 어두운 밤을 밝힐 수 있는 것 가운데 달을 대신할 수 있는 것은 없다고 생각한다.

아마도 달은 높은 곳에서 세상의 모습을 보면서, 모든 사물의 장점과 단점까지 확인했을 것이다. 자신이 알고 있는 사실을 남에게 자랑하는 인간들과는 달리, 달은 '보고도 말 아니 하'는 성품을 지니고 있기에 화자의 벗이 될 수 있는 존재라 여겼던 것이다. 작자는 달의 이러한 품성이 인간에게 필요한 덕목이라고 생각하고, 이 작품을 통해서 그 의미를 전달하고 있다. 〈오우가〉의 나머지 작품 역

금쇄동에 있는 윤선도 제각(祭閣)

시 대상이 되는 자연물을 통해서, 군자(君子)의 벗이 될 수 있는 바람직한 덕목을 드러내고 있다.

임의 얼굴이거나, 이태백과 놀거나

두 편의 시조를 통해서, 달의 다양한 이미지를 살펴볼 수 잇다.

　둘 ㄱ치 두렷흔 님을 뎌 둘 ㄱ치 거러두고
　슬ᄃ리 그리다가 어늬 둘에 맛나볼고
　둘 ㄱ치 두렷흔 가슴이 둘 지는 듯 ᄒ여라

달같이 둥근 임을 저 달같이 걸어 두고/ 살뜰히 그리다가 어느 달에 만나 볼꼬/ 달같이 둥근 가슴이 달 지는 듯하여라

(작자 미상)

이 시조는 말을 재미삼아 하는 '어희(語戱)'의 수법을 사용하고 있는데, 전체적으로 '달'이 모두 5차례나 등장한다. 초장과 종장의 '달'은 하늘에 떠 있는 자연물을 가리키고 있으며, 중장의 그것은 동음이의어로 시간의 단위인 '달'을 지칭한다. 둥그런 보름달은 흔히 사람의 얼굴에 비유되곤 한다. 맨 처음 보이는 '모양이 둥근(두렷흔)' 달의 모습은 곧 화자가 그리워하는 임을 떠올리게 하는 존재이다. 그리하여 임의 얼굴도 하늘에 떠있는 달처럼 '걸어두고' 항상 보고 싶다는 것이 초장의 내용이다.

하지만 살뜰히 그리워하며 지내는 화자는 임을 '어느 달(시간)'에
나 만날 수 있을 것인지 기약조차 할 수 없다. 종장에서의 달은 이제
님을 그리워하는 화자의 '두렷흔 가슴'으로 비유된다. 달이 지듯이
임을 그리워하는 마음도 시간이 흐르면 사라지고 말 것이라는 의미
이다. 이렇듯 이 작품의 묘미는 동음이의어인 '달(月)'과 '달(시간)'
을 적절히 사용하여 작품을 형상화하고, 달이 뜨고 지는 모습을 통
하여 임을 그리워하는 화자의 마음을 표현한 데서 찾을 수 있다.

들아 들아 발근 들아 이백(李白)이와 놀던 들아
　이백(李白)이 기경비상천(騎鯨飛上天) 후(後) ㅣ니 눌과 놀여 발갓는다
　내 역시(亦是) 풍월지호사(風月之豪士) ㅣ라 날과 놀미 엇더리
달아 달아 밝은 달아 이태백과 놀던 달아/ 이태백이 고래를 타고 하늘로 올
라간 뒤인데, 누구와 놀려고 밝았느냐/ 나 역시 풍월을 즐기는 호탕한 선비
니, 나와 노는 것이 어떠리

(작자 미상)

　중국의 시인인 이백(李白)은 이태백(李太白)이라고도 하는데,
술과 달을 벗 삼았던 풍류객으로 잘 알려져 있다. 이 작품의 초장
은 〈달타령〉이라는 제목의 노래에도 나오는 구절로, 여기에서 달
은 이백과 더불어 놀던 풍류의 대상으로 의인화된다. 이백이 강에
서 배를 띄워 술을 마시며 달을 잡으려다 빠져 죽었다는 일화는 무
척 유명하다. 후대의 시인들은 그의 죽음을 '고래를 타고 하늘로 올
라갔다(騎鯨飛上天)'고 낭만적으로 표현했다. 그런데 이백과 더불
어 풍류를 즐기던 달은 그가 하늘로 올라간 후에도 여전히 밝게 떠

오른다. 화자는 밝게 떠오른 달이 아마도 이백과 같은 풍류객과 함께 놀기 위해 떠올랐을 것이라고 생각한 듯하다. 그리하여 화자 역시 '풍월을 즐기는 호탕한 선비(風月之豪士)'이니, 자신과 더불어 풍류를 즐기는 것이 마땅하다고 언급하고 있다.

이처럼 고전시가에는 달을 대상으로 노래한 작품들이 적지 않게 남아 있으며, 대부분의 작품에서 '달'은 매우 친숙한 존재로 그려지고 있다. 과학 문명이 발달하면서 오늘날에는 밤에도 대낮처럼 환하게 지낼 수 있게 되었지만, 누군가에게는 여전히 달이 간절한 기원의 대상으로 역할하고 있을 것이다. 때때로 마음의 여유를 갖고 밤하늘의 달을 보며, 누군가를 생각하는 따뜻한 마음을 품었으면 좋겠다.

● **〈원왕생가〉 관련 기록**

《삼국유사》'감통'편의 '광덕 엄장' 조에는 다음과 같은 기록이 수록되어 있다.

"문무왕 시절, 광덕(廣德)과 엄장(嚴莊)이라는 두 사문(沙門)이 있었다. 둘은 우정이 매우 돈독한 사이였다. 그들은 먼저 극락으로 돌아가는 사람은 서로 꼭 알리자고 늘 다짐했다. 광덕은 분황사 서쪽 마을에 은거하여 신 삼는 것을 생업으로 하며 아내를 데리고 살았다. 엄장은 남악에 암자를 짓고 대규모로 밭갈이를 하며 지냈다.

어느 날 해 그림자가 붉은 빛을 띠고 소나무 그늘이 고요히 저물어갈 무렵 엄장은 창 밖에서 들려오는 소리를 들었다. 소리는 이렇게 알렸다.

'나는 이제 서방(西方)으로 가네. 그대는 평안히 머물다 속히 나를 따라오도록 하게.'

엄장이 문을 밀고 나가 살펴보니, 멀리 구름 밖에서 하늘의 음악소리가 들려오고 광명이 땅에 뻗쳐 있었다. 이튿날 엄장이 광덕의 거처로 찾아가 보았더니, 과연 광덕은 죽어 있었다. 이에 그의 아내와 함께 유해를 거두어 장사를 지냈다. 일을 마치고 엄장은 광덕의 아내에게 말했다.

'남편은 이미 갔으니 나와 같이 사는 것이 어떻소?'

광덕의 아내는 좋다고 대답했다. 드디어 엄장은 자기의 거처로 돌아가지 않고 광덕의 집에 머물렀다. 밤이 되어 광덕의 아내에게 잠자리를 요구했다. 광덕의 아내는 혐오 섞인 웃음을 띠며 말했다.

'스님이 극락을 구하는 것은 물고기를 구한다면서 나무에 올라가는 격이라 할 만하오.'

엄장은 놀랍고 이상히 여기며 말했다.

'광덕이 이미 그러고도 극락에 갔거늘 낸들 안될 게 뭐 있소?'

광덕의 아내는 차분히 말했다.

'그분과 나는 10여년을 동거했지만 일찍이 하룻밤도 잠자리를 같이 한 적이 없소. 하물며 더러운 짓을 범했을라고요? 그분은 매일 밤 몸을 단정히 하고 정좌해서는 한결같이 아미타불의 명호(名號)를 염송하기도 하고, 또는 십육관(十六觀, 극락세계에 왕생하는 문호가 된다는 16종의 관문)을 짓기도 했으며, 관이 이미 원숙해진 뒤 밝은 달이 창에 들어오면 그 달빛에 올라 때때로 그 위에서 가부좌하기도 했소. 정성을 다하기 이와 같았으니 비록 서방정토로 가지 않으려 한들 어디로 가겠소? 대개 천리를 가려는 자는 그 첫걸음으로 재어볼 수 있나니, 이제 스님의 관(觀)은 동방으로 가는 것이라고 말할 수 있을지언정 서방으로 간다고는 할 수 없는 일입니다.'

엄장은 부끄러워 물러나왔다. 그리고 곧 원효법사의 거처로 나아가 득도의 요체를 간절히 구했다. 원효법사는 정관법(淨觀法)을 지어 지도했다. 엄장은 이에 스스로를 깨끗이 하고 뉘우쳐 자책하며, 일념으로 관을 닦아 서방으로 갔다. 정관법은 원효법사 본전(本傳)과 《해동고승전》 속에 있다.

광덕의 아내는 바로 분황사의 노비로 십구응신(十九應身, 중생을 교화하기 위한 관음보살의 19종의 모습)의 하나였다. 광덕은 일찍이 이와 같은 노래를 읊었다.(…원앙생가…)"

찾아보기

[작가 색인]